ro
ro
ro

ro ro ro

Christiane Rancé ist Journalistin beim «Figaro» sowie Ghostwriterin vieler Celebrity-Memoirs. «Das Haus am Fuß der Pyrenäen» ist ihr erster Roman. Christiane Rancé lebt in Paris.

Christiane Rancé

Das Haus am Fuß der Pyrenäen

Ein heiterer Sommer-Roman

Deutsch von Monika Buchgeister

Rowohlt Taschenbuch Verlag

Die Originalausgabe erschien 1999
unter dem Titel «On ne fait que passer»
bei NIL Éditions, Paris

Deutsche Erstausgabe
Veröffentlicht im Rowohlt Taschenbuch Verlag,
Reinbek bei Hamburg, Juni 2007

Umschlaggestaltung any.way Barbara Hanke/
Cordula Schmidt (Foto: Envision/Corbis)
Satz Walbaum PostScript, InDesign, bei
Pinkuin Satz und Datentechnik, Berlin
Druck und Bindung Druckerei
C. H. Beck, Nördlingen
Printed in Germany
ISBN 978 3 499 24503 9

Die für das Wochenende eingeladenen Gäste werden gebeten, nicht länger als bis Mittwoch zu bleiben.

Sacha Guitry

Für Elisabeth Mousset, genannt Lili,
mit ihrem stillen, freundlichen Lächeln

eins

Noch lange nachdem sich der vorsintflutliche Nachtzug Paris–Tarbes in Bewegung gesetzt hatte, herrschte in unseren beiden Abteilen eine ausgelassene, euphorische Stimmung. Jeder brannte darauf, das Schwimmbecken in Augenschein zu nehmen, von dem wir seit Monaten redeten.

«Ob wir wohl gleich baden können, wenn wir angekommen sind?», fragten Victor und Adèle zum x-ten Mal an diesem Abend und turnten auf ihren Betten herum.

«Ob es ein Sprungbrett gibt?», rätselten Camille, Claire, François, Zina und ein paar andere Freunde, die meine Kinder eingeladen hatten, um die ersten Ferienwochen bei uns in Fougères zu verbringen.

Zwei Stunden vor der Abfahrt hatten ihre Eltern sie mir samt ihrer Haustiere anvertraut. Noch im Türrahmen raunten sie mir ein «Haben Sie sich das wirklich gut überlegt?» zu, wobei mir unklar blieb, ob sie ihr Kind oder das Vieh im Käfig meinten.

«Wann kommen Véronique und Antoine?», wollte Victor zum wiederholten Male wissen, der es höchst erfreulich fand, dass wir – obgleich bei der Abfahrt bereits zu elft – am Ziel noch ein wenig zahlreicher sein würden.

Meine Vorfreude auf Fougères war anlässlich dieser zu erwartenden neuen Ferienattraktion mit mir durchgegangen. Trotz der Anwesenheit von Cousins, Schwägern und Schwägerinnen, Brüdern und Schwestern, Onkeln und Tanten, Eltern und Schwiegereltern, die bereits die Gegend unsicher machten, hatte ich bei verschiedenen Gelegenheiten die eine oder andere Einladung ausgesprochen. Da mein angestammter Ferientrupp eine gewisse Unruhe garantierte und Fougères zudem eine recht beachtliche Entfernung zu den derzeit angesagten Ferienzielen aufwies, war ich sicher, dass so mancher Anwärter frühzeitig abgeschreckt würde.

Diese Gewissheit hatte mich auch – etwas unbedacht – dazu veranlasst, meinen Gatten zu besänftigen. Angesichts der im Haus eingetroffenen Kinderhorde, die sich anschickte, mit dem Zug zu fahren, hatte er sich darauf beschränkt, mich mit abgründiger Ruhe zu fragen, ob ich darüber hinaus «noch» viele Leute eingeladen hätte.

Bei unserem Aufbruch hatte ich ihm versichert, dass bei seiner Ankunft zwei Wochen später das Haus ruhig, das Wasser im Schwimmbecken warm und der Tagesablauf vollkommen heiter und geregelt sein würde. Eve mit ihren beiden furchtbaren Kindern hatte sich bei ihrer Schwiegermutter an der Côte d'Azur einquartiert – von dieser Seite war also nichts zu befürchten. Adrienne, meiner manisch-depressiven Cousine – genannt MDC –, ging es sehr viel besser. Sie hatte entdeckt, dass das Medikament Prozac sich hervorragend in Chablis auflösen ließ, hatte außerdem den «Mann ihres Lebens» kennengelernt, auf dessen Bekanntschaft niemand in der Familie erpicht war, gleichwohl er ihr seltsamerweise sehr zugetan war. Auch von ihr drohte demnach kein unangekündigter Besuch – normalerweise eine ihrer wenigen Spezialitäten.

Mein Gatte Jean hatte mich beim Aufbruch mit einem kleinen hämischen Lächeln angesehen und ein bedrohliches «Ich hoffe es» verlauten lassen. Aber nun, während Wathi, unsere tamilische Kinderfrau, die nach zehn Jahren in unserer Familie noch immer kein einziges

Wort Französisch sprach, die Kinder davon abzubringen versuchte, den beiden Hamstern, dem Meerschweinchen von Victor, der Katze von Camille und unserem heißgeliebten Dachhasen in ein und demselben Abteil etwas Auslauf zu gewähren, kamen mir Zweifel, ob ich Jean nicht doch hätte vorwarnen müssen, dass vermutlich – als Krönung des Ganzen – meine gestresste Cousine Alix aus Paris kommen würde, um in Ruhe ihren Roman zu Ende zu schreiben. Und dass möglicherweise auch Francis und Bernard vorbeischauen würden.

Der Zug ratterte vor sich hin und verströmte diese vorzügliche Geruchsmischung von Staub und kalten Füßen, die kein Desinfektionsmittel aus den Betten der zweiten Klasse zu vertreiben vermag. Mich versetzte dies in einen Dämmerzustand, in dem ich mich angenehm entspannt zu erinnern versuchte, ob ich meinem Mann eigentlich mitgeteilt hatte, dass Francis seine Frau verlassen hatte.

Ganz einfach, um mit Bernard zusammenzuleben.

Aber war das denn wichtig? Der Sommer begann verheißungsvoll. Seit einem Monat träumten alle von dem Augenblick, in dem sie unter freiem Himmel in malerischer Landschaft dieses wunderbare elf mal fünf Meter große Becken erblicken würden, das der Bauunternehmer, in dessen Hände wir die Pläne gelegt hatten, nun vermutlich gerade vollendete. Dieses Bauvorhaben ließ die Kinder vor Neugierde beinahe platzen, während sie sich im letzten Sommer von ihrer allerschlechtesten Seite gezeigt hatten.

Es war damals sehr heiß gewesen, und meine junge Truppe hatte sich den lieben langen Tag über das Wetter beklagt, als wäre ich dafür verantwortlich. Vor allem die Großen, die sich bereits in den hitzigen Gefilden der Pubertät bewegten, nörgelten ohne Unterlass an dem Haus herum. Fougères, wo wir all unsere Ferien verbrachten, hatte in ihren Augen jeden Reiz verloren. Für sie war es ein Hort abscheulicher Mängel geworden – Mängel, die ihn den Erwachsenen gerade so lieb und teuer machten.

Unser Haus lag vollkommen einsam auf dem Land, trennte also seine Bewohner von der dort ansässigen Jugend sowie von den Flipperautomaten und den Tischfußball-Platten des nächstgelegenen Dorfes. Die am Ende des kleinen Tals majestätisch aufragende Kette der Pyrenäen erinnerte die jugendlichen Hausbewohner an die dramatisch weite Entfernung des Hauses zum Meer (samt der dortigen Strände, Clubs, Bars und Diskotheken). Im Übrigen wiederholten sie unentwegt mit böswilligem Misstrauen, dass eine klare Sicht auf den Pic du Midi im Sommer ein Anzeichen für schlechtes Wetter sei. Und wenn das Wetter nicht schlecht war, so war es zu heiß für eine Radtour, zu drückend für ein Federball-Match, zu glühend für eine Partie Pétanque. Mit der Akne spross bei diesen lieben Kleinen auch der Geist des Widerspruchs.

Um diesen Streit zwischen den Generationen zu überwinden, ohne auf unsere Familienferien verzichten zu müssen, schien es nur einen einzigen Weg zu geben: Ein Schwimmbecken musste her. Im Gegensatz zu der beträchtlichen Anzahl junger Au-pair-Mädchen, auf die wir es in den vergangenen Jahren gebracht hatten und die zum Quell so manchen reizenden Ärgernisses geworden waren, schien uns das Schwimmbecken ein nicht zu übertreffender Jugend-Sitter zu sein. Endlich Schluss mit den ewigen Nörgeleien «Was machen wir heute?» oder «Es ist so langweilig hier», die sich vor allem gerade dann vernehmen ließen, wenn wir (nach dem Putzen der Küche) einer wohlverdienten Ruhepause entgegensahen.

Während andere Eltern ihre zappligen Kinder auf verstopften, glühend heißen Straßen ins nächste Schwimmbad oder an den Strand karrten, kämen wir jetzt in den Genuss einer Siesta unter unseren kühlen Laken in unseren schattigen Zimmern.

«Glaubst du, dass schon Wasser im Schwimmbecken ist?», wollte Marion wissen, die zu mir ins Abteil geschlüpft kam.

Meine älteste Tochter hatte ihre beste Freundin nach Fougères eingeladen. Zweifellos wollte sie Zina nicht enttäuscht sehen.

«Wenn noch keins drin ist, wird in den nächsten Stunden welches hineinlaufen. Geh jetzt in dein Bett zurück. Seid still und schlaft endlich. Sonst kommt ihr morgen früh nicht raus.»

«Bist du sicher?»

«Dass ihr nicht aus dem Bett kommt?»

«Dass das Schwimmbecken in Ordnung ist!»

«Ganz sicher.»

Ich meinte es ernst, denn ich war sicher, dass ich all die Fettnäpfchen vermieden hatte, in die unsere Nachbarn mit ihren privaten Schwimmbecken getreten waren.

Zum Beispiel der *liner*. In der Stadt ganz wunderbar, war er auf dem Land eine Katastrophe. Chantal Chaville, eine energiegeladene Fünfzigjährige, hatte dies mit Nachdruck erfahren, als sie eines schönen Morgens sah, wie eine hysterische Kuh diese schöne Verschalung aus Kautschuk mit ihren Hufen aufriss. Das junge Tier war in einem unerklärlichen Augenblick der Zerstreuung in das Schwimmbecken gefallen. Da es das Becken nicht über die kleine, für den Ausstieg vorgesehene Edelstahlleiter wieder verlassen konnte, geriet die helle aquitanische Kuh in Panik, zerfetzte den *liner* und wäre gar ertrunken, hätte Chantal sie nicht rechtzeitig entdeckt. Ihr Besitzer,

Baptiste Fontanier, erzählt noch heute im Café des Hotel Dupont, dem Treffpunkt des sozialen Lebens, von der Rettungsaktion, die wortwörtlich in der Trockenlegung des Tieres bestand.

Also hatten wir uns gegen den *liner* entschieden. Stattdessen hatten wir eine Harzschicht gewählt, die hart wie eine Schiffswandung sein sollte und direkt auf den Beton eines unzerstörbaren Beckens geklebt wurde. Letzte Sicherheit schien uns in dieser Hinsicht die Wahl von Jacques als unserem Bauherrn zu geben.

Jacques war ein unternehmungslustiger Unternehmer und Ex-Achtundsechziger, den es vor einigen Jahren als Folge einer dieser Almauftriebe, die einen Großteil der flippigen Pariser Jugend mit dem Gedanken «Zurück zur Natur» in die gute Bergluft getrieben hatte, in unsere Pyrenäen verschlug. Er hatte seine von *flower power* geprägten Jugendträume noch nicht restlos begraben. Da der Boden selbst das wesentliche Material zum Bau der dort typischen Häuser lieferte, hatte er sein Talent als Ziegenzüchter und Käsehersteller zugunsten der Restaurierung alter Häuser aufgegeben, der er nun mit großer Begeisterung nachging. Obwohl er noch nie in seinem Leben ein Schwimmbecken gebaut und noch weniger Erfahrung im Umgang mit Harz hatte, schien er uns der ideale Kandidat für den Bau unseres Beckens zu sein. Als ein seriöser Vertreter des Nordens und als Freund der Familie würde er in keinem Fall eine solche Schandtat begehen, wie sie der Familie Dabadie widerfahren war.

Robert Dabadie war ein kleiner, hektischer, dunkler Typ, dessen ausgemergelte Züge durchaus den aus dieser Gegend stammenden Dörrpflaumen ähnelten. Trotz seiner südländischen Redseligkeit hegte er erstaunlicherweise eine uns unbegreifliche Bewunderung für Deutschland und die Deutschen, die er im eigenen Haus auslebte, war er doch überzeugt, dass Methode und Disziplin, ergänzt durch Hygiene und Askese, diesem Land, unserem Südwesten, eine Betriebsamkeit einhauchen würden, die hier gänzlich fehlte. Das Verschwinden beinahe jeden männlichen Erwachsenen zwischen fünfzehn und fünfundsiebzig während der Ringeltaubenjagd veranlasste ihn zu nicht abreißenden Klagen. «Wie sollen wir denn zu einer wirtschaftlichen Macht, zu einem von der Welt geachteten Land aufsteigen, wenn unsere Männer, anstatt Unternehmen zu gründen oder für das Vaterland zu arbeiten, nichts anderes im Sinn haben, als auf die höchsten Eichen zu klettern und auf Tauben zu schießen?», fragte er, uns zu Zeugen des Desasters anrufend. Um sich möglichst deutlich von diesen Ureinwohnern mit ihren verwerflichen Sitten abzugrenzen, hatte er sein Haus in eine Art bayerischen Hof verwandelt. Die Fenster hatte er mit geschnitzten kleinen Balkonen versehen, auf denen sich prächtige Geranien tummelten. Zu guter Letzt hatte er in seinem Garten große Zedern und tiefblaue Tannen wie an den Alpenhängen gepflanzt.

Ein Schwimmbecken würde die Besonderheit seines Anwesens deutlicher hervorheben und ihm außerdem noch den Vorteil einbringen, seine drei Kinder von der hiesigen Bauernjugend fernhalten zu können. Diese ungehobelten Gören verstanden nämlich nichts von Goethe, ließen aber keine Gelegenheit aus, unseren Germanophilen zum Gegenstand ihrer Scherze und Schimpfworte zu machen.

Im Gegensatz zu ihrem Mann trafen Francine Dabadie diese unflätigen Worte nicht. Sie fürchtete die Berührung mit der Bauernjugend einzig und allein auf körperlicher Ebene. Denn während Robert überall auf der Suche nach

Germanen war, witterte seine Frau Francine an jedem Ort unzählige Mikroben. In unserem mit Infrastrukturen nicht gerade gesegneten Landstrich schien ihr das vielbesuchte, öffentliche Schwimmbad von Panassac in dieser Hinsicht eine wahre Brutstätte für Bazillen, Pilze, Viren und Bakterien zu sein. Je unsichtbarer, desto gefährlicher. Sie hatte die Banden von Jugendlichen im Verdacht, die obligatorische Dusche vor dem Schwimmen aus Prinzip zu vergessen.

Wenn es dann geschah, dass dieses überspannte Wesen vor dem Flehen ihrer Kinder kapitulierte und endlich einwilligte, sie nach Panassac zu fahren, verfinsterten sich ihre Gedanken, und vor ihren Augen tummelten sich Typhusbazillen sowie Salmonellen. Ihre Phobien gewannen rasch die Oberhand: Als wäre es Absicht, sprang am Ende jedes Mal vor ihren Augen ein erkälteter Bursche ins Wasser, der seine Rotznase durch den Kopfsprung säuberte. Dann war es so weit, Francine trat den Rückzug an, fuhr wieder nach Hause und desinfizierte ihre Kinder nach allen Regeln der Kunst.

Der Zufall wollte es, dass die Realisierung des Schwimmbecken-Vorhabens, das Robert Dabadie schon lange im Kopf herumspukte und dem seiner Frau so lieben Traum von chemisch absolut unbedenklichen Badefreuden entgegenkam, zeitlich mit dem gemeinsamen Hochzeitstag am Ende der Ferien zusammenfiel.

Nachdem Robert Dabadie Francine mit den drei Kindern zur Großmutter ans Meer verfrachtet hatte, brachte er sein Vorhaben methodisch und gut organisiert auf den Weg. Das Schwimmbecken, für das er am Ende des Gartens eine Grube ausheben ließ, sodass man es von den Schlafzimmerfenstern aus sehen konnte, musste in vier Wochen fertig sein. Der von ihm beauftragte

Unternehmer versprach ihm dies auch und machte sich unverzüglich an die Arbeit. Allein diese Tatsache hätte den Bauherrn misstrauisch stimmen können, da Pünktlichkeit hinsichtlich des Abschlusses eines Bauvorhabens nicht zu den Stärken der ortsansässigen Arbeiter gehört. Das Becken sollte in der Nacht vor der Rückkehr seiner Gattin mit Wasser gefüllt werden, sodass sie gleich bei ihrer Ankunft von ihrem Balkon aus unten im Garten das einen feinen Chlorgeruch verströmende glitzernde Blau ihrer Träume entdecken würde.

Gesagt, getan. Das gewaltige Vorhaben war zur rechten Zeit beendet. Um das Becken herum entrollte man ein paar Rasenstreifen, um die schlimmsten Schäden zu verdecken. Mit einem Taschenrechner bewaffnet, errechnete Robert Dabadie frohlockend die Durchflussmenge Wasser pro Stunde, den Rauminhalt des Beckens, die Auswirkung der Wasserverdunstung in der Sonne – kurz und gut, die Zeit, die es brauchen würde, um das Kunstwerk zu füllen. Alles war haargenau so bemessen, dass das Becken eben vollgelaufen sein würde, wenn Francine und ihr kleines Gefolge mit dem Abendzug einträfen.

«Ich versichere Ihnen, ich hatte alles bedacht», klagte Robert Dabadie noch zwei Jahre später. Das frühe Aufstehen. Das Frühstückstablett auf dem Balkon mit Croissants und Orangensaft.

Beim siebenten Schrei des Kuckucks aus der Schweizer Wanduhr hatte das Paar also auf dem Balkon vor seinem Fenster Platz genommen. «Sieh nur!», hatte der Ehemann gesagt und mit dem Finger in den hinteren Teil des Gartens gezeigt, wo das blaue Viereck dieses Aqua-Traumes im Morgenlicht erstrahlte. «Oh, Robert!», hatte seine Frau gehaucht (und ihren Augen nicht getraut). «Ich traue meinen Augen nicht. Ein Schwimmbecken!»

Gerade wollte sich große Zufriedenheit einstellen. Sie dachte an den endlich sterilen pH-Wert beim Baden, und er war nun erst recht überzeugt, dass die beinahe vollständige Plünderung ihres Sparbuches richtig gewesen war – als das Schwimmbecken plötzlich wie von Zauberhand aus ihrem Blickfeld verschwand.

In Nichts aufgelöst.

Mit einem Schlag vom Chlorophyll der Pflanzen aufgesogen wie ein Kaffeetropfen von einem Stückchen Zucker.

«Oh!», sagte Francine noch einmal, ohne die Miene zu verziehen und gespannt wie ein Kind, das einem Taschenspieler zusieht. Weil ein Wunder selten allein kommt, war sie ganz sicher, dass auch dieses Verschwinden ein heimlicher Trick ihres Mannes war, ein schlauer, Wagner'scher Mechanismus, dessen Ablauf Robert ihr sogleich darlegen würde.

«Oh!», ließ nun auch Robert erschreckt verlauten, aber zu weiteren Äußerungen kam es nicht, da – ganz wie Francine es vorhergesehen hatte – das Schwimmbad unversehens wieder erschien.

Aber ach! Nicht in seiner ursprünglichen Form. Eher in einer Baukastenversion: zerlegt, zerschmettert in einer furchterregenden Geysir-Fontäne, die samt Zement-, Stein-, Erde- und Grasklumpen zehn Meter in die Höhe zischte.

Der Bauunternehmer hatte, ohne sich um den Wasserdruck zu scheren, anstelle eines richtigen Beckens vier Steinmauern errichtet und diese zementiert und gekittet. Der dreißigste Kubikmeter Wasser war dann der Tropfen gewesen, der das Gefäß zum Zerspringen brachte. Für einen kurzen Augenblick war das Wasser unter den eingedrückten Mauern und Rasenstreifen verschwunden, um sogleich von der Erde, die es nicht aufnehmen wollte, mit aller Gewalt in den Himmel geschleudert zu werden. Dabei hatte, wie Robert Dabadie uns später erklärte, der feindselig lauernde Grundwasserspiegel in seinem Garten eine unheilvolle Rolle gespielt.

Bei uns in Fougères hatten wir keinerlei verrückte Auswirkung irgendeines Wasserspiegels zu befürchten. Da das Haus vor ein paar Jahrhunderten auf einer Grundmoräne gebaut worden war, stand es auf dem Trockenen. Wie die umliegenden Gebäude verfügte es über eine natürliche Drainage, die aus tonnenweise Geröll bestand, das die Steinzeit hierherbefördert hatte. Außerdem konnte Jacques dieser Fehler schon allein deshalb nicht unterlaufen, weil er mit dem Fall Dabadie hart ins Gericht gegangen war und uns zudem Pläne eines Beckens vorgelegt hatte, das in der Tat einem unterirdischen Bollwerk glich, was unser unerschütterliches Vertrauen in ihn noch bestärkt hatte.

So waren die Pläne für das Schwimmbecken nach und nach gediehen. Es sollte in Anbetracht des zu erwartenden Lärms in gebührendem Abstand zum Haus liegen. Denn als moderne Version des Theorems des Archimedes hatte es sich uns eingeprägt, dass jeder ins Wasser gesprungene Kinderkörper unmittelbar freudiges Gejohle auslöst. Außerdem sollte es keine kurze Leiter zum Hinausklettern geben, sondern breite Stufen, sodass jedes erdenkliche Tier, das hineinfallen könnte, auch wieder herausfände: Da unser Garten am Rande eines ausgedehnten Waldgebietes lag, schauten des Öfteren Eichhörnchen oder Wildschweine vorbei.

Und schließlich hatte uns das dramatische Missgeschick von Madame Girard veranlasst, das Schwimmbecken fernab von dem kleinen Weg auszuheben, der sich zwischen den Eichen entlangschlängelte und oft von Pilzsammlern und Spaziergängern benutzt wurde.

Irène und Charles Girard waren die ersten unserer Nachbarn, die sich ein Schwimmbecken gegönnt hatten. Dieses kinderlose Paar hatte jahrelang Strände in Äquatornähe bereist: Als Ozeanograph hatte Charles Girard an immer anderen Stellen die Einwirkung der tropischen Strömungen auf die Fauna und Flora der Meere studiert. Da seine Gattin eine kräftige und muskulöse Hausfrau war, hatte sie die Zeit, die Charles den Weichtieren in tiefen Gewässern widmete, damit verbracht, morgens, mittags und abends schwimmen zu gehen, sodass ihr Körper dem einer Sirene glich. Diese Begeisterung fürs Schwimmen war geblieben, auch als sie nach ihrer Pensionierung nach Frankreich zurückkehrten und sich in dem kleinen Dorf Cadéac niederließen, in dem Irène geboren war. Dort waren nun leider die Pyrenäen nah, das Meer aber fern. Die Girards hatten also am Hang des Höhenzugs, auf dem Kirche, Rathaus, Bar und Bäckerei nebst einem kleinen Weiler und ein paar Bauernhöfen standen, ein langgestrecktes, modernes Haus und etwas unterhalb davon mitten auf einem Feld ein südseeblaues Schwimmbecken bauen lassen, das über einen stufigen Weg wie ein Archipel mit der Terrasse ihres Schlafzimmers verbunden war.

Leider hatte sich Irène, obwohl sie von hier stammte, nicht über die Gepflogenheiten gewisser Einwohner von Cadéac informiert. Firmin Dubosc zum Beispiel entzog sich regelmäßig der Überwachung durch seine Schwiegertochter – der besten Gänsemästerin der umliegenden Täler – und stahl sich ins Café davon; angeblich, um seinen Vorrat an Zigarettenpapierchen aufzubessern. Ein- oder zweimal im Monat holte er sein altes Fahrrad aus der Scheune und schob es stolpernd bis zu dem geteerten Pfad, der sich in engen Schleifen von seinem Hof bis zum Dorfplatz hinaufwand. Dort angekommen, ließ er sich auf eine der Bänke des Bistros fallen, um sich von seinem Abenteuer zu erholen. Mit seinen mehr als siebzig Jahren war Firmin fest entschlossen, seine Freiheit als Mann zu genießen, an die er leise zu glauben angefangen hatte, nachdem er seine tyrannische Ehefrau mausetot inmitten der Gänse und Enten gefunden hatte. Seither gönnte sich Dubosc nach der üblichen Suppe zweimal im Monat einen Rausch, während seine Kinder glaubten, er schliefe sanft vor dem Fernseher.

Als er wieder einmal dabei war, einen Wermut nach dem anderen zu sich zu nehmen, genoss Irène ganz in der Nähe den Anblick ihres nagelneuen Schwimmbeckens und lauschte entzückt dem hineinplätschernden Wasser. Der gewaltige Wasserhahn war unter einem riesigen Nautilus, einem häuschentragenden Kopffüßler, versteckt, den sie aus einem fernen Paradies ihrer Jugend mitgebracht hatten.

Ganz wie Robert Dabadie hatte auch Irène bereits am Vortag die Vorbereitungen für ihr erstes Bad getroffen. Auf den Steinfliesen stand ein weißer Plastikliegestuhl mit türkisfarbenen Kissen und wartete auf ihren an Kraul- und Schmetterlingsbahnen gesättigten Körper. Sie hatte einen passenden Bademantel bestellt, und der riesige Grill sollte am nächsten Abend gemeinsam mit etwa dreißig Freunden und Nachbarn eingeweiht werden. Sie war also in Hochstimmung und scherte sich nicht um die Warnungen ihres Mannes, dass das Wasser eine ganze Woche brauchen würde, um sich zu erwärmen.

Als es dunkel wurde, ging sie schließlich doch irgendwann ins Haus, schaltete mit Bedauern die Unterwasser-

Beleuchtung aus und legte sich ins Bett. Sie brauchte lange, um zur Ruhe zu kommen, aber am Ende wiegte sie das sanfte Plätschern des Nautilus doch in den Schlaf. In ihren Träumen wechselten Bilder vom Schwimmen im offenen Meer mit Fetzen aus dem Wasserballett von Esther Williams, der sie bei einer kurzen Reise nach Hollywood in Kindertagen vorgestellt worden war. Sie hatte die Vorhänge ihres Schlafzimmers nicht zugezogen, da sie es der Morgensonne überlassen wollte, sie aufzuwecken. Das tat diese auch um sechs Uhr morgens mit langen, wie geschmolzenes Erdbeereis flimmernden Strahlen, die Irène daran erinnerten, dass sie vergessen hatte, ihre Bestellung bei dem allseits so beliebten Konditor aufzugeben.

So trat sie in ihrem neuen Badeanzug, den Bademantel über dem Arm, durch die bodentiefen Fenster aus ihrem Schlafzimmer und sprang leichtfüßig die Stufen hinunter. Um sie herum schimmerte das taubenetzte Gras, und die Vögel zwitscherten ihr Morgenlied – bis sie entsetzt aufschrie.

Von einer leichten Strömung zurückgetrieben, schwamm die Leiche von Firmin mit der Nase nach unten im Wasser. Seine Arme waren ausgestreckt wie die Flügel eines großen Vogels unter freiem Himmel, während drei Meter unter ihm sein Fahrrad zur tiefsten, nur den Springern vorbehaltenen Stelle des Beckens gesunken war.

Wie üblich war Firmin nach seinem Rausch auf sein Fahrrad gestiegen, um auf dem kürzesten Weg heimzufahren: über das Feld der Girards, dessen Gras seine Fahrt etwas bremste und das genau oberhalb seines Hofes lag. Auf diese Weise war es ihm bis jetzt noch immer gelungen, den Abhang schnell und sicher herunterzukommen. Außerdem war diese Abkürzung schon deshalb viel sicherer, hatte Firmin immer gedacht, weil man nicht die mit Splitt bestreuten Kurven des Sträßchens meistern musste. Seit zehn Jahren benutzte er sie, und niemals war ihm ein nennenswertes Hindernis in die Quere gekommen, außer ein paar Eseln oder Igeln. Und obwohl er auf dem Laufenden war, was den Bau dieses Schwimmbeckens anging, der in Cadéac ausgiebig besprochen wurde, war ihm nicht einen Augenblick in den Sinn gekommen, dass ihm dieser exotische und kostspielige Luxus zum Verhängnis werden könnte. Er wurde es aber. Gelitten hat Firmin jedoch nicht, so viel versicherte der in der allgemeinen Aufregung herbeigerufene Arzt. Firmin war an einem Hydroschock gestorben. Das reichliche Quantum an vierzigprozentigem Wermut in seinem Inneren stand in außerordentlichem Kontrast zu dem zwölf Grad kalten Wasser.

Die Girards waren natürlich in keinster Weise verantwortlich für dieses Unglück, das im Grunde nur der Bistrobesitzer von Cadéac wirklich bedauerte. Die unredliche Konkurrenz des Café Dupont in Castelnau, das eine ultramoderne Musikbox aufgestellt hatte, um die Jugend anzulocken, hatte sein Etablissement in letzter Zeit noch stärker entvölkert, als es ohnehin schon durch die Landflucht der Fall gewesen war. Der Sohn und die Schwiegertochter trösteten sich damit, dass Firmin nicht gelitten hatte, ja, dass er sogar einen schönen Tod gestorben war: Es wäre ihm sicher lieber gewesen, nach einem Barbesuch zu sterben als im Bett, wie er es befürchtet hatte. Und es wäre ihm sicher ebenfalls lieber gewesen, nach dem Genuss von Alkohol statt nach dem von Antibiotika zu sterben.

Aber auch wenn sich die allgemeine Trauer in Grenzen hielt, war dies kein Grund, mit angestammten Traditionen zu brechen. Und eine von ihnen hätte kein Dubosc jemals außer Acht zu lassen gewagt: der Blumenstrauß mit Trauerflor und die Errichtung einer kleinen Gedenkstätte an genau dem Ort, wo das Unfallopfer zu Tode gekommen war – jene diskreten, manchmal auch phantasievollen Grabsteine, die man immer wieder in den Kurven der kleinen, uneinsehbaren Landstraßen sieht.

Sie mochten noch so sehr protestieren, die Girards mussten sich der brutalen Wahrheit beugen. Erstens: Firmin war das Opfer eines Verkehrsunfalls, da er auf einem Gefährt gesessen hatte. Zweitens: Weder die Seele des Verstorbenen noch das Gedenken seiner Angehörigen würden Frieden finden, wenn man an Ort und Stelle seines Todes nicht jedes Jahr einen Blumenaltar errichtete. Und drittens: Als Tochter der Gegend und Enkelin eines einst berühmten Bürgermeisters von Cadéac und – in Anbetracht des Wahlkampfs ihres Mannes – vielleicht als zukünftige First Lady des Dorfes konnte Irène nicht darüber hinwegsehen, was für eine Gotteslästerung eine Weigerung ihrerseits gewesen wäre.

Lange und heftige Diskussionen wurden geführt. Der Sohn und die Schwiegertochter von Dubosc schwankten zwischen der Versetzung eines alten, riesigen Steinkreuzes, das am Eingang zu ihrem Hof stand (die dem Sohn einige knifflige Manöver mit Traktor samt Anhänger abverlangt hätte), und der Aufstellung des außergewöhnlichen Gratisangebotes, das das Bestattungsunternehmen Costes für einen Monat im Programm hatte: einen Granitwürfel mit eingraviertem Namen und einer daraufstehenden Urne, falls man ihm die Bestattung des teuren Verschiedenen überließe. Einen kurzen Augenblick, das gestand Irène Girard später, hatte sie die Schwiegertochter Dubosc im Verdacht, es zu bedauern, dass derzeit kein weiterer Todesfall in der Familie zu erwarten war, sodass man dieses außergewöhnliche Gratisangebot vermutlich nicht würde nutzen können.

Die Girards sahen ihr hübsches Schwimmbecken bereits *ad vitam aeternam* entstellt – sei es durch das eine oder andere Denkmal. Sie wandten ein, dass sie hier nicht mehr in Frieden herumplanschen oder sich sonnen könnten. Die Erben Dubosc hielten dagegen, dass ein solches Argument gegenüber ihrer Pflicht als Hinterbliebene, für eine angemessene Gedenkstätte zu sorgen, hinfällig wäre. So einigte man sich schließlich auf einen Mittelweg: Man umging es, das rosa Perlmutt des entzückenden Nautilus schwarz zu lackieren, dessen Plätschern Firmin möglicherweise, wie die Schwiegertochter zwischen zwei Seufzern mutmaßte, im Augenblick seines Todes an das Meer hatte denken lassen, das er nie gesehen hatte. Dafür rückte Irène einige Muscheln aus ihrer Sammlung heraus, um den Grabstein zu schmücken – und auch zu verdecken –, den man diskret unter einem Oberflächensauger errichtet hatte. Die Abmachung wurde per Handschlag besiegelt und besagte auch, dass die Girards im Ausgleich für ihre minimalistische Version alle Kosten übernähmen.

In gewisser Weise war es eine posthume und hochprozentige Rache: «Auf unseren bedauernswerten Vater und Schwiegervater Firmin Dubosc» lautete der Trinkspruch für die zahlreichen uneingeweihten Gäste des Paares.

Deshalb hatten wir weise beschlossen, unser Schwimmbecken in großer Entfernung zu dem Weg entstehen zu lassen, fernab von allen verirrten Spaziergängern. Elektrische Drähte, die bereits die friedliebenden Kühe von Joseph auf Distanz hielten, sollten obendrein jedes tierische Eindringen unterbinden.

Diese Vielfalt der getroffenen Vorkehrungen hatte mich zu meiner äußerst positiven Einschätzung gegenüber Marion bewogen.

Leider sollte sie sich als äußerst voreilig erweisen.

zwei

Der Zug fährt also durch die nächtliche Landschaft, bremst aus unerfindlichen Gründen hier und da, schaukelt bisweilen wie eine watschelnde Ente vor sich hin, um dann wieder beinahe jubilierend zu beschleunigen. Ausgedehnte Halte an anonymen Bahnhöfen nähren den Eindruck einer endlosen Reise, einer Expedition durch Raum und Zeit. Auf unseren Kunstlederbetten ausgestreckt, hören wir im Halbschlaf die tonlosen Stimmen der Bahnhofsvorsteher, Pfiffe und das metallisch kreischende Ächzen der Waggons, die sich, gezogen von einer archaischen, aber furchtlosen Lokomotive, wieder in Bewegung setzen. Bereits die Altersschwäche dieser Züge verrät, wie wenig die Gegend, die sie anfahren, besucht wird und wie es um die dortige wirtschaftliche Lage bestellt ist. Man muss nicht weiter betonen, dass unsere Gegend keinen Platz in der Hitparade der «aufstrebenden Regionen» ergattert hat.

Natürlich gibt es auch Flugzeuge und TGV-Züge, die die Regionen Gers und Hautes-Pyrénées bedienen. Aber nicht wirklich. Unser Landstrich liegt eingeklemmt zwischen zwei feindlichen Polen, Toulouse und Bordeaux, und wird von diesen Städten her nur noch durch Bimmelbahnen der ersten Stunde angefahren oder aber durch modernisierte Züge aus den siebziger Jahren, die so verheißungsvolle Namen tragen wie «Regionaler Schnellzug» oder «Korall». Die Fahrgäste wissen, was sich hinter diesen schönen Bezeichnungen verbirgt: Halt an jedem kleinen Bahnhof, lästiges Umsteigen und endloses Warten in Warteräumen, wo übermüdete Reisende auf harten Metallklappsitzen nach der bequemsten Position suchen.

Um sie herum ist der Boden übersät von Spuren ihres Wartens. Bier- und Wasserdosen, Zigarettenkippen, fettige Sandwichpapiere, Speckschwarten von Schinkenscheiben und noch vieles andere zeugen von dem behelfsmäßigen Verdrängen der großen Leere dieser Augenblicke fernab des Lebens, der Zeit und des Raums. Wie festgenagelt in ihren schweren Stiefeln schlafen junge Soldaten mit offen stehendem Mund. Mülleimer platzen aus allen Nähten, Kinder geraten außer Rand und Band: Sie sind verstimmt und müde. Ihre Eltern haben es in der um sich greifenden Teilnahmslosigkeit schon lange aufgegeben, ihnen zu verbieten, sich auf dem Boden herumzuwälzen. Teilnahmslos sind auch die anderen Reisenden, die an diesen Kreuzungspunkten der großen Linien (Genf – Irun, Paris – Rom) landen: Dichtgedrängt wie ein Schwalbenschwarm auf einer Hochspannungsleitung, sind sie taub und blind für die an diesen außerirdischen Haltepunkten angetroffenen Schicksale um sie herum.

Die Reise mit dem Nachtzug hat zwei Vorteile: Man steigt erst an der Endhaltestelle in Tarbes um («Tarbes! Tarbes! Endstation. Bitte alle aussteigen! Sie haben Anschluss nach Lannemezan auf Gleis eins»). So ist man bereits an der Gare d'Austerlitz mit unserer Provinz verbunden. Und dann trifft sich im Nachtzug ein breites Sammelsurium von Menschen, die aus unserer Gegend in die Hauptstadt gekommen sind, um hier Arbeit zu finden, die bei uns so rar ist. Ein kleines Völkchen aus der tiefsten Provinz, das der Moloch Paris noch nicht zu sterilisieren und akklimatisieren vermocht hat. Einmal im Zug, empfängt die Reisenden der strenge Geruch der bereits verstopften Toiletten. Man sieht sich unverhohlen an, lächelt einander zu und begrüßt sich mit dem heimischen Akzent. Man streckt sich gemütlich aus. Man stöhnt über seine alten Knochen, seine Arthritis, die Tochter, der man bei der Geburt des zweiten Kindes geholfen hat, den Kleinen, den man abgeholt hat, damit er zu Hause mal wieder frische Luft schnappen kann.

Es ist einer der letzten Orte, wo man kunstvoll hergerichtete Pakete bewundern kann, wie sie einst unsere Großeltern so meisterhaft zu schnüren verstanden: mit faserigen, hellen Kordeln fürsorglich verschnürte Kartons oder Gemüsekörbe, aus denen Astern aus dem Garten und frisch gepflückte, noch taubenetzte grüne Bohnen hervorschauen. Vollbepackt ächzen die Reisenden durch die langen Gänge des Zuges, rufen einander Nummern zu, irren sich im Abteil, entschuldigen sich, starren auf die Fahrkarten, wiederholen halblaut und unermüdlich die Nummer des Waggons und des Sitzplatzes.

Es muss festgehalten werden, dass die französische Bahn SNCF sich gerade an den Hauptverkehrstagen übertrifft, um ein Fortkommen zu komplizieren. Zum Beispiel gelangt man in einer nur den Bahnbeamten bekannten Logik von Wagen 12 in Wagen 174 B. Jedem gesunden Menschenverstand widersprechend, verirren sich auf diese Weise ganze Familien in falsche Waggons oder gar falsche Züge, hetzen verunsichert hin und her, bis sie sich schließlich beglückwünschen, den richtigen Platz gefunden zu haben. Ihre Erleichterung entlädt sich dann in bisweilen übertriebener Weise. Zum Beispiel saß ein altes Rentnerehepaar bei mir im Abteil (da wir zu siebent waren, schlief ich in einem anderen Waggon als meine Kinder), das vierundzwanzig Stunden die schlimmsten Ängste ausgestanden hatte, da es befürchtete, keinen

Platz für die ersehnte Rückreise zu finden, nachdem es eine ganze Woche bei seinen Kindern im Moloch Paris verbracht hatte. Angefangen hatte alles mit der Verwechslung der Pariser Bahnhöfe Gare de Lyon und Gare d'Austerlitz, geendet mit der verzweifelten Suche nach ihren Schlafplätzen im Zug. Die Aufregung war dem alten Herrn aus Trie-sur-Baïse furchtbar auf den Magen geschlagen, was durch das von der Schwiegertochter in den Tagen zuvor ausgegebene Fastfood und die Gefrierkost noch begünstigt wurde.

Auf der letzten Etappe seines beschwerlichen Weges hatte er sich endlich entspannt, und ich hörte ihn die ganze Nacht über furzen – zunächst unterdrückt, aber nachdem klar war, dass ich aus Castelnau stammte, immer ungenierter. Seine Frau ermunterte ihn obendrein, seinen Blähungen freien Lauf zu lassen: «Tu dir nur keinen Zwang an, Papa! Mach ruhig! Behalte dieses Giftzeug nicht in dir drin! Die Kleine wird das schon verstehen, sie ist eine von uns ...»

Ich war eine von ihnen, und zwar seit Beginn der Zugfahrt. Wir waren unter uns, alle waren wir entzückt über die Rückkehr aufs Land. Wie immer überließ ich mich, abgesehen von den gegenwärtigen Gerüchen, jenem diffusen Sommergefühl, das mir bei jedem Aufbruch in die großen Ferien die Illusion schenkte, dass mir nun eine lange Sorglosigkeit bevorstand, die endlose Tage und Abende, ja sogar Wochen umfassen würde. Ich beschwor die Vorstellung, nun alles für immer hinter mir zu lassen: die Enge der Großstadt, die adrenalingeschwängerten Tagesabläufe, die allgegenwärtigen Turm- und Wanduhren, die eingeschliffenen Wege und die vollkommene Gleichgültigkeit gegenüber dem Schicksal jener Zeitgenossen, denen man andauernd über den Weg läuft und die dennoch sogleich wieder in der Anonymität verschwinden.

In meinem Kopf wimmelte es von Plänen: endlich ein Schlafzimmer neu streichen, Kapuzinerkresse pflanzen, die Hortensien hacken, die Terrasse auf der Westseite herrichten, um morgens im Schatten sitzen zu können, endlich jene Pyrenäentour organisieren, die uns in einen kleinen ausgezeichneten Gasthof in der Nähe von San Juan de la Pena führen sollte, und einen Film mit meiner kleinen Bande drehen ... Warum kam ich immer wieder in eine solche Stimmung? Durch die Erinnerung an die langen Sommermonate meiner Kindheit, das von der Sonne verbrannte Gras und das leise Rascheln der kleinen Heuschrecken, die bei jedem Schritt über eine Wiese aufspringen? Jedes Jahr aufs Neue überkam mich die Utopie von einer Zeit, die mir gehören würde: ungetrübte Familienfreude, Harmonie und Glück in ihrer schlichten, reinen Form würden unter freiem Himmel gedeihen. In Paris lag mein Glück brach; im Zug wollte ich die Ernte einbringen. Mir wurde klar, dass Fougères mein *Showroom* des Glücks war, die Inszenierung dessen, was ich für mein ideales Leben hielt: eine reichhaltige, vielfältige Verbindung von eigenen Kindheitserinnerungen mit denen meiner Eltern und Großeltern, zu denen eines Tages auch die meiner Kinder gehören würden.

Ich freute mich im Voraus auf diese Sommerabende, die zu den Ferien gehören und so schön lange dauern, auf die Nächte, die sich auf die Gärten senken und Rosenstöcke und Bäume mit zartem Tau benetzen – Erinnerungsbilder, die man sich später in Erinnerung ruft, um dem Winter, dem Alter und den Missgeschicken zu trotzen.

Fougères würde seinen Rhythmus einer sommerlangen Kreuzfahrt aufnehmen. Ich würde den Gartentisch hervorholen und auf die grüne Nordterrasse stellen, die in der stärksten Mittagshitze im bläulichen Schatten des Hauses lag und immer von einem wunderbar kühlen Luftzug durchweht wurde. Der große, viereckige weißleinene Sonnenschirm mit seinen langen rotbraunen Teakarmen würde bis September gespannt bleiben wie ein Segel im Passatwind. Bei Nacht würde er das flackernde und wunderliche Licht der Kerzen wiedergeben, die in afrikanischen Lampenschirmen in den Bäumen hingen. Wie immer würde man alles unverändert vorfinden, das weite Himmelszelt mit seinen Sternen, die als dunstiger Lichtschleier über den Pyrenäen schwebende Milchstraße, das schrille Zirpen der Grillen, das dumpfe Platschen aufgeschreckter Frösche in den Wasserlachen. Das Schwimmbecken wäre voll, es würde nicht verschwinden, und es würde auch keine böse Überraschung geben. Vom Haus aus würde man es nur vage erahnen – ein blasses, im Schatten liegendes Rechteck in der großen südlich gelegenen Wiese. Zwei Stunden vor der Ankunft in Tarbes schlief ich, trunken von diesen schönen Bildern, endlich ein.

Um im allgemeinen Geschrei der von Wathi aus ihrem Schlaf gerissenen Kinder wieder aufzuwachen. In Paris nicht gerade sehr nützlich, blühte Wathi auf dem Land, das sie über alles liebte, förmlich auf. Es bestand eine innige natürliche Verbundenheit zwischen ihr und den Blumen, Tieren und auch den Kindern, die erst dann richtig zum Vorschein kam, wenn sie am Morgen die Tür öffnen und den Fuß in ein echtes Draußen setzen konnte. Wathi war eines Tages bei mir gestrandet, zunächst nur für ein paar Monate, bis sie ihre Aufenthaltsgenehmigung (als politischer Flüchtling) bekommen sollte. Dieser Status wurde ihr dann allerdings verwehrt, denn nach Meinung ihres Anwaltes war es undenkbar, dass man auch nur den leisesten Anhaltspunkt in ihrem Leben ausfindig machen könnte, der auf Schwierigkeiten mit den furchtbaren tamilischen Tigern oder den schrecklichen singhalesischen Behörden schließen ließ. Niemals war sie als Schülerin durch Raufereien aufgefallen. Wathi war die Sanftheit in Person. Sie hatte sich mit ihren Geschwistern dem allgemeinen Exodus nach Europa angeschlossen, wo ihnen, wie man sich in Colombo erzählte, eine üppige und andauernde Fürsorge sicher war.

Bei uns ließ sich Wathi von unserem Staubsauger ziehen, als hätte sie die Freuden des Wasserskifahrens entdeckt, und sie hatte ihren Mutterinstinkt auf meine Kinder gerichtet, vor allem auf Victor, der damals noch ein Baby war. Sie war vollkommen fasziniert von unserer Küchenmaschine und verbrachte Stunden damit, die winzigsten Brotkrusten und Baguettekrümel zu Paniermehl zu zermahlen, das sie unaufhörlich verpackte und hortete. Kraftlos wie immer, unfähig, einen Befehl zu geben, hatte ich ihre Anwesenheit schließlich akzeptiert und wartete auf ihren Abschiebungsbescheid, um mich dann auf die Suche nach dem Traumbild einer Haushaltshilfe zu begeben – vom Haushalt besessen, dennoch zärtlicher Muttterersatz, strenge und dennoch spielerische Privatlehrerin, lebender, fehlerfreier Terminplaner sowie unvergleichliche Köchin. Und das alles natürlich zur Hälfte des Mindestlohnes.

Obwohl sie keinerlei Anforderung eines politischen Flüchtlings entsprach, beschloss am Ende eine nachsichtige Anordnung des Ministeriums, dass Wathi bleiben durfte. Und angesichts ihres breiten Lächelns, das ihre großen Zähne freigab, konnte ich es nicht über mich bringen, sie vor die Tür zu setzen. Vollkommen davon überzeugt, dass sie nirgendwo Arbeit finden würde außer bei mir, hatte ich sie also behalten, mehr zu Diensten der Kinder als zu meinen eigenen. Meine Mutter raufte sich die Haare, als ich ihr davon erzählte, und hielt mir all die zu heiß gewaschenen und eingelaufenen Pullover vor die Nase. Ich beharrte dagegen auf zwei unbestreitbaren Eigenschaften von Wathi: Sie liebte die Kinder und verabscheute den Staub. Das war immerhin nur zur Hälfte gelogen: Wathi liebte die Kinder so abgöttisch, dass sie ihnen niemals widersprach, und verabscheute den Staub so, dass sie ihm niemals zu nahe kam.

Immer, wenn ich – was allerdings recht selten vorkam – den Zustand meiner Wohnung begutachtete und mir schwor, Wathi wirklich einmal zu rügen, erinnerte ich mich von nun an unfehlbar an den früheren, erschreckenden Verschleiß unfähiger Wesen im Haus, der offenbar auf mein Konto ging. Die charmante Amerikanerin aus guter Familie, die nicht arbeiten konnte, wenn sie ihre *periods* hatte, da diese so außerordentlich schmerzhaft waren und noch dazu fünfmal im Monat auftraten. Die kleine Chinesin (sie war nur einen Tag bei uns), die mir mit engelsgleichem Lächeln erklärte, dass ein leichtes Inhalieren von Gas Kinder rasch zum Einschlafen brächte. Die argentinische Studentin der Psychiatrie und Ethnologie, die nicht zum Arbeiten zu uns gekommen war, wie sie ausführte, sondern um das Verhalten einer französischen Familie an Ort und Stelle zu studieren, und die sich im weiteren Verlauf als ein klarer Fall von Schizophrenie entpuppte – wir benötigten die Hilfe eines Krankenwagens, der Feuerwehr und der Justiz, um sie nach Buenos Aires zurückzuverfrachten. Die Kanadierin telefonierte fünfmal am Tag nach Hause, weil sie die

Zeitverschiebung nicht richtig im Kopf behalten konnte. Martine, das dumme Huhn aus dem Norden, traktierte unseren weichen Holzboden mit ihren Pfennigabsätzen (ohne schützenden Gummipfropfen) und gab, sobald sie ihren rotgemalten Mund auftat, nur Dummheiten und freundliche Lügen von sich; die drei wesentlichen Eigenschaften ihres Charakters ließen sich folgendermaßen zusammenfassen: Kleptomanin, Nymphomanin und Mythomanin. Es gab Mädchen, die sich aus meinem Portemonnaie bedienten, die die Kinder an der Schule vergaßen, die am Strand auf die Pirsch gingen oder schliefen, anstatt meine Tochter zu hüten. Und so machte ich des Öfteren Bekanntschaft mit dem schönen Satz aus dem Lautsprecher: «Die kleine Marion M… kann bei der Information von ihren Eltern abgeholt werden.» Neben jeder von ihnen gab Wathi das Idealbild einer Kinderfrau ab, die in voller Montur ins Meer stieg, um Victor besser im Auge behalten zu können, ihm nächtelang Luft zufächelte, wenn er schwitzte, und immer darauf achtete, dass meine Blumen in Fougères am Abend gegossen wurden.

Jetzt, beim Aussteigen, war sie dabei, hier einen Schuh einzusammeln, dort eine Katze, dann schleppte sie mit mir die prallen Koffer nach draußen, schnauzte in ihrem unverständlichen Kauderwelsch die Kinder an, damit wir den Anschluss nach Lannemezan nicht verpassten und damit auch meinen Schwiegervater und seine Haushälterin Denise, die uns mit zwei Autos dort abholen sollten.

Onkel Pierre, wie die gesamte junge Generation meinen Schwiegervater nannte, empfing uns freudig und immer auch ein wenig erleichtert: Er empfand es als höchst wunderbar, dass wir zur rechten Zeit, am rechten Ort und mit dem richtigen Zug eintrafen. Er war keineswegs ein unverbesserlicher Pessimist, ganz im Gegenteil, und auch sein Vertrauen in meine organisatorischen Fähigkeiten war erfreulich groß, aber es verging kein Jahr, in dem nicht irgendein Familienmitglied irgendwo zwischen Toulouse und Bordeaux verlorenging. Erst im letzten Jahr hatten wir furchtbare Stunden der Angst ausgestanden, als uns zwischen Paris und Tarbes offenbar Jean abhandengekommen war.

Wir waren absolut sicher, dass mein Mann in den Zug eingestiegen war, aber am nächsten Morgen erschien niemand auf dem Bahnsteig. Nach einer ganzen Reihe von Telefonanrufen bei unseren Freunden in Paris und bei der Bahnauskunft – «wenn ein Körper aus dem Zug gefallen ist, so kann es eine gewisse Zeit dauern, bis man ihn findet», hatte man uns seelenruhig erklärt – hatten wir zwei Stunden lang alle möglichen Varianten erwogen. Sie reichten von einem Mord wie bei Higgins Clark bis zu einer Entführung durch eine vollbusige Blondine. Dann hatte uns eine satte Stimme mit rollendem R per Telefon beruhigt. Man hatte das Individuum wiederrrrgefunden. Es schlief auf seinem Schlafplatz in dem Zugdepot, wo man inzwischen die Rrrreinigung durrchführrte.

Dann hatte es die zwölfstündige Reise von Claire gegeben, unserer dreizehnjährigen Nichte von Île de la Réunion, die meine Eltern in einen Zug gesetzt hatten, der direkt (in zwei Stunden) von Castelnaudary bis Lannemezan fahren sollte. Meine Mutter hatte sie angehalten, vorsichtig zu sein, und ihr zu diesem Zweck ihre erste Reise ohne Begleitung als einen albtraumartigen Slalom zwischen Exhibitionisten, Vergewaltigern, Dieben und Organhändlern ausgemalt («Sei auf der Hut, sie verkleiden sich oft als ganz normale Reisende»). Ganz zu schweigen von diesen Galgenvögeln, denen jede Lüge recht wäre, um sie zu überreden, aus dem Zug zu steigen, bevor sie den richtigen Bahnhof erreicht hätten. Diese Warnungen beherzigend, hatte Claire sich geweigert, dem Kontrolleur in Toulouse zu glauben, als er ihr versicherte, sie müsse umsteigen, um nach Lannemezan zu kommen. Wie alle Kontrolleure hatte auch dieser einen Bart – ein untrügliches Zeichen für seine abgrundtiefe Falschheit.

An ihren Sitz und ihre Tasche geklammert wie an einen Rettungsanker, pries Claire insgeheim den warnenden Scharfsinn meiner Mutter – und weigerte sich auszusteigen. So war sie abends in La Rochelle eingetroffen, nachts in Bordeaux und am frühen Morgen schließlich in Tarbes. Eine ganze Horde von Bahnbeamten hatte sich an ihre Fersen geheftet und verfolgte jede ihrer Bewegungen, während in Castelnau eine Sitzwache neben dem Telefon eingerichtet wurde.

Es hatte auch die Katze gegeben, die im Augenblick des Aussteigens aus ihrem Korb entwichen war, und Adèle, die ihr durch die Korridore hinterhergejagt war, ohne dass man sie daran hatte hindern können. Der Zug (Lannemezan, zwei Minuten Aufenthalt) war ohne sie weitergefahren. Und noch einmal die Katze, die diesmal auf dem Bahngleis aus ihrem Korb geflohen war und sich völlig verschreckt unter der Lokomotive versteckt hatte: Zwanzig Minuten Verspätung für die Reisenden und ein allgemeines Chaos auf dem Bahnhof: Meine Kinder hingen schluchzend am Hals des Bahnhofsvorstehers, um ihn an seinem Pfiff zu hindern, der die Weiterfahrt und damit die Exekution von Lulu bedeutet hätte. Es hatte an einem frühen Morgen die in Tränen aufgelöste Tante Lucie gegeben, die unter den malvenfarbenen Locken ihrer Dauerwelle die Lippen ebenso beharrlich wie verzweifelt aufeinandergepresst hielt: Sie hatte ihr Gebiss im Abteil vergessen.

So kam es, dass jede normale Ankunft in den Augen der uns Empfangenden einem Wunder gleichkam, sogar (und vor allem) in den Augen der Bahnhofsangestellten von Lannemezan, bei denen wir es inzwischen zu einer zweifelhaften Berühmtheit gebracht hatten.

Gewöhnlich vollzieht sich die Ankunft in Fougères in zwei Schritten. Zunächst gibt es einen Aufenthalt in Castelnau bei meinen Schwiegereltern, wo ein üppiges Frühstück stattfindet. Während die außerordentlich sportlichen Kinder sich anschließend vor dem Fernseher ausruhen, um nicht allzu schnell ihre gesunden Gewohnheiten aus Paris aufzugeben, hetzen Wathi und ich auf den Markt, um für ausreichend Vitamine und Grünzeug zu sorgen.

Dieses große wöchentliche Warengelage findet am Samstag statt – dem Tag, an dem wir normalerweise eintreffen. Hier ist nichts für das Auge der Touristen arrangiert, es gibt keine hübschen bunten Sonnenschirme, keine Inszenierung des authentischen Landlebens, wie man es in *Elle Déco* oder *Côte Sud* findet. Statt einer folkloristischen Musikgruppe ertönt lediglich kitschige Discomusik von einem knisternden Tonband über die Lautsprecher des Rathauses. Neben den regionalen Erzeugnissen hängen auf Bügeln diese unvergleichlichen blauen, schwarzen und geblümten Nylonkleider, die die alten Leute hier so schätzen, türmen sich Stapel von Baumwollschlüpfern, Gummistiefeln, großen handgestrickten Scheuerlappen aus «Pyrenäenwolle», alle Varianten von Kochtöpfen aus Aluminium und kunstvolle Arrangements von weißem Milchglasgeschirr mit Karotten- oder Rübenmotiven.

Dieser Markt ist neben dem Schwätzchen nach der

sonntäglichen Messe der ideale Ort, um den Kontakt zu Land und Leuten aufzufrischen und sich einen ersten Eindruck von den letzten Neuigkeiten zu verschaffen. Zwischen den fein säuberlich errichteten Bergen von Melonen und Tomaten und dem um den Brunnen herum dargebotenen Käse aus den Pyrenäen thront der eigentliche König der Gegend: der Lieferwagen des Fleischers Campistron, dessen vorzügliche Produkte (Ach, diese Entenrillettes, dieser auf der Zunge zergehende Wildschweinschinken, diese Würstchen und der Speck!) eine zahlreiche und edle Kundschaft anziehen. Hier ist der passende Ort, um seine Ankunft kundzutun: Man stellt sich in die Schlange, und innerhalb einer guten halben Stunde Wartezeit trifft man alle Ferienbekanntschaften, entfernten Cousins, langjährigen Freunde, und sogar an die erst im letzten Jahr geschlossenen Freundschaften wird hier wieder angeknüpft. Rührend besorgt, nehmen diese reizenden Leute Anteil an meinem Schicksal: (erschreckt:) «Hast du Wathi immer noch?», (entzückt:) «Wann bist du angekommen?», (mitleidig:) «Hast du eine angenehme Reise gehabt?», (familienbezogen:) «Wann kommt Jean?», (weltgewandt:) «Wann kommst du zu uns zum Abendessen?»

Es ist Ferienbeginn: Die Euphorie ist groß, und man nimmt die Einladung gerne an («Donnerstag, ja, wunderbar!»), ohne sich zu fragen, warum man das ganze Jahr über in Paris kein Lebenszeichen von sich gegeben hat, obwohl man doch in der Nähe wohnt.

Man muss zugeben, dass der ganze nervliche, gefühlsmäßige und finanzielle Aufwand, den ein Ferienhaus auf dem Land für die Familie mit sich bringt, immer auch mit irgendwelchen gesellschaftlichen Hintergedanken einhergeht. Wie schön kann man seinen guten Geschmack zur Schau stellen, seine Begabung, bei den Trödlern der Gegend genau das kleine Stück aufzustöbern, das in seiner Originalität wie kein anderes ins Gästezimmer passt («ich habe einen alten Sessel aus den vierziger Jahren mit einem afghanischen Kelim bezogen – der Effekt ist umwerfend!»). Man erfährt wunderbare Anleitungen für Verputzungsmischungen, um den dicken Mauern diese unvergleichliche, altertümliche Patina zu verleihen («die kleine Nische in meinem Dachgeschoss? Da müssen Sie Siena-Pigmente in die Tünche mischen, dazu sechs Dutzend Eiweiß, und dann müssen Sie mit der Schwammtechnik arbeiten»). Von Haus zu Haus beäugt man sich und versucht sich zu übertreffen, was das Essen angeht («Betty hat uns neulich eine unglaubliche Tarte mit Mangold und Pinienkernen serviert»).

In unseren Landhäusern bringt jeder Sommer seine eigenen Moden und die dazugehörigen Extras mit sich: italienische Küche und Teakmöbel, mit Kräutern überfrachtete Speisen und schmiedeeiserne Gartenkunst, Mittagessen im Grünen auf alten Piqué-Decken oder Abendessen bei Kerzenschein unter der Pergola, Wandbehänge oder andalusische Wachsfiguren. Und Moden sind nun einmal ansteckend, es wäre vergebliche Mühe, ihnen entfliehen zu wollen. Ich mochte noch so gute Vorsätze fassen, mir Vernunft und Einsamkeit schwören (dieses Jahr mache ich nichts, ich treffe niemanden, ich ruhe mich aus) – jedes Mal geht es so aus, dass ich wochenlang erst bei mir und dann reihum bei allen anderen das gleiche rohe, mit Kräutern marinierte Bulgur (Sommer 1991) oder (zwei Jahre später) denselben Nudelsalat esse. Ich ertappe mich, wie ich inmitten einer kaum zu beschreibenden Baustelle sechs Dutzend Eiweiß, in eine Blasen werfende, fahle Farbmischung kippe, um die bis zu diesem Zeitpunkt recht sauber aussehenden Mauern damit zuzukleistern … und ich ertappe mich, wie ich drei Jahre später unter dem konsternierten (Adèle), erheiterten (Marion) oder sprachlosen (Victor) Blick meiner Kinder mit einer Pinzette die Fliegen abzupfe, die durch den pestilenzartigen Geruch der Farbschicht angezogen werden und darauf weitaus besser hängen bleiben als auf den Fliegenpapierchen, die meine Schwiegermutter Josette jedes Jahr an die Küchendecke hängt.

Vanitas vanitatis: Ich konnte nicht entfliehen. Aber was wäre dieses Haus, dieser Hort meiner Träume, dieser sogenannte Zweitwohnsitz, der dennoch eine so große Rolle in meinem Leben spielt, ohne diesen stummen Wettstreit, ohne ein paar ausgewählte Gäste, die den dekorativen, beinahe aus dem Nichts geschaffenen Wunderwerken Beifall spendeten?

«Ein Paradies!», würde Jean zweifellos antworten, würde ich ihm diese Frage stellen.

drei

Nachdem die Körbe und Taschen gefüllt sind und die Bestellung dieser wunderbar festen und saftigen Hühner, die es nur auf dem Land gibt, für nächsten Samstag schriftlich festgehalten ist, nachdem ich «meine» Lieblingshändler begrüßt habe, kehren wir eilig, so will es die Tradition, nach Hause zu meinen Schwiegereltern zurück. Optimistisch betraue ich Wathi damit, die Kinder zu beruhigen, die bereits im Badeanzug herumspringen und darauf drängen, das Schwimmbecken in Fougères in Augenschein zu nehmen. Aber es wäre undenkbar, nicht den Besuch von Louise abzuwarten.

Louise ist heute im Ruhestand, zählt aber zu jenen Personen, die durch ihre treue Anwesenheit zum Ausdruck bringen, wie sehr eine Familie an ihrem Ort verwurzelt ist. Solche Frauen sind im Allgemeinen recht betagt, da sie mindestens drei Generationen in ihrem Berufsleben überstanden haben. Überall in Frankreich weisen sie ähnliche physische Merkmale auf: die grauen Haare sind streng nach hinten gekämmt, winters wie sommers tragen sie dunkle geblümte oder karierte Schürzenkleider vom Wochenmarkt, darunter ein Unterhemd. Sie wohnen im Dorf und wissen über alles Bescheid. Wachsam verfolgen sie jedes Gerücht, das «ihrer» Familie zusetzen könnte, und sind jederzeit bereit, deren Ehre zu verteidigen. Mit mütterlichem Stolz verkünden sie jeden Zentimeter Höhenzuwachs unserer Kinder wie einen neuen olympischen Rekord.

Selbst wenn sie aus Altersgründen längst nicht mehr

arbeiten, statten sie der Familie doch jeden Tag einen kleinen Besuch ab, bringen Gladiolen aus ihrem Garten, sorgen sich um die Gesundheit von «Monsieur» und «Madame», freuen sich über das bestandene Abitur des Enkels, über die Kommunion der Nichte, sticheln ein wenig gegen die neue Haushälterin, die sich noch nicht richtig im Haus auskennt, nicht in den Ecken sauber macht und ganz neue Sitten einführt: Es gehen ja die seltsamsten Leute ein und aus!

Mehr als alle Mitbringsel und Erinnerungsstücke der Familie sind diese Frauen ein Hort der Familiengeschichte samt ihren Höhen und Tiefen. Immer wieder bemüht man ihr tadelloses Gedächtnis, in dem sich Anekdoten und Geschichten tummeln, und greift auch auf sie zurück, wenn etwas im Haushalt nicht zu finden ist: Louise, erinnern Sie sich daran, wo Mamita die Hüllen für das Silberbesteck aufbewahrt?

Louise, unsere Louise, war ein solches Exemplar. Jeden Morgen kam sie zu unserem Haus spaziert, betrat es, ohne anzuklopfen, und schlich sich in die Küche – sie konnte nicht von diesem seit ihrem sechzehnten Lebensjahr benutzten Weg lassen und war fest entschlossen, ihren einstigen Platz nicht vollkommen an Denise abzutreten. Sie konnte einem in den Garten oder in das Badezimmer folgen und lange Zeit bei der Arbeit zusehen, wobei sie jede noch so geringe Abweichung von den familiären Gepflogenheiten schonungslos diagnostizierte («Dummkopf! Monsieur schneidet die Rosenstöcke nicht so … He, so doch nicht! Die Großmutter von Philipp hätte niemals zugelassen, dass man Wachs aufträgt, ohne es vorher anzuwärmen!»).

Niemand wusste besser als sie, wo die schöne, alte Ziernadel, die Wechselbürsten für das Schuheputzen oder die Spitzen für das Kinderbett waren.

«Ach, Louise! Ich wollte Sie gerade fragen, wo ist denn …», mit diesen Worten empfing meine Schwiegermutter Louise, wenn sie sie des Weges kommen sah.

Sofort leuchteten die Augen von Louise triumphierend, eine unvergleichliche Zufriedenheit packte sie, die sie uns allerdings nur in einem knappen Lächeln mitteilte.

Bisweilen waren ihre Antworten recht erstaunlich. Wer wäre darauf gekommen, die Ziernadel bei den Angelutensilien zu suchen oder eine Schuhbürste beim Fischkochtopf? Niemand außer ihr, so viel stand fest. In ihren fünfzig Dienstjahren hatte sie die Fährten gut verwischen und all die kleinen Dinge des Haushaltes nach ihrem Gutdünken verteilen können – sie herrschte unangefochten als Schutzgeist über unser Haus. Heute erntete sie die Früchte ihrer Wachsamkeit: Mit jedem Hilferuf von Tante Josette festigte Louise ihre Unabkömmlichkeit und behauptete eine Vorrangstellung gegenüber Denise.

Trotzdem waren diese späten Dienste nicht ihre eigentliche Erfüllung. Ihre große Stunde kam, wenn sie mitten beim Frühstück (etwa um die Mittagszeit) mit verschwörerischer Miene die Dorfchronik vor uns ausbreitete.

Dieses Vergnügen dehnte sie mit der immer gleichen Inszenierung wollüstig aus. Niemals hätte sie es sich beispielsweise erlaubt zu sagen: «Mein Gott! Wissen Sie schon das Neueste?» Nein. Sie bewahrte Haltung und ließ sich Zeit: Am Ende war es uns überlassen, das eigentliche Geheimnis zu erraten, den «Clou», der die ganze Stadt in Aufruhr versetzen würde. Sie genoss diese Situation, schaute wie ein junges Mädchen drein, legte ihre großen Hände vor den Mund und antwortete: «Verflixt! Ich? Oh, ich weiß gar nichts, das wissen Sie doch, ich kümmere mich um niemanden. Ich sage nur, was die Leute sagen!»

«Kommen Sie schon, Louise», bohrte Tante Josette dann weiter, die niemals auch nur das geringste Interesse am Geschwätz des Dorfes gehabt hatte.

Und dann blühte Louise auf wie Klatschmohn in der Sonne. Mit rosigen Wangen hielt sie uns in Spannung, erzählte Geschichten von Ehebruch, Scheidungsprozessen, Feuer in der Scheune von Castagnède und dem seltsamen Verhalten des Sohns von Delcasse. Aus ihrer Tonlage ließ sich die persönliche Einschätzung der Neuigkeiten heraushören. Wichtiger als die Liebesangelegenheiten, die strengen Richtlinien der Scham unterstanden, war ihr die Rubrik der Todesfälle.

«Es ist schrecklich, der alte Perissoul ist tot.»

Wir kannten die Familie Perissoul nicht. Uns interessierte weitaus mehr, wie die Männer von Fezansac dem Geliebten der Drogerie-Verkäuferin zu Leibe rücken wollten. Wir wollten Einzelheiten wissen, aber Louise kehrte zu dem jüngst Verstorbenen zurück. Wie er gestorben war, zu welcher Tageszeit, wer ihn gefunden hatte, der tiefe Schock bei den Nachbarn und schließlich die Beerdigung. Auch die Autounfälle auf der Nationalstraße unterhalb des Dorfes begeisterten sie sehr. Bei der Aufzählung der zerknautschten Kotflügel, zersprungenen Windschutzscheiben oder der Anzahl der Verletzten wackelte sie unablässig mit dem Kopf. Ihr Kommentar bestand in einem unvermeidlichen «Meine Güte!», womit sie ihr abgrundtiefes Unverständnis für diese moderne Welt zum Ausdruck brachte, die ihren Lauf so frenetisch beschleunigte, dass sie von Zeit zu Zeit brutal an ihre Grenzen stieß.

Aber heute hatte sie ein wahres Wunder auf Lager, das sie direkt von der Tochter Morrissin erfahren hatte. Ein sehr berühmter Filmemacher aus Paris hatte das kleine

Schloss von Louvensac gekauft, das seine früheren Besitzer vor dreißig Jahren verlassen hatten.

«Und es hat den Anschein, Madame, als würde er etwas ganz Großartiges daraus machen. Etwas wirklich Großartiges. Mein Großneffe ist letzten Sonntag mit dem Auto hingefahren, um sich alles anzusehen.»

Denise nickte schweigend und putzte weiter das Gemüse. In diesem Fall waren die beiden Frauen gleichermaßen verblüfft: Noch nie hatte irgendein Prominenter unserer Gegend irgendein Interesse entgegengebracht. Das Magnoac hatte bisher weder die Vor- noch die Nachteile kennengelernt, die das Auftauchen der Stars oder Sternchen mitbringt, deren Gesichter jeder aus der Regenbogenpresse kennt. Allerdings hält sich die Begeisterung für Gestalten aus dem bunten Blätterwald bei den Leuten hier auch in Grenzen. Die einzigen Berühmtheiten, die hier zählen, sind die Fahrer der Tour de France. Und das auch nur kurz, denn die Straße führt bergab.

Einmal war im Dorf von einer Hochzeit die Rede gewesen, die die Leute in ziemlichen Aufruhr versetzt hatte: Die Tochter einer Krankenschwester wollte einen Grafen heiraten, einen echten mit Titel und Wappen. Eine solche «amour fou» über einen so großen gesellschaftlichen Graben hinweg führte dazu, dass man dem betreffenden Individuum so einiges andichtete: Niemand war ihm bisher begegnet, aber es hieß, er sei schön, reich, charmant – kurzum, ein richtiger Prinz. Ein wenig bedauerte man, dass die betreffende Dame, die zwar gut aussah, nicht auch noch eine Schäferin war.

Am Tag der Hochzeitsfeierlichkeiten hatten sich die Dorfbewohner – natürlich rein zufällig – am Ausgang der Kirche eingefunden. Neugier und Neid ließen sich kaum verbergen: Warum hatte dieser ideale Schwiegersohn sich nicht für die eigene Tochter entschieden? Als aber dann die Braut aus der Kirche trat, befand sich neben ihr ein solch lächerliches Individuum mit so kurzen Beinen, dass Escanecrabe, Feldhüter und zugleich Berichterstatter für die Zeitung *Dépêche du Midi*, seine Verblüffung nicht zurückhalten konnte: «Verflucht nochmal! Sein Hinterteil hängt ja so weit unten, dass er beim Furzen am Ende noch einen Pflasterstein wegsprengt!»

Seit diesem Abenteuer war man äußerst zurückhaltend mit der Einschätzung der Qualitäten von auswärtigen Berühmtheiten. Dass die Wahl dieses Filmemachers auf unsere Gegend gefallen war, hatte im Übrigen – so Louise – eine ganz einfache Erklärung: Er war ein entfernter Cousin der Familie d'Arquié, alteingesessener Landjunker, die in Ermangelung von Adligen in der Umgebung gezwungen waren, mit alteingesessenen Winzern zu verkehren, die zwar keine Ahnenreihe, dafür aber Grund und Boden vorzuweisen hatten.

Letztere amüsierten sich gerne über die leicht herablassende Gönnerhaftigkeit der Familie d'Arquié, belächelten ihren Hang, die Pyrenäen als ihre Festung, den Fluss Baïse als ihren Entwässerungsgraben und das ganze Tal als ihr Lehngut zu betrachten. Alle angesehenen Personen hier dachten ein wenig in diese Richtung und erinnerten sich mit Hochgefühl und leichtem Spott an den schönen Spruch ihrer Vorfahren gegenüber Ludwig XIV., der sich mit dem Adelstitel für den freundlichen Empfang hatte bedanken wollen: «Sire, das ist nicht nötig. Wenn man hier geboren ist, so ist man von Geburt an adlig.»

Sobald mein Schwiegervater die Küche betrat, schwieg Louise. Sie brachte ihm, wie allen Männern, eine beinahe religiöse Bewunderung und Achtung entgegen. In ihrem persönlichen Tempel überragte Onkel Pierre alle anderen, einschließlich Jacques Chirac, und es schien ihr unvorstellbar, dass er sich für unseren Frauenklatsch interessieren könnte.

Trotz dieser Einschätzung hatte Onkel Pierre nichts Strenges oder Melancholisches in seinem Wesen. Er liebte das Leben, schätzte gutes Essen und den Anblick hübscher Frauen, war maßlos vernarrt in sein Land und seinen Garten – im Grunde war er das Inbild einer nunmehr vergangenen Zeit, einer Zeit der Ehre und des Spöttelns, der Bildung und Sprüche, der Strenge und des Lachens. Kahl oder zumindest beinahe kahl, weigerte er sich dennoch, für die paar Millimeter seiner letzten Haare ein anderes Shampoo als das für «langes Haar und strapazierte Spitzen» zu benutzen. Er spielte zwar niemals Lotto (diese höchst durchtriebene Gemeinheit zur Aufbesserung der Staatskasse), schwitzte aber jedes Mal bei der Ziehung der Lottozahlen mit seinen sieben Zahlen in der Hand. Wenn dann keine von ihnen gezogen worden war, stieß er einen siegesgewissen Seufzer der Erleichterung aus. «Josette!», rief er aus, als hätte er das große Los gezogen. «Ich habe schon wieder achtundzwanzig Francs gespart!»

Er stand früh am Morgen auf und machte als Erstes eine Runde durch seinen Garten. Zufrieden betrachtete er die üppigen Erträge seiner Beete, die geraden Reihen der angepflanzten Gemüsesorten, die kühn aufragenden Rosenstöcke an der Markise und das Blau der Schmucklilien im Halbschatten der Oleanderbüsche.

Das größte Vergnügen bereitete ihm jedoch, abgesehen von unserer Abreise, unsere Ankunft bei ihm. Sein Glücksgefühl nahm dann rasch ab – vor allem damals, als er Tante Lucie, die beinahe taub war, brüllend eine Beschreibung ihres Gebisses abringen musste (sie aber aus

Koketterie die Zähne zusammenbiss – wenn man so sagen darf), um die genauen Angaben dann telefonisch der Bahn zu übermitteln, sodass diese die in Rom gefundenen Gegenstände überprüfen konnte – seltsamerweise waren dort zwei ähnliche Gebissteile aufgetaucht.

Wie wir alle war er bisweilen sehr temperamentvoll, aber im nächsten Augenblick konnte er auch sehr feinfühlig sein.

Er schätzte es, uns in seiner Nähe, aber nicht direkt unter seinem Dach zu wissen, und genau aus diesem Grund hatte er uns einige Jahre zuvor Fougères vermacht, eine eindrucksvolle Ruine, die nach entsprechenden Baumaßnahmen genug Platz bot, um all die Kinder, Kumpels und Freunde aufzunehmen, die unfehlbar eintrudelten. Das war umso angebrachter, als Castelnau bereits weitgehend durch die erste Generation besetzt war, die Tante Josette unbekümmert zum Bleiben aufforderte, was Onkel Pierre zur immer gleichen Stichelei veranlasste: «Was für ein Glück, dass du keine Familie hast, da kannst du ja meine einladen.»

Den siebzigjährigen Mitgliedern dieses Familienstammbaumes waren zwei Angewohnheiten gemein: Sie waren charmant und so wunderlich, dass sie manchmal sogar vergaßen, sich am Morgen anzukleiden. So konnte es geschehen, dass man auf den Fluren ein paar ebenso würdevollen wie nackten alten Damen begegnete, die sich im Haushalt zu schaffen machten. Die ältere Schwester von Onkel Pierre, die nur Granichou genannt wurde, war einmal sogar (es war allerdings auch sehr heiß) von der Polizei angehalten worden, als sie, zwar mit einem eleganten Strohhut auf dem Kopf, ansonsten aber im Evakostüm auf dem Rückweg von Fougères war, wohin sie die Kinder gebracht hatte.

«Madame», stotterten die in ihrer Verwirrung errröteten Polizisten und wussten nicht, wohin sie ihren Blick wenden sollten, «Sie wissen, dass Sie in der Kurve viel zu schnell waren, nicht wahr? Erlaubt sind fünfundvierzig Kilometer pro Stunde, und Sie fuhren sechzig!»

Unerschütterlich hatte Granichou, nachdem sie sich in aller Eile in das Handtuch, auf dem sie saß, gewickelt hatte, ihnen geantwortet: «Meine Herren, ich bin siebzig Jahre alt. Seit meiner Kindheit benutze ich diese Straße, und ich versichere Ihnen, dass diese Kurve gestern noch nicht da war.»

Diese Generation ist gleichermaßen taub und phantasievoll, wobei die Taubheit sehr selektiv eingesetzt wird, ganz besonders nämlich bei unangenehmen Schimpfereien (nicht zu verwechseln mit pikantem Tratsch) oder erschreckenden Neuigkeiten aus einer modernen Welt, der sie entschlossen die kalte Schulter zeigte. (Die gleichen Polizisten hielten der gleichen, diesmal allerdings bekleideten Granichou einmal vor: «Madame, glücklicherweise hatte der junge Mann gute Reflexe. Sie haben ihm die Vorfahrt genommen.» Darauf Granichou: «Meine Herren, Sie glauben doch wohl nicht, dass ich in meinem Alter einem Grünschnabel die Vorfahrt gewähre, nur weil er von rechts kommt …»)

Ich liebte sie alle – schon wegen ihres einzigartig liebenswerten Glaubens daran, dass ihre Welt unveränderbar sei. Ich liebte dieses große in seiner Altertümlichkeit funktionierende Haus, das zugleich allen Freunden offenstand. Bei den häufigen Familienmahlzeiten kam ein ganzes Bataillon von Onkeln und Tanten zusammen, es wurde geschrien, um sich Gehör zu verschaffen, herzhaft zugebissen und so manche Flasche beim Aufwärmen alter Erinnerungen getrunken, während die Kinder – von den nutzlosen und ewig währenden Pausen zwischen dem Käse und dem Dessert, dem Kaffee und dem Likör entnervt – auf ihren Stühlen herumrutschten.

Die unterschiedlichen Generationen störten Onkel Pierre bei weitem nicht so wie unsere unterschiedlichen Gepflogenheiten. In Castelnau stand genau um zwölf Uhr das Mittagessen auf dem Tisch, während die jungen Leute um diese Zeit gerade einmal im Schlafanzug auftauchten – und das vor einem Oberst der Infanterie, der seine Prinzipien hochhielt, oder gar vor dem zum Mittagessen eingeladenen Pfaffen samt Chor, der seine Stimmbänder in Schwingung brachte. Der Fernseher wurde pünktlich zum «1000-Francs-Spiel» eingeschaltet, wenn die Jugendlichen Fun Radio hören wollten. Das Telefon war der reinste Horror – und das Leben von Jugendlichen scheint von diesem Foltergerät geradezu abzuhängen, das bekanntlich immer genau dann klingelt, wenn das Essen auf dem Tisch steht. («Verstehst du denn nicht, dass ich ihm gesagt habe, dass er mir gesagt hat, dass sie ihm gesagt hat, aber ich habe ihm gesagt ...»)

Und wir – eingeklemmt zwischen diesen beiden Generationen – versuchten, die Wogen zu glätten. Wir richteten es so ein, dass Onkel Pierre, der France Culture hören wollte, nichts von der nebenbei laufenden Arztserie mitbekam. Wir zermarterten uns den Kopf nach einer für alle zufriedenstellenden Antwort auf die unerträgliche und jeden Morgen aufs Neue mit Spannung gestellte Frage: «Was essen wir heute zu Mittag?»

Daher hatte sich unser familiäres Exil als eine Wohltat für die Nerven aller Beteiligten erwiesen. Und so verhielt es sich auch in diesem Augenblick: Louise befand, dass diese kleinen Pariser um mich herum doch recht grün aussähen, ohne allerdings ihre Blässe mit dem Umstand in Verbindung zu bringen, dass Denise, während die Jugendlichen noch ihren Milchkaffee schlürften, am gleichen Tisch die Hühner ausnahm. Aber Onkel Pierre war bereits dabei, mein Auto mit den Einkäufen und dem Gepäck zu beladen. Und auch Wathi und die Körbe, in denen die Katze, die Meerschweinchen und die Hamster saßen, mussten verstaut werden.

Auf nach Fougères!

«Verflixt!», stieß Marcel, der Mitarbeiter von Jacques, hervor.

«Verflixt aber auch!», wiederholte Joseph auf seinem Traktor.

Selbst die Kühe hatten trotz der heißen Mittagssonne ihren Schatten unter den Eichen verlassen, um durch die elektrischen Zäune hindurch das immer noch leere Schwimmbecken zu betrachten. Mitten in einem Durcheinander von riesigen Blechkanistern mit fein säuberlich aufgedrucktem Totenkopf stand Jacques, unser Bauleiter und zugleich Freund, und kratzte sich am Kopf. Die Kinder staunten fasziniert, aber auch entsetzt über das Schauspiel samt Spezialeffekten, das vor ihren Augen ablief. Es war so seltsam, dass für Sorgen keine Zeit blieb.

Das Harz, diese unverwüstliche, fäulnisbeständige, absolut nicht abbaubare Schicht (so unsere Hoffnung), die Jacques (der Mann unseres Vertrauens) am Morgen im ganzen Becken aufgetragen hatte, begann Blasen zu werfen.

Am Morgen waren sie noch so klein gewesen, dass niemand sich weiter darum gekümmert hatte, auch nicht Marcel und Jacques, die von den chemischen Vorgängen bei der Verwendung dieses Produktes keine Ahnung hatten. Aber als die Sonne verstärkt ihre brennenden

Strahlen in das Becken warf, traten die Blasen schamlos hervor. Um die Mittagszeit, als ich mit meiner Schar glücklich in Fougères eintraf, wiesen sie bereits eine beträchtliche Größe auf. Das Schlimmste aber war, dass die Blasen hart wurden und so unsere zarten Hoffnungen zerplatzen ließen, sie könnten irgendwann wieder in sich zusammenfallen.

«Verflixt und zugenäht!», wiederholte Marcel noch einmal.

«Und komisch! Was haben denn die vor?», rätselte Joseph und kratzte sich unter seiner Kappe am Kopf, womit er zweifellos wissen wollte, bis zu welcher Größe es die Blasen noch bringen würden. Schon schweiften meine Gedanken zu Tim und Struppi und *Die geheimnisvolle Insel*, zu den Soufflés Vahiné und zu der monströsen Blase aus der Serie *Prisonnier*. Niedergeschmettert stand Jacques da. Wathi lächelte immer noch, denn sie war überzeugt, dass wir auch diese Erscheinung unter Kontrolle bekämen. Und ich suchte verzweifelt nach einer Erklärung für das Desaster. In einem kurzen Anflug von Optimismus sagte ich mir, dass es Leute gäbe, die viel unglücklicher wären als wir. Zum Beispiel diejenigen, die kein Schwimmbecken hatten.

Ich fasste eine neue Nutzung des Schwimmbeckens ins Auge. Warum sollte man es nicht zu einer Minigolf-Anlage umfunktionieren? Hier und da ein Gartenzwerg, eine durchdachte Nummerierung der Blasen, sodass sich ein richtiger Parcours ergäbe, und schon wären wir die einzigen Besitzer einer vor neugierigen Blicken geschützten Attraktion, da alles ja in drei Metern Tiefe ablaufen würde. Obendrein böte das Becken die ideale Gelegenheit zur Ganzkörper-Bräunung. Ein Nudisten-Minigolf …

Selbstverständlich hatte ich Véronique von dem

Schwimmbecken erzählt. Sie wollte am nächsten Tag mit ihrem Sohn Antoine kommen und hatte nur im Hinblick auf das Schwimmbecken eingewilligt, die Côte d'Azur zu verlassen: Mit der Laune ihres Sohnes ging es steil bergab, wenn er nicht dreimal am Tag in irgendetwas Wassergefülltes springen konnte.

«Es sieht so aus, als hätte das Becken einen Sonnenbrand abbekommen, mit diesen ganzen Pusteln», sagte Marion nun abgrundtief ernst und holte mich mit ihren Worten wieder in die Wirklichkeit zurück.

Ihr Kommentar setzte eine ganze Flut von Hypothesen der lieben Kleinen in Gang. («Aber morgen können wir baden? Glaubst du, das Becken schält sich dann auch irgendwann? Vielleicht gehört das mit den Blasen so? Ob die auch explodieren können?»)

«Ich glaube, wir sollten einen Arzt holen», schlug Adèle vor.

Zwei Tage später kam tatsächlich ein «Arzt», und zwar in Gestalt eines Technikers aus dem Unternehmen, welches das Harz verkaufte.

In diesen achtundvierzig Stunden war die ganze Nachbarschaft unter den merkwürdigsten Vorwänden an unserem Haus vorbeigezogen, denn das wundersame chemische Geschehen in unserem Becken hatte sich wie ein Lauffeuer verbreitet.

Den Jagdhüter hatten wir frei nach dem Pistolenfabrikat Gastine Renette getauft. Er trug eine liebevoll zusammengestellte österreichische Tracht – Federhut, grüne Lederweste und dazu braune Gummistiefel –, und die elegante Sorgfalt seiner Kleidung verriet die ganze Komplexität seiner Aufgabe: Er musste einerseits die Unmengen von Bauern im Zaum halten, die sich als Jäger ausgaben, andererseits musste er auch die Wildschweinrudel in Schach halten, die mit großer Beharrlichkeit den Mais der wieder zu Bauern gewordenen Jäger herausrissen.

Der Bäcker kam und wollte uns plötzlich das Brot unbedingt nach Hause liefern. Angesichts unseres Blasen werfenden Schwimmbeckens verharrte er in sprachlosem Staunen. Der Bürgermeister des benachbarten Weilers stattete uns mit hängenden Schultern einen Beileidsbesuch ab und überreichte uns die Visitenkarte seines Neffen, der Bauunternehmer in Tarbes war. Und selbst Fernande, die Kurpfuscherin der Gegend, der man nachsagte, sie sei eine Expertin für Warzen, Gallensteine, Gürtelrosen und sonstige Schicksalsschläge, entschuldigte sich und beteuerte, sie sei machtlos gegen diese harzigen Auswüchse.

In meiner Verwirrung stürzte ich mich auf sie und klammerte mich an die Vorstellung, dass ihnen als verständigen Menschen vielleicht eine wundersame Lösung einfallen könnte und sie von einem Geheimmittel gegen die Blasen wüssten.

Gastine Renette war zwar Autodidakt, besaß aber dennoch hervorragende Kenntnisse über das Geschlechtsleben der Biber, die Myxomatose beim Kaninchen (*lepus oris*) und ließ keine Gelegenheit aus, sein Wissen unter Beweis zu stellen («Hört ihr die Beutelmeise singen, Kinder?», fragte er so laut, dass kein Erwachsener im Umkreis seinen Fachausdruck überhören konnte, das Vogelgezwitscher allerdings unverzüglich verstummte), aber in diesem Fall konnte er mir nicht weiterhelfen. Er telefonierte lediglich mit einem Cousin, einem begnadeten Chemiker. Alle kamen zu der gleichen Schlussfolgerung: «So etwas Verflixtes aber auch!» Das wusste ich bereits.

Zwischenzeitlich war die Veränderung des Schwimmbeckens abgeschlossen. Die Pusteln hatten sich verfestigt und wurden rissig, sodass der Vorschlag, das Becken trotz allem mit Wasser zu füllen – da ja auch ein Meeresboden nicht eben ist –, hinfällig wurde.

Das Urteil des Technikers war vernichtend. Die Bahnen aus Glaswolle waren nicht gründlich genug mit Harz bestrichen worden. Zudem war alles bei zu hoher Temperatur geschehen. Das Becken musste nun zunächst abgeschliffen werden, um die unheilvolle Schicht abzutragen, bevor nach Sonnenuntergang die gleiche Prozedur noch einmal erfolgen musste.

«Und denken Sie daran», hatte der Techniker noch gewarnt, bevor er ging, «tragen Sie Masken beim Abschleifen. Glaswolle ist sehr schädlich!»

Am nächsten Morgen hatte Jacques in voller Schutzkleidung damit begonnen, den Beckenboden mit einer üblichen Schleifmaschine zu behandeln, die nach kürzester Zeit glühte. Kurz darauf traf Véronique ein und gewahrte statt eines wundervollen Schwimmbeckens nun lediglich eine fürchterliche Dunstwolke von Glaswollepartikeln und dazu das Kreischen von Maschinen.

Sie war bereits im Badeanzug aus dem Auto gestiegen. Um ihren achtjährigen Sohn Antoine vom Mittelmeer loszueisen, hatte sie ihm von der wunderbaren Luft der Pyrenäen und dem klaren Wasser vorgeschwärmt, das direkt von den Gletschern in das Schwimmbecken floss. Er war so begeistert von ihren Erzählungen, dass er gleich nach seiner Ankunft ins Wasser springen wollte, und hatte zu diesem Zweck bereits zehn Kilometer zuvor Schwimmbrille und Schnorchel aufgesetzt.

«Die Schwimmbrille», musste ich ihr jetzt sagen, «ist eine gute Idee. Mit dem Schnorchel wartet er vielleicht besser noch ein wenig …»

So liefen wir die erste Woche unserer Ferien größtenteils in Schutzkleidung herum wie auf einem kontaminierten Gelände. («Es ist super!», erklärte einer der Freunde meiner Kinder seiner Mutter am Telefon, «wir tragen alle Gasmasken.»)

Véronique hatte ihre Pinzette ständig in Griffbereitschaft: Immer gab es irgendein Kind, das auf dem Gras herumtollte und sich danach wie ein Nadelkissen fühlte. Ich hing derweil am Telefon, um alle «glücklichen Besitzer von Schwimmbecken» anzurufen, und versuchte mit allem mir zur Verfügung stehenden diplomatischen Geschick eine Einladung meiner elf Kinder in ihr Schwimmbecken zu entlocken, das sie doch gerade hatten bauen lassen, um nicht mehr länger die Brut anderer Leute ertragen zu müssen.

Hat man Kindern oder Freunden einmal etwas versprochen, so erinnern sie sich mit hartnäckiger Beständigkeit daran. Das galt auch für Antoine und meine Kinder. Von den kreischenden Schleifmaschinen geweckt, standen sie früh am Morgen auf, tauchten bereits in Badeanzügen in unseren Schlafzimmern auf und forderten eine Schwimmmöglichkeit ein. Das sonst so hilfreiche Zauberwort «morgen» ließen sie nicht mehr gelten.

Ich versuchte also mein Glück bei den Girards, aber Irène lehnte ab, da sie sicher war, dass eines der elf Kinder auf die Idee käme zu ertrinken («ein zweites Mal ertrage ich das nicht, das verstehen Sie doch sicher», erklärte sie verschnupft). Die Chavilles hatten ihr Haus für zwei Wochen vermietet. Panassac war mit Arbeiten beschäftigt. Also gingen wir zu den Dabadies, die wie betäubt akzeptierten, uns einmal ins Wasser springen zu lassen. Leider verhielt es sich so, dass Antoine sich in seiner übermäßigen Begeisterung beim Herumtoben im Wasser regelmäßig erbrach. Véronique mochte noch so sehr beteuern, dass die im Wasser schwimmenden Teile lediglich Ausdruck eines tiefen Glücksgefühls ihres Sohnes seien – wir wurden nicht mehr eingeladen.

So waren wir gezwungen, auf die natürlichen Wasserstellen zurückzugreifen. Im Stausee von Cadéac (Baden verboten!) wurde Victor beinahe von einem Saugheber an der Staumauer angesaugt. Wir badeten in der Baïse: Dort heulte die eine Hälfte der Kinderschar wegen der von Brennnesseln überwucherten Uferböschungen, die andere wegen einer toten Ratte, die in der Strömung trieb. Anschließend suchten Véronique und ich sogar einen Arzt auf, da wir nicht mehr zu unterscheiden vermochten, ob die roten Flecken der Kinder auf dieses Bad oder auf die Glaswolle zurückzuführen waren.

Letztlich ertrugen wir unser Unglück aber mit Fassung. Mit einem Gartenschlauch besprühten wir die nach Wasser lechzenden Kinder auf dem am weitesten von dem verfluchten Becken entfernten Feld mit kaltem Wasser.

«Meine Eltern haben ein Haus am Meer», wiederholte unablässig François.

Ich würde ihn am liebsten ertränken, gestand ich Véronique.

«Du träumst wohl», erwiderte sie schlagfertig. «Dafür brauchst du ein Schwimmbecken.»

vier Endlich war die Reparatur des Schwimmbeckens abgeschlossen. Noch lange konnte man auf den Blumen und dem Gras sowie auf allen Möbelstücken im Haus (dessen Einrichtung sich glücklicherweise auf das absolute Minimum beschränkte) einen feinen glitzernden Staub finden, der unter unseren Schuhen knirschte und zwei Staubsaugermotoren den Garaus gemacht hatte. Aber wir bekamen alles in den Griff. Die Vögel, Beutelmeisen und Distelfinken, krächzten nicht länger, sondern nahmen wieder ihr fröhliches Gezwitscher auf. Antoine erbrach sich ein letztes Mal beim Anblick der unter dem blauen Himmel glitzernden Wasseroberfläche, aber glücklicherweise legte sich diese Unart durch das tägliche und wiederholte Baden.

Jacques, der sich zuvor nicht einmal mit Samthandschuhen hatte anfassen lassen – selbst wenn die entzückende Véronique sie über ihre zarten, weiblichen Hände gestreift hatte –, fand zu seiner guten Laune zurück. Das galt auch für die Kinder, die ich nun endlich im Haus verteilen konnte.

Fougères besteht aus zwei Gebäuden. Neben dem eigentlichen Haus gibt es einen alten Stall, in dem wir zur Bewältigung der absehbaren Invasionen in aller Eile einen Schlafsaal eingerichtet hatten. Seine bescheidene Ausstattung verdankte sich in den ersten Jahren unseren begrenzten finanziellen Möglichkeiten, heute jedoch ist sie sein Markenzeichen und durchaus geschätzt. Wir zählten auf die Altersschwäche der Sprungfedern und auf die von vier Generationen durchgelegenen Matratzen, um den Aufenthalt der von unseren Kindern eingeladenen Gäste zu verkürzen oder sie gar abzuschrecken: ganz gleich ob Nachbarn oder entfernte Cousins samt ihren Freunden.

Daneben gab es ein paar natürliche Verbündete in den passiven Widerstandsbestrebungen gegen die jungen Barbaren. Die guten Schleiereulen, die mitten in der Nacht durch die scheibenlosen Fensteröffnungen des Schlafsaals in ihr trautes Heim zurückkehrten und dabei so inbrünstig heulten, dass einem das Blut in den Adern gefror, das durch so manche, bei Einbruch der Nacht erzählte Geschichte von Wiedergängern, Geistern und unheilvollem Schicksal ohnehin bereits recht frostig war. Bei Sonnenschein oder während der Messe im Allgemeinen recht gottlos, geriet die junge Generation in den Sog eines entfesselten Aberglaubens, sobald die wilde und geheimnisvolle Welt des Waldes im Mondschein die Bühne betrat: polternde Wildschweine, heiser keuchende Rehe oder – weitaus erschreckender, da unmittelbar über den Köpfen – das schnelle Arpeggio der kleinen Rattenbeine auf den Deckenbalken.

Um den Schlafgewohnheiten der Gäste Rechnung zu tragen, hatten wir die junge Generation in zwei Altersklassen eingeteilt: die Albernen und die Schädlinge. Die Albernen schliefen im Haus selbst, die Schädlinge im Schlafsaal.

Die Albernen waren zwischen acht und vierzehn Jahren alt (noch Jüngere sind einfach nur Monster). Ihr Sprachgebrauch bereitete uns viel Vergnügen. (Der achtjährige Victor fragte seine zehnjährige Schwester Adèle während einer Jugendsendung über das Geheimnis der Niederkunft: «Was ist denn die Plazenta?» – «Blödmann, die Plazenta ist der Beischlafsack.»)

Ihre unter der strengen Aufsicht von Wathi (die das Französisch noch weitaus weniger liest als spricht) einem uralten Kochbuch entnommenen Kuchenrezepte überraschten uns in doppelter Hinsicht: Unsere Augen staunten über die mit Mehl und Ei zugekleisterte Küche, unsere Geschmacksnerven über den krassen Gegensatz zwischen Aussehen und Inhalt des Gebäcks. Am Abend rührten uns ihre Spiele (Mensch ärgere dich nicht, Canasta oder Monopoly), und wir erinnerten uns an eigene Kindheitserlebnisse. Tagsüber bauten sie Hütten, pflückten Blumensträuße, fuhren Fahrrad, gingen schwimmen und bereiteten ihre alljährliche Aufführung vor. Aus dem Wald brachten sie uns die wundervollsten Schätze mit – riesige, schleimige Nacktschnecken, grüne Knollenblätterpilze und aufgeschreckte Blindschleichen.

Sie bewunderten drei kleine gelbe, hübsche Entchen, die ich auf ihren dringenden Wunsch auf dem Geflügelmarkt von Lannemezan gekauft hatte. Seither wateten diese kleinen Knäuel verängstigt mitten in den schlammigsten Pfützen, um dem gierigen Zugriff der Katzen, den Hufen der Kühe und bei Nacht den lauernden Füchsen zu entgehen. Die Albernen fütterten ihre Hamster bis zur Fettleibigkeit und ließen ihr Meerschweinchen daneben beinahe verhungern, blieben aber bei all ihren Unternehmungen lustig und liebenswert.

Natürlich kam es auch vor, dass ein paar der Albernen, die es aus Paris hierher verschlagen hatte und denen das «Landleben» vollkommen fremd war, die Kühe von Joseph mit einem Taubenschwarm verwechselten. Sie rannten zwischen ihnen umher, offenbar in dem Glauben, die Kühe würden dann wegfliegen, was diese erstaunlicherweise jedoch nicht taten. Stattdessen gerieten die sonst so friedliebenden Ungetüme so sehr in Aufruhr, dass sie sich, unserem offensichtlichen erzieherischen Versagen entgegenwirkend, zum Angriff genötigt sahen. Sie gingen auf die Kinder los. Und ohne das wundersame Eingreifen von Wathi wären diese tatsächlich aufgespießt worden. Wie ein Teufel hatte Wathi die Szene betreten. Mit einer Geschwindigkeit, die mir bisher bei keiner ihrer sonstigen Aktivitäten aufgefallen war, war sie unter dem elektrischen Zaun hindurchgeschlüpft und hatte sich mit ausgebreiteten Armen vor den Kühen aufgebaut und sie in ihrer tamilischen Muttersprache aufs heftigste beschimpft.

Wir fanden nie heraus, was die Kühe tatsächlich zum Einhalten gebracht hatte («Glaubst du, dass die Kühe untereinander tamilisch sprechen?», wollte Antoine wissen). War es ihre seltsame Sprache oder ihre Hautfarbe, denn Wathi war zweifellos die erste Schwarze im Leben dieser Kühe. Wie dem auch sei, sie rettete die Kinder, und meine Anhänglichkeit, die so viele Leute aus meiner Umgebung gar nicht verstehen konnten, wuchs weiter. Wenn man mich zu ihren Fähigkeiten im Haushalt befragt, so antworte ich seither nur kurz und bündig: «Sie bringt wild gewordene Kühe zur Ruhe.»

Véronique und ich wollten diesen Vorfall nutzen, um den Albernen ein paar erbauliche Grundregeln einzutrichtern – nicht über Nutzen und Gebrauch der Säugetiere, sondern über moralisches Verhalten. Am Abend erzählten wir den nach Kernseife oder Lavendel duftenden lieben Kleinen zur Abwechslung nicht von Gaston Lagaffe, sondern vom abenteuerlichen Leben der heiligen Blandine und den Löwen. Wir wollten ihnen Respekt, Bewunderung und ewige Anerkennung für ihre Kinderfrau abnötigen (und dieser damit gleichzeitig zu der Autorität verhelfen, die ihr so furchtbar fehlte). Aber trotz all unserer Bemühungen gelang es ihnen nicht, diese virtuelle Verwandlung zu vollziehen: Wathi ließ sich in ihren Augen wohl nicht mit den Zügen der blonden und heiligen Heldin in Einklang bringen.

Aus den so entzückenden Albernen werden irgendwann dann die Schädlinge. Altersmäßig handelt es sich dabei um Heranwachsende. Der entscheidende Augenblick dieser Wandlung lässt sich nicht genau ausmachen. Aber sie kommt unweigerlich. Es gibt erste Anzeichen (Vergessen des Flanellschlafanzugs), wenn man diese aber bemerkt und entziffert (das gelingt umso leichter, wenn man diese Metamorphose bereits bei einem älteren Kind durchgestanden hat), haben die Veränderungen bereits von ihnen Besitz ergriffen.

Von einem Augenblick auf den anderen sind die Schädlinge Opfer einer allgemeinen Amnesie geworden, sie vergessen sämtliche Regeln einer guten Erziehung, die man ihnen während fünfzehn langer Jahre hat angedeihen lassen (statt «Guten Tag, Madame, wie geht es Ihnen?» wird der Nachbarin, einer furchtbaren Generalswitwe, nur noch ein «Hallo, wie geht's?» zuteil).

Einen Moment nur hat man nicht hingesehen, und schon ist es passiert! Die Albernen mit ihren hübsch geflochtenen Zöpfen bei den Mädchen und den lustig kurz geschorenen Köpfen bei den Jungen – engelsgleich in beiden Fällen – treten als geschlechtlich nicht mehr identifizierbare Individuen auf den Plan: Struppig steigen sie auf ihre motorisierten Untersätze, oben herum in hautengen Babyhemden und unten herum in Jagd- und Fischerkleidung Größe vierundfünfzig.

Sobald ein Fest näher rückt, durchwühlen die Mädchen (obwohl sie, ihre eigenen Kleider betreffend, einen ausgeprägten Sinn für Eigentum haben) Ihre Kleiderschränke und heulen, sie hätten nichts zum Anziehen und wären zu dick. Protestieren Sie dagegen, folgt der bittere Vorwurf, sie hätten Ihren Körperbau geerbt. Mit einem Schlag verabscheuen sie ihre eigene Garderobe und fordern Freundinnen auf, in Ihren Kleidern nach dem rettenden kleinen Extra zu suchen. Am Ende wird Ihre Garderobe dann doch für furchtbar altmodisch befunden, und die Mädchen entscheiden sich für verschiedene übereinandergezogene Lagen von T-Shirts und zu großen Hemden (des Vaters), dazu ein Paar Schnürstiefel, vorzugsweise ohne Senkel.

Dieser volltrunkene Absturz in den schlechten Geschmack äußert sich nicht nur in der Kleiderordnung. Er betrifft auch den Umgang: Die von wachsamer Zuneigung bestimmte Gesellschaft der Eltern, ihre lehrreichen Reden und züchtige Wortwahl finden vor den Augen der Schädlinge keine Gnade: Sie ziehen ihre Kumpels, ausschließlich Sprachbanausen und Wortverstümmler, vor («Das ist ja zum Kotzen» bleibt allerdings «Das ist ja zum Kotzen»).

Wie multiplizierte Klone riechen sich die Heranwachsenden über Kilometer hinweg und treffen sich dann vorzugsweise alle bei Ihnen. Dieses Bedürfnis zur Zusammenrottung kennt keine Grenzen. Sie fallen urplötzlich ein mit dem festen Vorhaben, im Schlafsaal zu nächtigen, aus dem sie im Übrigen sogar die Ratten vertrieben haben. (Als Antoine etwa zehn zerlumpte Schädlinge um die Mittagessenszeit in der Küche auftauchen sah, fragte er seine Mutter: «Hast du all diese Jugendlichen gesehen, die sich im Haus versteckt hatten?»)

Von plötzlichem Verlangen erfasst, rufen sie einander noch um zwei Uhr nachts an. Natürlich werden nur Sie davon wach («Mein Gott, wer ist denn jetzt gestorben?»).

Die Schädlinge in ihren riesigen T-Shirts, die nun die Schlafanzüge ersetzen, sind selbstverständlich noch auf und hören Rap oder Technomusik, lachen sich halbtot und starten von Norden her einen Angriff auf Ihren Kühlschrank.

Denn das eindeutigste Kennzeichen eines Schädlings ist sein unglaubliches Fressvermögen, je nach seiner Natur ein nagendes oder zerfleischendes, das vor nichts haltmacht (nicht einmal vor Gurken), niemals gestillt ist und keine Tages- oder Nachtzeit kennt.

Inzwischen bringe ich jeder Hausherrin, die eine Horde Heranwachsender beherbergt, die allergrößte Hochachtung entgegen.

Sie beginnt ihre Ferien wie ich auf dem Markt. Lächelnd und entspannt füllt sie ihre hübschen, geflochtenen Weidenkörbe mit duftenden Melonen, Gartenkräutern, Rispentomaten, Himbeeren und getigerten Bananen. Beim Fleischer bestellt sie erstklassige Lammkoteletts, dicke Rinderbraten, zarte Kalbsleberscheiben (für 180 Francs das Kilo) und freut sich, dass sie während der Ferien nicht auf Tiefkühlkost, abgepackten Salat und gefrorene Pommes frites zurückgreifen muss. Sie kann weder dem frischgepressten Bio-Fruchtsaft noch den sonnengereiften Aprikosen widerstehen, die Gelüste nach einer auf dem Holzofen in einem großen Kupfertopf gekochten Marmelade wecken.

Tausend verschiedene Menüs gehen ihr durch den Kopf, und mit großer Entschlossenheit sollen die durch ein Jahr in Paris erschöpften Vitaminreserven und Mineralsalzvorräte der Kinder wieder aufgepäppelt werden. Sie denkt an das Wohl ihrer lieben Kleinen und eben nicht an ihren Geldbeutel.

Das hält eine Woche an.

Zwanzig Mahlzeiten später, die sie mit zwei Geschirrservicen an aus allen Himmelsrichtungen wie Heuschreckenschwärme eingefallene Heranwachsende ausgegeben hat, entdeckt man sie angespannt, nervös, beinahe ein wenig verstört mit einem überquellenden Einkaufswagen im fahlen Licht eines riesigen Supermarktes, wie sie die Preisschilder vergleicht und zumeist den untersten Regalbrettern den Vorzug gibt, wo die billigsten Waren stehen. Sie stürzt sich auf Nudel-, Reis- und Konservenpackungen für Großfamilien. Statt riesiger Rindfleischbraten von ihrem geliebten Fleischer (für hundertsechzig Francs das Kilo) kauft sie nun abgepackte Hacksteaks; statt der hinreißenden Torten ihres Bäckers (fünfzig Francs das Kilo), die zum Tee so herrlich passen, nimmt sie nun lieber große industriell gefertigte Napfkuchen.

Ihr Auge hält Ausschau nach Botschaften wie «Angebot! Fünfzehn Prozent mehr für das gleiche Geld!», «Drei Packungen zum Preis für zwei!», «Fünf Francs Nachlass auf den nächsten Einkauf von Nescafé!», die sie in Großbuchstaben und mit Ausrufezeichen anlocken. Unverzüglich projiziert sie sie auf ihren Geldbeutel, der in schwindelerregendem Tempo schmaler und schmaler wird. Diesen verführerischen Angeboten widersteht sie nicht und wiegt sich in der Illusion, dass sie zumindest fünfzehn Prozent dieser Kinder umsonst füttert oder dass die dritte Packung drei Tage lang für ein Frühstück sorgt, ohne dass es einen Centime kostet. Sie hält ihr schlechtes Gewissen in Grenzen, indem sie die aufgeführte Zusammensetzung der Lebensmittel erst gar nicht liest. Adieu ihr Vitamine B, D, E, A, die unmittelbar unter der Haut der Pfirsiche oder im Innern der Nektarinen schlummern, adieu du Folsäure der zarten grünen Bohnen. Jetzt tanzen die Zusatzstoffe Walzer, deren Ziffern (E 317, 387, 214) sie im Lotto einsetzen würde, wenn sie nicht dreistellig wären.

Statt reiner bretonischer Butter ist jetzt Sojalecithine (siehe Napfkuchen) angesagt. Am Abend steht immer die gleiche Nudelsorte auf dem Tisch, und mit den Linsen wird die hausfrauliche Tugend der Sparsamkeit neu belebt.

Aber trotz all dieser Anstrengungen, trotz des unablässigen Umschichtens des Einkaufswageninhalts in Kartons, der Kartons in den Kofferraum des Autos und des Kofferrauminhaltes in die Schränke und Gefriertruhen, gelingt es ihr nicht, dieses Dahinschwinden von Nahrung einzudämmen oder den «Grundstock» in der Vorratskammer eines idealen Hauses zu errichten. Wie soll es denn einen vernünftigen Grundstock für ein Fass ohne Boden geben?

Obwohl ich mich bemühte, alles zu überwachen, die Schränke mit dem Schlüssel zuzusperren, fand ich irgendwann einen Teil meiner Einkäufe um das Schwimmbecken herum verstreut wieder: leere Joghurtbecher (mit kleinen Löffeln daneben), Kekspackungen oder halbe Camemberts. Hatten die Schädlinge uns im Jahr zuvor den letzten Nerv geraubt, weil es kein Schwimmbecken gab, so taten sie es in diesem Jahr, weil es ein Schwimmbecken gab.

Sie belagerten es in Scharen, die Mädchen oben ohne, dafür aber zugekleistert mit drei Schichten Sonnencreme, deren Fett sich in schillernden Farben auf der Wasseroberfläche spiegelte und mein schönes blaues Wasser in ein öliges Geschmiere verwandelte. Die Jungen, allesamt mit Dummheit geschlagen, verbrachten ihre Zeit mit endlosen Versuchen, einander ins Wasser zu stoßen und sich möglichst ein Bein dabei zu brechen. Und wenn ich endlich (nach den Einkäufen, dem Kochen und vor dem Kaffeetrinken, zu dem hartnäckig alle Gäste des Hauses wieder vorstellig wurden) versuchte, ein paar Seiten in meinem Krimi zu lesen, so war ich weder vor Wasserspritzern noch vor einem verirrten Ball sicher, ganz zu schweigen von der musikalischen Dröhnung aus dem unvermeidlichen Ghettoblaster und der dazugehörigen Tanzdarbietung dieser jugendlichen Körper (die trotz allem, was sie verschlangen, so unverschämt dünn waren).

Wenn das Schwimmbecken abends endlich verlassen dalag, konnte ich vor den glutrot beschienenen Pyrenäen die Verwüstungen um das Becken herum in Augenschein nehmen: meine zusammengeknüllten, klatschnassen Badehandtücher, hier und da ein paar Unterhosen, Überreste von Knabbereien, Badeanzüge auf den Fliesen und – das Schlimmste – auf dem gesamten Weg vom Haus zum Becken halbleere, umgekippte Wasserflaschen. Ich hätte zum Menschenfresser werden können. Aber ich zwang mich, diesen trostlosen Anblick tief in mich aufzunehmen und in all seinen Details abzuspeichern, um sie eines Tages abrufen zu können, wenn ich, schmerzerfüllt über die flügge gewordenen, dem Familienhort entfleuchten Kleinen, den gesegneten Zeiten der gemeinsamen Ferien nachtrauern würde.

«Es sind eben Heranwachsende», wiederholte Véronique nachsichtig und belustigt über die kleinen Geheimnisse, die sie ihr anvertrauten.

Als sei diese Unabänderlichkeit eine Entschuldigung. Oder diese Entschuldigung eine Unabänderlichkeit. Aber sie konnte auch leicht großmütig sein. Bei den Heranwachsenden anderer kann man verschwinden, wenn man genug von ihnen hat. Verlassen dann allerdings die eigenen Kinder das Haus, ist es auch wieder nicht recht, denn bei diesem Abschied fließen oft genug wehmütige Tränen über das Ende eines Lebensabschnittes.

*

Dann kam Alix. Sie hing zwischen zwei Kapiteln ihres Buches fest und kam nicht weiter, das Telefon klingelte pausenlos, und die Hitze in Paris war so unerträglich, dass ihr meine Einladung sehr gelegen kam, um sich in die Ruhe und ins Grüne zurückzuziehen. In Fougères, davon war sie überzeugt, würde sie zu ebenjener Heiterkeit (dem Quell jeder Konzentration) zurückfinden, die ihr in der Hauptstadt so sehr fehlte. Sie kannte Fougères nur aus meinen von unschönem Beiwerk gereinigten Erzählungen – man könnte auch sagen, meinen schwärmerischen Ausführungen über Kaminfeuer (aber wir hatten ja Juli), über lange Sommerabende vor dem leise und geheimnisvoll rauschenden Wald, über frische Gänseleber, zubereitet in Traubensaft und gewürzt mit einem guten Jurançon (dem Lieblingswein von Heinrich IV.) oder aber über Irish Coffee, an dem man unter einem funkelnden Sternenhimmel nippt.

Als sie am Telefon ihrer überschwänglichen Freude, die Stadt (samt der schlechten Luft, dem Verkehr, der Hektik) hinter sich zu lassen, freien Lauf ließ und ihre Ankunft bei uns kaum noch erwarten konnte («Morgen, am Flughafen von Tarbes um fünf nach zwölf»), brachte ich nicht den Mut auf, ihre idyllischen Vorstellungen durch die Erwähnung meiner Schädlinge zu trüben. Ich freute mich sehr, dass sie kam. Außerdem war Véronique noch da, die ein offenes Ohr für die Heranwachsenden hatte und sie gut zu nehmen wusste. Auch sie freute sich auf die Ankunft von Alix bei uns, denn sie mochte sie sehr.

Auf der kleinen Straße zum Flughafen, die durch die

sanften Hügel führte, vorbei an hellen, von der Sonne verbrannten Feldern, auf denen die langen Maisblätter rascheln, überließ ich mich wie gewöhnlich meinem natürlichen Hang, die Utopie der Wirklichkeit und den Optimismus dem Weitblick vorzuziehen – was die mir nahestehenden Menschen, und ganz besonders Jean, immer wieder auf die Palme brachte. Vor allem dann, wenn er mir unbedingt über die verschiedenen Vorboten des Chaos die Augen öffnen wollte, das seiner Meinung nach ständig über uns hereinzubrechen drohte («Ist dir klar, um wie viel du dein Konto überzogen hast?»), und ich, in der festen Überzeugung, dass jede noch so verzweifelte Situation ihre positive Seite hat, nur unwirsch erwiderte: «Kein Problem.»

Während ich also in brütender Mittagshitze auf der leeren Straße unterwegs war und mich an der üppigen Schönheit der Magnoac-Gegend erfreute, vergaß ich den Tumult von Fougères und setzte die Welt meiner Familie neu zusammen, so wie man es mit Puzzleteilen nicht machen sollte. Ich entfernte alle Ecken und Kanten der einzelnen Teile, bis sie ein harmonisches Ganzes bildeten. In meinen Gedanken brachte ich Alix im Esszimmer unter, das wir ohnehin nur im Winter benutzten. Allen anderen würde ich den Zutritt verbieten. Die Schädlinge würde ich streng in ihren Bereich weisen. Kurz und gut, alle Quellen von Lärm und Ungemach lösten sich in meinem Kopf auf und verschwanden in der flirrenden Glut, die den schwachen Umriss der Pyrenäen am Horizont ebenso verdoppelte wie die kühnen Kirchtürme der Dörfer und die satten Rundungen der Hügel.

«Was ist denn das! Du hattest mir die Wüste Gobi versprochen, aber das hier ist eher die Wüste der Tartaren … mitsamt den Tartaren!»

Der sich bietende Anblick wies in der Tat nur einen sehr entfernten Zusammenhang mit der Vorstellung eines ruhigen und leeren Hauses auf, wie ich es mir in meinen Gedanken zurechtgelegt hatte. Und Alix blieb dieser Zusammenhang leider vollkommen verborgen.

Es war ein Uhr mittags. Um diese Zeit fand bereits unter der Aufsicht von Wathi das Mittagessen der stets ausgehungerten Albernen statt (seit der Ankunft von Robin waren sie zu zwölft) sowie das Frühstück der Schädlinge, deren schlaffe Gestalten noch die Falten ihrer Schlafsäcke aufwiesen und die im Schatten der Eukalyptusbäume unter dem unerschrockenen Blick der Kühe ihre Kaffeetassen ebenso auf der Wiese verteilten wie die Butter und die Brote.

Neben ihnen suchte das Meerschweinchen Malo verzweifelt nach einem geschützten Platz, während die beiden Hamster von François und Matthieu, die die Kinder in guter Absicht in einen gemeinsamen Käfig gesteckt hatten, es fröhlich miteinander trieben.

Für einen Augenblick hatte ich erwogen, sie wieder zu trennen, da ich mir das Gesicht einer der Mütter vorstellte, wenn der kleine Liebling ihres kleinen Lieblings ihr eine satte Ladung von zwölf klitzekleinen Hamstern liefern und sie natürlich entsprechende Schlussfolgerungen über die in Fougères herrschenden Sitten ziehen würde. Aber im Augenblick musste ich mich um ganz andere Dinge kümmern, in diesem Fall um Jaja, die wegen der rötlichen und grauen Flecken auf ihrem weißen Fell auch Chrysanthemen-Jaja hieß.

«Ich weiß nicht, ob Jaja das aushält», sagte Alix drohend und zerrte den Korb aus dem Auto, aus dem es während des gesamten Rückweges unablässig miaut hatte. Einen kurzen Augenblick fragte ich mich, ob sie ihrer Katze nicht vielleicht ihre eigenen Zweifel andichtete.

Aber nur einen kurzen Augenblick. Die befreite Jaja zitterte vor Angst am ganzen Leib. Mit angelegten Ohren, steifem Buckel und wildgesträubtem Fell begann sie in alle Richtungen zu fauchen und hysterisch zu heulen. Mit ihrem Gezeter versetzte sie am Ende auch Malo in Panik, der seit seiner Ankunft in Fougères eine echte Paranoia entwickelt hatte (da er sich gerne unter dem Feigenbaum in die Erde eingrub, vergaßen die Albernen oft, ihn zu füttern oder am Abend wieder ins Haus zu holen).

Man darf nicht vergessen, dass Jaja eine äußerst begrenzte Weltsicht hatte, die sich auf ihre Wohnung in Paris beschränkte. Sie hatte sich mit großer Mühe an die Topographie dieser Räumlichkeiten gewöhnt und es schließlich geschafft, unter all den Zweifüßlern, die um sie herumschwirrten und mit ihren Händen packen wollten, das Gesicht und die Stimme ihrer Herrin zu erkennen. Durch diese Informationen mehr als gesättigt, weigerte sich ihr Gehirn, noch irgendetwas anderes aufzunehmen. So auch die Tatsache, dass es ein Draußen geben könnte, wo man wie alle anderen Katzen auf Bäumen herumklettern könnte. Oder wo es Mäuse geben könnte. Als sie aus Unachtsamkeit einer Spitzmaus (dem kleinsten Säugetier der Schöpfung), die sich ins Haus verirrt hatte, in die Quere kam, hatte sie sich, starr vor Schreck, drei Tage lang unter dem Bett von Alix versteckt, ohne dass sich ihr jemand nähern konnte, nicht einmal ihre Herrin.

«Aber natürlich wird sie sich akklimatisieren!», warf Véro optimistisch in die Runde (sie kannte das Tier nicht). «Du musst sie nur rasch in dein Zimmer bringen, damit sie sich eingewöhnt. Alle verstehen sich gut hier. Auch die Tiere. Zébu ist kastriert. Toupie ist operiert. Deine Katze auch. Wir haben also nichts zu befürchten.»

Und mit dieser Kurzfassung von einem *love and peace* der Tiere brachten wir Alix nach oben und halfen ihr, den Computer, die Katze und das Gepäck unterzubringen.

«Als wir uns das letzte Mal sahen, und das war vorigen Monat», sagte sie, während ich ihr das Esszimmer zeigte (ihr Arbeitszimmer, das «ausschließlich für dich reserviert ist»), «hattest du drei Kinder. Von wem sind denn all die anderen? Sie sind ja wohl nicht ohne Vater und Mutter auf die Welt gekommen?»

Ich beruhigte sie unverzüglich, vermied aber nähere Ausführungen über meine Unterscheidungen zwischen Albernen und Schädlingen: Für Alix sind Kinder vor allem dann der Quell unversiegbarer Ärgernisse und fürchterlicher Scherereien, wenn sie einem strengen, militärischen Rahmen entgleiten.

«Morgen wird ein Großteil verschwunden sein», ließ ich beschönigend verlauten. «Und um die übrigen kümmert sich Wathi.»

«Bitte sorge dafür, dass sie nichts von meinen Sachen anfasst.»

«Und Véronique ist auch noch da. Du brauchst dich nur um dich selbst, um Jaja und um dein Schreiben zu kümmern. Wie weit bist du überhaupt?»

«Sonst erwartest du niemanden?», bohrte sie weiter, denn sie kannte meine krankhafte Zerstreutheit und meinen unverbesserlichen Optimismus.

«Nein, außer Jean, der aber erst nächste Woche kommt. Du kannst in Ruhe schreiben. Morgen wird das Haus ruhig und friedlich sein.»

«*Inch'Allah* …»

fünf

Gott wollte es vielleicht sogar.

Aber Eve nicht.

Sie war am Telefon, und zunächst war ich sogar entzückt, ihre Stimme zu hören.

«Wie schön, dass du mich anrufst. Wie geht es dir? Ist es schön an der Côte d'Azur?»

«Das weiß ich nicht. Ich bin gar nicht dort.»

«Ich dachte, du verbringst deine Ferien bei deiner Schwiegermutter in Menton. Hast du deine Pläne geändert?»

«Ich habe mich mit ihr gestritten. Sie ist gemein zu den Kindern und hasst sie. Außerdem ist meine Schwägerin gekommen, erinnerst du dich an sie? Sie hat ihre drei Monate alten Zwillinge mitgebracht.»

Für einen kurzen Augenblick war mein Mitgefühl geweckt, denn es befriedigte mich ein kleines bisschen, dass es an anderen Orten, in anderen Familien und Ferien noch schlimmer zuging. Aber diese kleinliche Befriedigung währte nur kurz. Eve fuhr fort: «Sag mal, ich habe keine Zeit, um jetzt stundenlang mit dir zu quatschen. Ich bin in einer Telefonzelle am Straßenrand. Ich wollte nur wissen: Wie komme ich von Toulouse zu dir? Muss ich in Richtung L'Isle-Jourdain oder in Richtung Samatan fahren? Es ist dir noch nicht unangenehm, wenn wir kommen? Wir bleiben auch nicht sehr lange.»

Ach! Dieser kleine, nette Satz. Verweilen wir doch ein wenig bei ihm. Richten wir unser Augenmerk doch einmal auf das *sehr*, ein Adverb der Intensität, das den absoluten Superlativ ausdrückt. Innerhalb einer negativen Wendung («wir bleiben auch nicht ...») verleiht dieses hingeworfene *sehr* der aktiven Form «wir bleiben» einen für die Hausherrin äußerst schmerzhaften Unterton, auch wenn sie von diesen grammatikalischen Feinheiten keine Ahnung hat.

Klar ausgedrückt: «Wir bleiben auch nicht sehr lange» bedeutet: Wir haben die Absicht, lange zu bleiben, auf jeden Fall länger, als ihr es euch jemals vorgestellt habt. In der Sprache der Schädlinge heißt das: «Man schlägt Wurzeln.» Der kleine Satz zeugt auch davon, dass diejenigen, die ihn hervorbringen, genau spüren, dass der Adressat nicht sonderlich begeistert ist. Aber das ist offenbar nur ein zusätzlicher Ansporn, sich tatsächlich bei ihm einzunisten. Wilde Entschlossenheit wird mit einer unendlichen Vielfalt von Verniedlichungen bemäntelt. Aber Sie lassen sich nicht hinters Licht führen: Nach ein paar Jahren als «glückliche Besitzerin eines reizenden Ferienhauses» verstehen Sie es meisterhaft, all die Untertöne und Varianten dieses von Eve so anmutig vorgebrachten kleinen Satzes zu entziffern.

So schwingt bei «Wir schauen nur einmal vorbei» eine nächtliche Ankunft mit erschöpften Kindern ohne Reservierung in einem der umliegenden Hotels mit – und hätten Sie in diesem Fall das Herz, die Bekannten oder Freunde wieder auf die engen, kurvenreichen Straßen hinauszujagen?

«Wir machen nur einen kleinen Abstecher» kündigt einen Überfall genau zur Mittagessenszeit an. Unvorstellbar, dass man diese – beinahe unbekannten – Leute nicht zum Essen einlädt, wenn sie einen solch mühevollen Umweg auf sich genommen haben, nur um Sie wiederzusehen.

Noch viel verlogener ist möglicherweise die Mitteilung «Wir sind hier in der Gegend und machen einen kleinen Umweg». Hinter dieser Variante verbirgt sich wohl gar die überstürzte Flucht aus einem heruntergekommenen Ferienhaus in der Gegend, ohne dass jedoch die Heimreise angetreten würde, da Sie ja ganz in der Nähe ein Haus besitzen und gerade vor Ort sind! Natürlich zeigen sich Ihre Obdachsuchenden von vornherein großzügig geneigt, Ihnen jedes Durcheinander nachzusehen: «Es ist ein wenig wie auf dem Campingplatz, aber was macht das schon? Wir haben ja Ferien, nicht wahr?» Eine solche Großherzigkeit sollten Sie zu schätzen wissen.

«Wir machen auch gar keine Umstände» fällt ungefähr in die gleiche Kategorie, bedeutet aber, dass die Eindringlinge ihre Bettwäsche mitbringen.

«Wunderbar, wir haben deine Adresse im Telefonbuch gefunden» ist gleichbedeutend mit «Wir sind auf dem Rückweg von Spanien, allerdings ein wenig früher als geplant. Eine Woche Ferien haben wir noch, Geld aber nicht mehr. Da haben wir dich über die Auskunft ausfindig gemacht.» Diese Auskunft lässt sich nur zu gut mit schmeichelhaftem Beiwerk verbrämen: «Wir waren in der Nähe, und da sagte ich mir: Wie schade, mein Mann kennt dich gar nicht, obwohl ich ihm schon so viel von dir erzählt habe.» Bei einer vielköpfigen Familie klingt die Variante eher so: «Die Kinder würden dich so gerne begrüßen!»

Andere sind dreister und fädeln alles bereits von Paris aus ein: «Hallo! Du hast doch ein Haus im Gers, nicht wahr?», oder sie fragen heuchlerisch, «Brauchst du etwas aus der Hauptstadt?» (bloß nicht darauf hereinfallen, denn diese Leute treffen immer mit leeren Händen, aber tausend Erklärungen ein). Eine häufige Variante lautet auch: «Ich wäre ja gerne nach Tarbes geflogen (dreißig Kilometer entfernt), aber Air France gewährt keinerlei Nachlass auf Wochenendflüge, ist das nicht unverschämt? Macht es dir etwas aus, wenn du mich in Toulouse abholst (einhundertdreißig Kilometer Entfernung)?»

Und nun die allerschlimmste Version: «Kuckuck, wir sind's!» Gegen vollendete Tatsachen lässt sich nicht viel machen. Alle ausgedachten Entschuldigungen («Die Kinder haben die Röteln»; «Wie schade, unglücklicherweise fahren wir heute Abend ans Meer»; oder «Ich unterhalte mich gerne mit Ihnen, aber eines meiner Kinder spielt am Gas herum, ich gebe Ihnen Wathi, sie wird Ihnen den Weg erklären») fallen angesichts eines vor Ihrem Haus parkenden monströsen Wohnmobils in sich zusammen. Stets wählen die stolzen Besitzer des Wohnmobils den besten Platz in Ihrem Garten: Sie stellen sich zwischen die beiden Hortensienbüsche unter der schönen Eiche, wo alles sehr gepflegt ist. Dort breiten sie sich aus, klappen ihre Stühle auf sowie den Tisch und den Sonnenschirm. Unter dem Vorwand, dass sie ja nicht bei Ihnen nächtigen, benehmen sie sich wie in einem Hotel und erklären mir, nachdem sie Wathi ihre Wäsche überlassen haben, zufrieden: «Siehst du, welche Vorteile ein Wohnmobil hat – man kann seine Freunde besuchen, ohne sie zu stören.»

Eve würde also in Fougères eintreffen, und nur sie allein wusste, für wie lange. In Begleitung ihrer beiden Schätze Grégoire und Mathilde, die für Alix in besonderer Weise ihrer Vorstellung von Kindern entsprachen. Und auch wenn sie nur zu dritt waren – folglich nicht zu vergleichen mit der heute Morgen aus dem Feld geschlagenen Invasion –, wusste ich nicht, wie ich Alix diese Neuigkeit beibringen sollte, denn sie hatte ich schließlich ausdrücklich eingeladen, und sie musste unbedingt mit ihrem Buch weiterkommen. In heiterer und ruhiger Atmosphäre.

Ich zermarterte mir das Gehirn, ging vor der geschlossenen Tür des Esszimmers auf und ab, aus dem nur das muntere, rasche, gedämpfte Klappern der Tastatur ihres Laptops zu mir drang. Diese klangvollen Manifestationen einer intensiven Kreativität gewährten mir einen kurzen Aufschub. Sollte ich ihre Inspiration wirklich stören? Vorwarnen musste ich sie aber, denn in spätestens zwei Stunden würde Eve hier sein.

Noch herrschte eine glückliche Ruhe im Haus, und der Sommer zeigte sich von seiner schönsten Seite – die Kinder waren am Schwimmbecken, Véronique hielt ein Mittagschläfchen, eine Fliege summte, und bisweilen ließ sich draußen sogar der laute Strahl einer Kuh vernehmen, die ihr Geschäft verrichtete. Es herrschte Ordnung im Haus, Denise hatte die Böden gewischt, und in der Küche mischte sich der würzige Geruch von *Savon noir* mit dem süßen Duft des Farns, den der sanfte Westwind hereinwehte. Ich sog dieses Ambiente in mir auf, wie man es bei einem Ort tut, den man liebt, nun aber für immer verlassen wird – auch den Sonnenuntergang an einem Pazifikstrand bewundert man am letzten Ferienabend mit besonderer Wehmut.

Ich kochte Tee und zog einen Liegestuhl auf die grüne Terrasse vor der Küche. Vor mir schwammen die drei kleinen Entchen auf einem Tümpel wie drei kleine goldene Knöpfe. Zébu und Toupie lagen im Gras und schliefen vertrauensselig. Jaja hielt sich gut unter dem Bett von Alix versteckt.

«Wie ruhig es hier ist», schwärmte diese und gönnte

sich ein Päuschen an meiner Seite. «Ich habe gut daran getan, den Aufbruch dieser Gören zu beschleunigen, oder?»

Am Morgen hatte sie mir gemeinsam mit Véronique geholfen, die große Mehrheit der Schädlinge zu sich nach Hause zu schicken. Aus dieser Gruppe waren nur noch meine Neffen Jacques, Pierre und Olivier übrig sowie Zina, die Freundin von Marion.

«Die Ruhe nach dem Sturm», fügte sie hinzu. Das schien mir der geeignete Augenblick, um meine Informationen loszuwerden.

«Eher die Ruhe *vor* dem Sturm. Eve hat mich angerufen. Sie wird jeden Augenblick hier eintreffen.»

Alix kannte Eve nicht. Noch schöpfte sie keinen Verdacht. Ich legte die Gründe für die unverhoffte Anreise dar und schilderte das Bild in düsteren Farben: unerträgliche, diktatorische Schwiegermutter, Tag und Nacht heulende Babys im Haus, nachts ganz besonders. Teuflische, putzwütige Schwägerinnen. Kurz und gut, eine unhaltbare Situation, aus der nur noch die Flucht hatte Rettung bringen können. Ich wusste, dass Alix ein mitfühlender, großmütiger Mensch war. Ich wusste, dass sie den Hang hatte, alle hinkenden Enten, alle Opfer ehelicher Grausamkeiten, alle in irgendeiner Form gepeinigten Frauen unter ihren Schutz zu stellen. Ich ahnte, dass die beiden sich gut verstehen würden. Aber auch nur die beiden.

«Sie kommt mit ihren beiden Kindern. Zehn und zwölf Jahre alt. Sie wird nicht sehr lange bleiben …»

Einem leichten Stirnrunzeln folgte aber sogleich die Einsicht: «Sie kann sie ja nicht einer so schrecklichen Schwiegermutter überlassen (hier meinte ich ein leichtes Bedauern in ihrer Stimme zu hören). Aber ihre Mutter hat sie im Griff, nicht wahr? (Anflug eines Zweifels) Deine Freundin sagt ihnen, was zu tun und zu lassen ist – oder ist sie etwa wie du?»

Dazu fiel mir nichts mehr ein. Aber eine Antwort erübrigte sich auch, denn draußen erklang ein fröhliches Hupkonzert, gefolgt von quietschenden Bremsen. Gleichzeitig gingen alle vier Türen des Autos auf. Nicht drei, sondern alle vier. Es tauchten auf: Eve (wie erwartet), ein krebsroter Grégoire und eine griesgrämige Mathilde (untrennbar mit Eve verbunden) sowie eine lange blonde Bohnenstange (vollkommen unerwartet), die ich unverzüglich in die Schublade «reizende Idiotin» packte. Dazu in dem allgemeinen Trubel ein nicht identifizierbares Ungetüm von Hund, das wohl nicht in der Lage war, sich zwischen Freude und Angst zu entscheiden: Wie ein Verrückter jagte er den beiden Katzen hinterher, bevor er in den Tümpel sprang, um dort die Entchen aufzuscheuchen.

«Ferrande!», schrie Eve. «Hierher, Ferrande, bei Fuß!»

Ferrande! Dass es Ferrande gab, hatte ich vergessen. Ferrande ist bei Hunden das, was Jaja bei Katzen ist. Tropfnass kam Ferrande zu uns zurück, zitterte wie Espenlaub und schüttelte sich natürlich erst, als er unmittelbar neben unseren Beinen stand. Mathilde klagte unterdessen über Hunger und Grégoire über Durst. Die reizende Idiotin, die offenbar in die furchtbare Rubrik der Au-pair-Mädchen gehörte, stand regungslos wie ein Klotz daneben. Und ich wagte es nicht, zu Alix hinüberzusehen.

«Meine Liebe!», begrüßte mich Eve mit einer Umarmung. «Wie schön, endlich bei dir zu sein! *Ruth, please take care of the dog!*»

«Und kümmere dich vielleicht auch gleich um die Kinder», lautete der Vorschlag von Alix, die mir, noch bevor ich sie Eve vorstellte, ins Ohr flüsterte: «Bist du sicher, dass ihre Schwiegermutter tatsächlich so schrecklich ist?»

*

Grégoire war krank. Er hatte hohes Fieber und litt an Kopfschmerzen, sodass ich Eve vorschlug, mit ihm den Arzt aufzusuchen. Ich muss gestehen, dass ich mir mehr Sorgen um mich machte als um ihn: Wenn Ansteckungsgefahr bestand, hätte ich bald ein ganzes Krankenhaus siechender Kinder zu betreuen. Umso mehr, als Véronique am Morgen nach Paris zurückgekehrt war. Ihre Ferien neigten sich dem Ende zu, und zum ersten Mal in ihrem Leben war sie vermutlich froh darüber. Ich konnte also weder auf ihre tatkräftige Hilfe noch auf ihre Gabe zählen, eine harmonische Stimmung in meiner Schar zu schaffen.

Unruhig tastete Eve im Auto mit ihren hübschen Fingern nach der Stirn von Grégoire. Ich ging von einer einfachen Angina aus, während sie bereits eine Meningitis prognostizierte. Zwölf Jahre Gejammer ihres Sohnes hatten sie in keinster Weise von seiner hypochondrischen Veranlagung überzeugen können. Beim kleinsten Wehwehchen schrie er nicht etwa «Ich blute!», was schon reichlich übertrieben gewesen wäre, sondern bei einem winzigen Blutstropfen auf seinem Finger hieß es bereits: «Ich verblute!» Nun hauchte er wieder einmal sein Leben aus, fuchtelte wild mit den Armen herum und röchelte erbärmlich. Jemand, der ihn nicht kannte, musste annehmen, dass sein Zustand die prompte Einlieferung auf die Intensivstation des nächstgelegenen Krankenhauses erforderte. Und genau das legte Eve mir auch nahe. Aber ich wollte ihrem Ansinnen nicht nachkommen, da es mich aufs höchste beunruhigte, die Kinder der Obhut von Wathi und Ruth anzuvertrauen, was so viel bedeutete, wie einer Horde Sioux den Angriff auf die Gefilde von Alix zu gestatten.

Eve war lustig, großmütig, lebensfroh, sie besaß einen gesunden Menschenverstand – aber nicht bei ihrem Sohn. Sie vergötterte ihn und setzte seinen Launen keinerlei Widerstand entgegen, was ihrem Umfeld fürchterlich auf die Nerven ging. Es war mir einfach unvorstellbar, dass ein Erwachsener, und sei es auch die Mutter, so nachgiebig gegenüber Kindern sein kann. Meine eigenen natürlich ausgenommen.

«Ist der Arzt, zu dem wir gehen, auch wirklich gut?»

«Glaubst du etwa, ich würde Grégoire zu einem Ziegenbock schleppen?»

Im Grunde wusste ich es aber nicht. Die Ärzte von Castelnau waren allesamt in den Ferien. Louise hatte uns den vertretenden Arzt sehr zurückhaltend beschrieben. Obwohl er ein angenehmes Äußeres hat, war er erstaunlicherweise noch ledig, hatte sie uns gesagt. Aber in meinen Augen zählte nur eines: Er konnte alle Medikamente verschreiben, die Grégoire ruhigstellen würden. Was wollte man mehr?

Als wir seine Praxis betraten, war uns sofort klar, dass sich für Eve noch weitere Perspektiven aus diesem Besuch eröffneten. Sie fand ihn reizend. Und zwar so sehr, dass sie ihren todkranken Sohn darüber vergaß. Während er ihn abhörte, wandelte sie unmittelbar vor seiner Nase auf und ab wie auf einer Vernissage.

«Ah, ah, ah!», stöhnte Grégoire, während Doktor Albret seine Mandeln begutachtete.

«Herr Doktor!», ließ Eve sich wieder vernehmen, während sie herumzappelte wie ein kleines Mädchen unter der Messlatte und wie ein Zicklein auf der Waage. «Was meinen Sie, siebenundfünfzig Kilogramm bei ein Meter sechzig Körpergröße, ist das ideal?»

«Ah, ah, ah!», würgte Grégoire hervor, der seiner Mutter nicht das Feld überlassen wollte.

«Und was halten Sie von der Akupunktur als Mittel gegen das Rauchen? Ich habe ernsthaft vor, damit aufzuhören. Aber ich habe Angst, zuzunehmen.»

«Zieh deine Hose etwas herunter», sagte Doktor Albret (seine Worte galten Grégoire, dessen Leisten er abtasten wollte).

«Ich habe auch ein Ganglion ...»

«Er hat eine Angina», diagnostizierte der Arzt und sah endlich wieder auf. «Ich muss ihm ein Antibiotikum verschreiben», sagte er zu mir.

«Das mag ich nicht», sagte Grégoire, während er sich wieder anzog.

«Ich auch nicht», sagte Doktor Albret.

«Wie seltsam, er hat dich für die Mutter von Grégoire gehalten», stellte Eve fest, als wir die Apotheke verließen. «Ihr seht einander überhaupt nicht ähnlich.»

Eve liebte das Leben, wie ich bereits erwähnte, so sehr, dass sie überzeugt war, ohne ein gutes Glas Wein, ohne Hausangestellte, ohne Kaffee und Zigarette und vor allem ohne Männer sei es nur halb so schön. Als sie ihr Elternhaus verließ, hatte sie den Besitzer eines Landgutes geheiratet, der für hinlänglichen Wohlstand sorgte. Trotz des durch die Geburt der beiden Kinder offensichtlichen Eheglücks vergewisserte sie sich immer wieder durch Begutachtung ihres Umfeldes, dass sie die richtige Wahl getroffen hatte. Nicht etwa, dass sie, wie viele hübsche Frauen, eifersüchtig auf die Ehemänner der anderen war, aber ein schöner Mann blieb in ihren Augen immer ein Genuss, das Symbol der vollkommenen Schöpfung der Natur.

Und Doktor Patrick Albret fiel für sie offenbar in diese Kategorie. Und da Eve verheiratet (und treu) war, wollte sie in ihrer Großmut immer wieder ihre unverheirateten Freundinnen in den Genuss ihrer verheißungsvollen Entdeckungen bringen.

Die Auswahl möglicher Opfer war gegenwärtig äußerst gering. Ich hatte mich selbst mit einem Ehemann versorgt. Véronique, die unverheiratet war und es auch bleiben wollte, hatte Fougères heute Morgen verlassen. Es blieb also nur Alix. Eve beschloss, sie *illico presto* zu verheiraten.

«Einen Landarzt, genau das braucht sie. Sie wird das ganze Jahr über in guter Luft schreiben können. Ich finde, deine Freundin sieht nicht glücklich aus. Er ist doch reizend, oder?»

Ich wollte nicht unhöflich erscheinen und wagte deshalb nicht, ihr zu gestehen, dass Alix es liebte, in ihrer Einsamkeit zu schreiben, und nur schwer die regelmäßigen Versuche ihrer Freundinnen und Familie ertrug, sie unter die Haube zu bringen. Man hatte ihr bereits Verschiedenes präsentiert: einen jungen Banker, den sie nach dem Kennenlern-Abendessen im Regen auf dem Bürgersteig hatte stehen lassen; einen Filmschauspieler, von dem wir später erfuhren, dass er homosexuell war; einen glänzenden jungen Offizier, den zu treffen sie sich aufgrund seines Schnurrbartes weigerte; einen Opernsänger mit samtiger Stimme – und in einer allgemeinen Euphorie schließlich sogar den Witwer Prinz Charles, den Alix wegen seiner großen Ohren so verführerisch fand.

«Wir gehen folgendermaßen vor», schlug Eve vor, sobald wir auf dem Heimweg waren. «Ich rufe den Arzt am späten Nachmittag an. Bei der großen Kinderschar wird sich schon eines finden, das Bauchschmerzen hat. Während du ihn zum Abendessen einlädst, verwandle ich Alix in eine *femme fatale*. Sie ist umwerfend, intelligent und lustig. Er ist allein hier und langweilt sich. Sie müssen sich einfach oft wiedersehen.»

«Sie muss ihren Roman zu Ende schreiben.»

«Glaub mir, wenn sie erst einmal verheiratet ist, wird sie ihre Romane mit noch mehr Begeisterung verfassen. Und sie wird ganz neuen Stoff haben. Ich werde sie psychologisch darauf vorbereiten. Und als Erstes muss ich sie frisieren. Sollen wir ihn morgen einladen?»

«Lass uns noch ein bisschen warten. Du bleibst ja noch ein wenig, nicht wahr?»

Zwei Schädlinge hatten unsere Abwesenheit dazu genutzt, um nach Fougères zurückzukehren. Wathi bereitete gerade den Tee: Die ältere Generation war am Nachmittag zu Besuch gekommen. Ruth blieb unauffindbar. Ich steckte den Kopf ins Esszimmer. Ahnungslos und offensichtlich in die Arbeit vertieft, fand ich Alix vor, die, eine Zigarette in der Hand, an ihrem Computer saß.

«Alles in Ordnung?»

«Es sind Leute angekommen, aber ich habe mich nicht von der Stelle gerührt.»

«Ich kümmere mich darum.»

«Ich habe die Chavilles eingeladen», erklärte Tante Josette, nachdem die Begrüßungsküsschen ausgetauscht waren. «Sie werden gleich da sein. Sie hatten große Lust, euch zu sehen. Wisst ihr, dass sie ihr Haus vermietet haben? Jetzt fühlen sie sich etwas eingeengt bei ihren Kindern.»

«Kommen ihre Kinder denn auch?» (Eine leichte Alarmstimmung packte mich, denn wenn man hier eine Einladung zum Kaffeetrinken ausspricht, so erscheinen die Eingeladenen nicht selten mit einem recht ausgedehnten Anhang.)

«Das haben sie mir nicht gesagt.»

«Ich werde jetzt erst einmal einen Orangensaft trinken», verkündete Tante Lucie, die ihr Lächeln wiedergefunden hatte.

«Wo sind die Kinder?», fragte Tante Josette. «Sie haben uns noch gar nicht begrüßt.»

«Meine Kleine», sagte Granichou, «eure Hortensien müssen geschnitten und eure Fenster geputzt werden.»

Ich setzte Eve, die den Eindruck einer wundervollen Hausherrin vermittelte, auf meine kleine Gruppe an (Onkel Pierre war entzückt von ihr). Glücklicherweise hatte sich der Familienbesuch auf der Terrasse niedergelassen, die am weitesten vom Esszimmer entfernt lag, und wartete ungeduldig auf die Leckereien: Tante Suzanne hatte Windbeutel vom Konditor Caron-Laville mitgebracht.

Joseph tauchte auf seinem Traktor auf, um den Mais zu bewässern, und winkte mir zu. Die Kinder badeten, und auch der mit Antibiotika gefütterte Grégoire war am Schwimmbecken. Wie gewöhnlich lehnte ich es ab, Kuchen zu essen, und wie gewöhnlich kommentierte Tante Lucie: «Wirklich? Das ist aber nicht gut.» Ein Besuch bei uns diente ihr als Alibi, um sich reinen Gewissens diese aus medizinischer Sicht untersagten Ausschweifungen zu gönnen, was sie sich allein zu Hause niemals gestatten würde.

Das Fehlen der Schädlinge im Einklang mit dem Verschwinden von Ruth in der Natur beunruhigte mich. Ich fürchtete, dass meine fünf pubertierenden Jungen in diesem Vornamen eine nicht näher zu beschreibende Verheißung sahen. Eve hatte mir die edle Herkunft dieser jungen Schreckschraube erklärt: Sie war die Tochter englischer Freunde, die dem diplomatischen Corps angehörten. Ruth sollte das Englisch von Grégoire vervollkommnen, dessen ausgezeichneter Akzent mir bereits aufgefallen war, als er mit Ruth sprach (*bullshit! bitch!*); gleichzeitig sollte sie ihr Französisch verfeinern und bereichern, wobei selbstverständlich auch so geläufige Wendungen wie «Alte Kuh!» oder «Du kotzt mich an!» nicht ausblieben.

Ich musste bereits der Mutter des kleinen François erklären, dass ihr Hamster schwanger geworden war. Und ich legte keinerlei Wert darauf, den Eltern von Ruth irgendetwas in dieser Hinsicht erklären zu müssen.

«Klappt nun alles mit dem Schwimmbecken?»

«Wunderbar, Joseph.»

«Da sind die Kinder doch sicher froh, bei dieser Hitze!»

«Glauben Sie, dass es so bleibt?»

«Es gibt ein Gewitter, so viel ist sicher. Es muss ja endlich auch mal wieder regnen, die Tiere brauchen das. Es ist sehr trocken. Der Tümpel bei meinem Schwager in Monléon ist fast leer.»

Klar, für die Tiere wäre es besser. Aber die Vorstellung einer in meinem Haus festsitzenden Kinderschar jagte mir einen Schauer über den Rücken. Leider ließen die Vorhersagen von Joseph keinen Zweifel aufkommen. Er war auf dem Hof geboren worden, wo auch seine Eltern schon geboren worden waren, und besaß mit Sicherheit die Erfahrung eines hier verwurzelten Bauern. Ich stellte mir vor, dass er anhand von tausend kleinen Anzeichen in der Natur ganz still die heimlichen Verschwörungen des Himmels im Blick hatte. Knisternde Zwiebelschalen, weiche Raupenfüße, tieffliegende Schwalben, rheumatische Beschwerden seiner Schwägerin … Das vierte Kapitel von Alix' Buch schien mir ernsthaft gefährdet.

«Sagen Sie doch, Joseph, woran sehen Sie, dass es regnen wird?»

Er zuckte mit den Schultern.

«Na, jetzt aber! Sie haben es im Fernsehen gesagt! In den Nachrichten!»

Erleichtert atmete ich auf.

Nach diesen einleitenden Bemerkungen über das Wetter (die einen nicht zu verachtenden Teil der Unterhaltungen ausmachen und deren Abkürzung oder gar Auslassung von höchst unhöflichem Benehmen zeugt) wollte Joseph wissen, wann Jean einträfe. Ein wenig zerstreut gab ich ihm Auskunft, denn da kamen bereits zwei Autos die Straße heraufgefahren. Die Chavilles trafen also mit all ihren Kindern ein.

«Ich muss ihn nämlich unbedingt sehen. Sie haben wieder angefangen. Die Verwüstungen sind riesig. Und dieser blöde J… (Gastine Renette) beschützt sie auch noch! Sie haben mir eine Riesenmenge Mais zertrampelt. Sie kommen nachts über Ihren Weg hier.»

Wieder einmal war der Wildschweinkrieg ausgebrochen. Dabei standen sich an der genau festgelegten Front (in Fougères) die Bauern mit ihren Feldern auf der einen und der Jagdhüter mit seinem Wald auf der anderen Seite gegenüber. Sobald die Maispflanzen ihre Kolben hervorbrachten, machten mich die alternden Kämpfer zur Madeleine Albright der örtlichen «Jagd-, Fischfang- und Tradition»-Anliegen. Starrsinnig auf ihren Positionen beharrend, unterbreiteten mir die kriegführenden Parteien ihre Forderungen.

Für Joseph, den Wildschweingegner, wimmelte es im Wald von Wildschweinen, denn die Jagd auf sie war verboten. Diese Schweine machten all seine Anstrengungen als ehrenhafter Bauer zunichte («Bei dem Getreidepreis schuftet man für nichts»), und das in einer Gegend, die ohnehin bereits schwer von dem Gespenst der Landflucht geplagt war («Jetzt kommen zu den Idioten in Brüssel auch noch die Wildschweine hinzu!»). Seine Forderung war einfach: Er wollte einen Erlass erwirken, um die Landwirtschaft im Magnoac vor dem endgültigen Untergang zu bewahren. Dieser im Grunde so freundliche Mensch, der mit seinen Kühen so liebevoll umging, war bereit, auf seine sonntägliche Ruhe zu verzichten und zu den Waffen zu greifen (seinem Jagdgewehr), um die Kultur (seinen Mais) gegen die Barbarei (die unersättliche Schnauze des Wildschweins) zu verteidigen.

Für Gastine sah die Wahrheit ganz anders aus. Es gab gar keine Wildschweine mehr im Wald. Nur noch Wildschweinhybriden.

«Was sind denn Wildschweinhybriden?», hatte ich Gastine Renette einmal gefragt, als er mir seine Vorwürfe gegen die Jäger unterbreitete.

«Wildschweinhybriden? Eine teuflische Erfindung der Bauern.»

Überall in den Tälern ringsum sah man, wie die Maisbauern sich für die von den Wildschweinen angerichteten Schäden mehr als reichlich entschädigen ließen (vollkommen übertrieben, wie G. R. meinte). Dabei verhielt es sich so, dass in unserem Wald das *singularis porcus* (lateinisch: alleinlebendes Wildschwein, wie Gastine Renette betonte) im Verschwinden begriffen war. Nur noch ein einziger Keiler war übrig geblieben, die letzte Wildsau war dummerweise in den Staatsforst gelaufen, wo sie sofort unter Beschuss geriet. Noch bevor sie Junge geworfen hatte, war sie erlegt worden. Für die Bauern wurde nun das nachweisbare Leben des alten Keilers als Witwer mit einem Schlag zum Drama: Hatten sie bisher davon geträumt, sich seine Trophäe eines Tages über den Tisch zu hängen, so bedeutete seine Vereinsamung nun das Ende der Subventionen. Diese einträgliche Geldquelle war mit einem Schlag versiegt.

«Und da haben diese Gauner, die jetzt jammern, im Wald fünf oder sechs Mutterschweine ausgesetzt, die bereits für ihre Fruchtbarkeit ausgezeichnet wurden. Und schon ist es passiert! Eine fröhliche Vermehrung ist im Gange!»

So kam als Ergebnis dieser bukolischen Liebe eine Kreuzung aus Wild- und Hausschwein zustande und bedrohte die Reinheit der regionalen Rasse. Von seiner Mutter, dem Hausschwein, hat der kleine Bastard nun die Vorliebe für Mais anstatt für Eicheln geerbt. Er plünderte die Ernte und brachte die Subventionen für die Spinatbauern der Gegend zu Fall. Gleichzeitig lieferte die rasante Vermehrung der Bastarde den Bauern, die ja so gerne am Sonntag Wildschweine schießen, den idealen Vorwand, endlich über angeordnete Treibjagden in diesem wildreichen Wald zum Zuge zu kommen, in dem die Jagd verboten war.

«Sehen Sie sich doch die Verwüstungen an, verflixt nochmal!», fuhr Joseph fort. «Es gibt doch tatsächlich Leute, die behaupten, man mache sie absichtlich!»

«Ich habe Gäste, Joseph. Mein Schwiegervater ist hier. Ich schicke ihn gleich bei Ihnen vorbei.»

Die Chavilles waren offenbar mit einer zahlreichen Familie gesegnet. Ihre Kinder und Enkel kamen allmählich, mit ihren Badetaschen bewaffnet, gefährlich nahe ans Esszimmer heran. Ich musste meine Pflichten als Hausherrin wahrnehmen. Also beeilte ich mich, diesen Menschenauflauf einzuholen. Es waren reizende Leute, wie Tante Josette sagte.

Ich machte mir immer noch Sorgen um Ruth, fragte mich aber gleichzeitig auch, ob ich genug Gartenstühle haben würde, um der ganzen Gesellschaft Sitzplätze anbieten zu können, genug Teetassen, um ihren Durst zu stillen, genug Bier für die Männer und genug Kuchen für alle. Die Windbeutel von Tante Suzanne waren bereits verzehrt. Die Schädlinge hatten meine Vorräte an Butterkeksen vernichtet. Nun gut, ich würde es wohl wagen müssen, das am Tag zuvor von den Albernen verfertigte Gebäck aufzutischen. Noch hatte niemand sich getraut, es anzurühren.

Eine leichte Erschöpfung bemächtigte sich meiner. Ich wäre lieber mit Onkel Pierre in den Maisfeldern spazieren gegangen. Er tröstete mich: «Freut euch doch. Bei eurer Beerdigung sind vielleicht nicht mehr so viele Leute dabei.»

sechs

Die Fleischersfrau, Madame Espenan, empfing mich stets mit einem breiten Lächeln. Sie war eine kräftige Frau, die immer das gleiche graue Kleid trug, über das sie eine enge weiße und stets blutverschmierte Schürze gebunden hatte. Mit ihren Fleischerhänden griff sie nach dem Wetzstein, legte ihn in die linke Handfläche und schnappte sich dann ein großes schwarzes spitzes Messer. Während ihr Mann, der das «R» rollte wie ein Sturzbach seine Kiesel, ein schönes Stück Rindfleisch aus seiner Kühlkammer holte, führte sie das Metall an dem Stein entlang. Es war ihre Art und Weise, sich die Hände zu reiben: Im Allgemeinen verließ ich das Geschäft nicht, ohne eine satte Summe in die auf dem Tresen festgewachsene Muschel geblättert zu haben.

«Was darrrf es denn heute sein?»

«Was empfehlen Sie mir denn?»

«Verflixt! Bei uns ist alles gut!»

Das stimmte. Sie bezogen ihre Ware aus dem Umkreis, wo die Herden weit verstreut auf den Feldern weideten und ein äußerst nahrhaftes Gras fraßen. Auf einer Schiefertafel in Form eines Wappenschildes wurde die Herkunft der Tiere preisgegeben: «Kalb von Duffraiche aus Campuzan. Junglämmer von Ramalens aus Sain-Laurent-de-Neste». Auf diese Weise schuf die Fleischerei Espenan zwischen unserem Steak und uns eine appetitliche Vertrautheit.

Eve hatte meinen Vorschlag von frischer Leber in Traubensaft verworfen, denn diese konnte erst zubereitet werden, wenn die Gäste am Tisch saßen, und erforderte eine sehr aufmerksame Köchin am Herd. (Schneiden Sie die Leber in dicke Schnitzel. Schwenken Sie sie bei großer Flamme in einer Kupferpfanne. Geben Sie Salz, Pfeffer und einen Hauch gemischte Kräuter dazu. Gießen Sie das überschüssige Fett in eine andere Pfanne, in der Sie die geschälten Kerne weißer Trauben mit Honig glasieren. Wärmen Sie die Gänseleber mit einem Teelöffel Himbeeressig, Porto und einem Esslöffel Honig, dem Traubensaft und einem großen Glas Sauternes auf. Servieren Sie sie heiß und mit einem Lächeln, reichen Sie dazu ein paar Weintrauben und im Gänsefett geschwenkte Äpfel mit Pfeffer.)

Eve hatte mir zu etwas Einfacherem geraten, zu einem Ofengericht, um den Arzt Patrick und die Schriftstellerin Alix nicht zu schnell sich selbst zu überlassen. Gerät die Unterhaltung während der ersten Augenblicke einer ersten Begegnung ins Stocken, so fällt die schönste Idylle in sich zusammen wie ein Soufflee bei einem kalten Windzug, hatte Eve erklärt.

«Einen Rinderbraten für sechs Personen», sagte ich, «und Wurst für zwanzig.»

Doktor Albret durfte auf keinen Fall den für den Abend geplanten Hinterhalt erahnen. Onkel Pierre und Tante Josette würden mit uns speisen. Und zwar nur sie allein, hatte ich meiner Schwiegermutter und der Hausgemeinschaft zur allgemeinen Enttäuschung erklärt. Aber, mit Eves Argumenten bewaffnet, blieb ich standhaft. Wie sollte sich unser junges Paar tief in die Augen schauen können, wenn ringsherum eine heftige Schlacht tobte, in der sich jeder Gehör verschaffen wollte? Ich hatte eingewendet, dass man für ein «Tief-in-die-Augen-Schauen» doch wohl zu zweit sein musste und dass wir noch gar nicht wussten, ob der Auserwählte die Einladung zum Abendessen annehmen würde.

«Er wird sie auf jeden Fall weniger gern annehmen, wenn er Tante Lucie sieht.»

Eve betonte, wie wichtig es sei, die Einladung spontan erscheinen zu lassen. Daher plante sie den medizinischen Notfall für neunzehn Uhr. Um neunzehn Uhr dreißig sollte dann die Einladung zu einem Glas Wein erfolgen. Um zwanzig Uhr dreißig wäre dann die Zeit für das Abendessen gekommen. Und um Mitternacht (nachdem wir alle uns auf Zehenspitzen davongeschlichen haben würden) stünde die Verlobung bevor. Wie bei Aschenputtel. Dieser wunderbare Plan hatte nur einen einzigen Haken: Er musste geheim bleiben. Nun verbreitete sich aber jede noch so kleine der Fleischersfrau gegebene Information mit rasender Geschwindigkeit im gesamten Umkreis. Ich durfte also auf gar keinen Fall gegenüber Madame Espenan den Besuch von Patrick Albret erwähnen, obwohl dieses Wissen sie dazu bewogen hätte, das allerzarteste Stück Rindfleisch aus ihren Kühlräumen hervorzuzaubern: Meine Fleischerin war eine begeisterte Liebhaberin der Medizin, der Mediziner und ganz besonders der Krankheiten.

Einmal wöchentlich suchte sie den Arzt auf und bot in dessen Wartezimmer (das am Samstagmorgen, dem Markttag, aus allen Nähten platzte) ihre Anekdoten feil. Sie bejammerte mit den einen ihre Wehwehchen, mit den anderen ihr Rheuma; sie zog kühne Analogien zu früheren Diagnosen. («Oh, wie schrecklich! Seien Sie auf der Hut, Germaine, bei der Cousine meines Schwagers hat es genauso angefangen wie bei Ihnen. Einen Monat später hat man sie bereits beerdigt.»)

Sie verschlang die an den Wänden aushängenden vorbeugenden Maßnahmen regelrecht, sog die gelehrten Worte gierig auf und wartete ungeduldig auf eine Gelegenheit, sie den Kunden am Tresen zwischen einem Kalbskarree und einem Entrecote zu präsentieren.

Ich liebte es, sie zu diesem Thema zu ermuntern. In ihren Gehirnbahnen gerieten die Bezeichnungen durcheinander, verloren den ein oder anderen Partikel, vermischten sich und kamen ganz neu und sehr phantasievoll wieder hervor.

«Wissen Sie, was dem alten Lascazes passiert ist? Ja, genau der, dessen Hof an der Straße nach Monlon liegt. Der Ärmste! Er hat sich das Tetanus aufgeschnappt und ist gerade noch einmal davongekommen. Er musste nach Tarbes ins Krankenhaus, und dort hat man ihm einen Atomschnitt gemacht ...»

Man brauchte sie nur zu fragen: «Wie geht es, Madame Espenan?», und schon holte sie aus: «Nicht so sehr gut, ich war beim Doktor, und er hat mir gesagt, dass ich eine kleine Irritation meiner Gallenblase hätte.» Oder: «Ich habe noch eine Rechnung bei Ihnen offen, nicht wahr, Madame Espenan?» – «Ach ja? Das habe ich ganz vergessen ... Ich werde in meinem Buch nachsehen. Es muss am Alter liegen, ich kann gar nichts mehr behalten. Manchmal leide ich wirklich an Leukorrhoe ...»

Sie kannte eine beträchtliche Anzahl von Leuten, die an «rivaler Hepatitis» litten, nur weil sie Austern den Vorzug vor ihrem Fleisch gegeben hatten. Die einzige Krankheit, deren Name von ihrer Verballhornung verschont blieb, war der Rinderwahnsinn. Auf diese beschämende Krankheit kam sie nämlich, aus einer seltsamen Berufsehre heraus, nie zu sprechen. Einmal hatte ein in ihr Reich verirrter Tourist in ihrem Laden die Namen Creutzfeldt-Jakob erwähnt. Als sie begriffen hatte, wovon er sprach, hatte sie ihm nur knapp geantwortet: «Das sind keine Namen von hier, Monsieur.»

Zu dem Braten wollte ich Steinpilze servieren, die Onkel Pierre mir geschenkt hatte. Sie waren in einem großen bauchigen Glas eingelegt, aus dem, sobald es geöffnet war, neben einem Petersilienhauch der Duft von Wald und Erde aufstieg.

«Kein Knoblauch», hatte Eve sofort untersagt. «Das essen wir morgen. Knoblauch ist schrecklich für den Atem und vertreibt die Männer.»

«Wie wäre es mit frischen grünen Bohnen?»

«Findest du das besonders aphrodisierend?»

Die entscheidende Frage lautete meiner Meinung nach vielmehr, ob unsere Alix den guten Doktor Albret aphrodisierend fand. Und umgekehrt.

Seit drei Tagen, seit der schicksalhaften Begegnung von Grégoire und dem Arzt, versuchte Eve, meiner Freundin ihre diffuse Leidenschaft einzuimpfen. Bei Tisch ließ sie die Eiswürfel in ihrem Glas klirren, sie schwärmte von dem Lächeln des Doktors, seinem Charme, seiner Eleganz und zeichnete vor Alix das Porträt eines wahren Apollon, das ich mir bei der Erinnerung an das Bild dieses jungen Arztes selbst unter Aufbietung all meiner Phantasie nur schwer vor Augen rufen konnte.

Von ihrem Buch ganz in Anspruch genommen, spürte Alix nicht, wie sich die Falle langsam um sie zuzog, obwohl sie schon so manches dieser Manöver frühzeitig erkannt und dann vereitelt hatte. Ihre Aufmerksamkeit galt vielmehr Ferrande, die, obwohl sie ein Hund und noch dazu weiblich war, sich hoffnungslos in Jaja verliebt hatte. Lustvoll kläffend kratzte die Hündin an der frischgestrichenen Zimmertür, hinter der die freiwillig eingeschlossene Jaja angstvoll vor sich hin dämmerte. Büschelweise verlor sie ihr Fell und damit den einzigen ästhetischen Trumpf, den die Natur ihr mitgegeben hatte.

So hatte ich Wathis Auftrag erweitert: Sie sollte nicht nur dafür sorgen, dass die Kinder Alix in Ruhe ließen, sondern auch darauf achten, dass die Hündin die Katze nicht bedrängte. Den Kindern hatte ich, gleichsam als Entschädigung, aufgetragen, die Jugendlichen keinen Augenblick aus den Augen zu lassen, die wie Kletten an Ruth hingen, wobei Ruth ihrerseits sehr darauf bedacht war, dass sie sie nicht aus den Augen verloren. Von da an war zu beobachten, wie das ganze Völkchen, in seltener Eintracht, einander auf den Fersen war und nachspionierte. Und dann tauchte hinter ihnen eine immer noch lächelnde Wathi auf, die die nach Jaja heulende Ferrande an einer Leine hinter sich herzerrte. Oberhalb dieses allgemeinen Ausspionierens beobachteten sich am Waldrand Gastine Renette und Joseph nicht weniger eifrig: der eine mit einem Feldstecher, der andere von seinem Traktor aus (unter dem trügerischen Vorwand, seine Bewässerungsanlagen versetzen zu müssen).

Das Leben ist manchmal reichlich kompliziert.

Der Countdown hatte begonnen. Auf der Terrasse deckte man den Tisch wie eine Hochzeitstafel: Efeuzweige, Blumensträuße und Windlichter mit Duftkerzen (wegen der Kühe) wurden herbeigeschafft. Um fünf vor sieben sah Eve noch einmal nach, ob Alix auch tatsächlich im Esszimmer vor ihrem Computer saß. Sie war dort. Auf keinen Fall durfte sie das Telefongespräch mithören.

Eve schlüpfte ins Wohnzimmer und wählte die Nummer des Arztes.

«Hallo, Herr Doktor?» (Samtstimme)

«…» (Es gab leider keine Mithörgelegenheit.)

«Hier ist die Mutter von Grégoire, erinnern Sie sich an mich? Ja, die Angina. Nein, es geht ihm sehr gut, danke. Sagen Sie, können Sie in Fougères vorbeischauen? Ein anderes Kind ist krank geworden.»

«…»

Aufgeregt hielt sie den Hörer mit der Hand zu und zischte mir zu: «Verflixt, wer soll denn krank sein?»

Und ohne meine Antwort abzuwarten, sagte sie: «Marion. Siebzehn. Nein, es hat keine Zeit bis morgen. Sie klagt über fürchterliche Bauchschmerzen. Wir befürchten, es ist der Blinddarm.»

«…»

«Ihre Mutter sitzt bei ihr am Bett. Sie kommen? Sehr gut.»

«…»

«Aber natürlich. Hören Sie gut zu. Haben Sie Stift und Papier? (jetzt wieder mit samtiger Stimme) Es ist ganz einfach. Nehmen Sie nicht die Straße nach Lombez. Nein, Sie fahren in die entgegengesetzte Richtung. Sie fahren über die Baïse-Devant. Nicht bis zur Baïse-Daré. Ein paar Kilometer weiter kommt La Mouille, und dort steht schon ein Schild. Fougéres.»

«Mit einer solchen Wegbeschreibung wird er gutgelaunt hier ankommen», sagte sie und legte den Hörer wieder auf.

«Du hättest deine eigene Tochter nehmen können …»

«Ich verabscheue Lügen. Ich werde meinen Kindern nicht mit schlechtem Beispiel vorangehen.»

Nach einem kurzen Schreckensmoment (alle Kinder waren samt Ruth, Wathi und Ferrande im Wald) gelang es uns durch das Läuten der Glocke, welche die Mahlzeiten verkündete, die vermeintliche Kranke dingfest zu machen. Ich musste sie nun in das gegen («für», verbesserte Eve mich) Alix geschmiedete Komplott einweihen. Meine Tochter fand den Scherz ganz wunderbar.

«Du legst dich ins Wohnzimmer», erklärte ich ihr, «und hast sehr starke Bauchschmerzen.»

«Es hat heute Morgen angefangen und ist seitdem immer schlimmer geworden», fügte Eve hinzu.

«In Ordnung», sagte Marion und legte sich hin.

«Wickele dich noch in diese Decke ein.»

«Aber Eve, ich sterbe vor Hitze. Ich werde darunter zerschmelzen.»

«Umso besser. Dann wird der Arzt glauben, du hättest Fieber.»

In diesem Augenblick tauchten meine Schwiegereltern auf.

«Kuckuck!», rief Tante Josette und stieß die Tür auf. «Ist jemand da?»

«Wir sind im Wohnzimmer!»

«Mein Gott», sagte Tante Josette, und ihr Lächeln erstarrte, als sie Marion dort liegen und Eve und mich über sie gebeugt sah. «Bist du krank?»

In diesem Augenblick tauchte nun auch Doktor Albret auf:

«Äh … ist hier jemand?»

Wie vereinbart, begann Marion zu stöhnen.

«Aua, aua! Ja, Großmama, mein Bauch tut furchtbar weh.»

«Kommen Sie herein, Herr Doktor! Wir sind hier!»

«Aua, aua, es tut so weh!»

«Vielleicht sollten wir dieses Abendessen ausfallen lassen, oder?», schlug mein Schwiegervater vor.

«Kommt überhaupt nicht in Frage! Es wird schon nichts Schlimmes sein», entgegnete Eve.

«Das haben Sie gesagt», fuhr Tante Josette auf und warf ihr einen bitterbösen Blick zu, während Patrick Albret kurz innehielt.

«Geht ein wenig zur Seite und macht dem Arzt Platz», mischte sich nun Onkel Pierre ein.

«Aua, aua, aua!»

«Es scheint ihr offenbar wirklich nicht gutzugehen», sagte Patrick Albret, der durch die um Marion herumstehende Menge schwer beeindruckt war. Als Marion sich nun stöhnend krümmte, befiel mich der Verdacht, sie müsste ein sonst nicht mehr zu bändigendes Lachen verstecken. «Wo tut es dir denn weh?»

Sie sagte ihren Vers auf. Er bat sie, ihre Jeans zu öffnen, damit er sie abtasten könnte. Unter dem besorgten und gerührten Blick ihrer Großeltern kam sie seiner Aufforderung nach und entblößte ihren hübschen braunen Bauch. Wie ein Pianist seiner Tastatur, wollte er sich bereits mit seinen Händen ihrer Blinddarmregion nähern, als seine ausgestreckten Finger in der Luft innehielten. Seine Stirn legte sich überrascht in Falten. Er sah uns beide verwirrt an. «Aber ... dieses junge Mädchen hat keinen Blinddarm mehr!», sagte er und wies auf die Narbe.

«Ach! So etwas aber auch ... (Eve betrachtete den kleinen, zwei Zentimeter langen Schnitt auf der gebräunten Haut.) Ja, das stimmt offenbar», gab sie zu. Und zu mir gewandt, sagte sie nun: «Wie konntest du diese Operation vergessen?»

Das Auftauchen von Alix ersparte mir eine fadenscheinige Erklärung. Noch ganz erfüllt von den gerade niedergeschriebenen Sätzen, ließ sie ihren Blick jetzt durch das

Zimmer schweifen, bis sie meine Schwiegereltern entdeckt hatte.

«Oh! Guten Abend. Wie geht es Ihnen?»

«Gut», antwortete Tante Josette, «aber Marion ist krank.»

«Ach? Wir sollten vielleicht einen Arzt rufen.»

«Er ist schon da», sagte Eve triumphierend und wies auf Doktor Albret, der sich, immer noch verdutzt, aufrichtete, um Alix zu begrüßen.

«Nein!»

Alix hatte dieses Wort so unvermutet heftig hervorgestoßen, dass sich ihr Kiefer dabei förmlich verrenkte.

«Aber gewiss doch», versicherte Patrick Albret, der glaubte, Alix hegte Zweifel an seiner Approbation.

Zu seiner Verblüffung kam ein Anflug von Besorgnis, ein Stumpfsinn, der ihn nicht unbedingt in ein besonders vorteilhaftes Licht rückte. Und zum ersten Mal sah ich ihn so, wie Alix ihn jetzt sehen musste. Er war charmant, gewiss, aber leider nicht mehr mit allzu viel Haupthaar gesegnet, er war groß, wirkte aber leider auch etwas schwächlich. Sein scharfer Geist und seine rasche Auffassungsgabe wurden durch seinen offen stehenden Mund Lügen gestraft. Nichts, aber auch gar nichts war von dem von Eve gezeichneten Adonis zu sehen.

«Gehen wir zum Aperitif über», schlug diese nun vor. Jetzt, da es zu der besagten Begegnung gekommen war, stand die zweite Phase des Plans an. «Herr Doktor, Sie bleiben doch sicher zum Abendessen?»

«Nun ...», zögerte er. «Wir haben hier eine Kranke. Ich denke, ich sollte sie lieber noch abhören.»

«Stimmt! Das habe ich ganz vergessen», sagte Eve jetzt. «Meiner Meinung nach hat dieses Kind seine Tage. Als ich in ihrem Alter war ...»

«Ganz und gar nicht!», protestierte Marion, krebsrot vor Scham.

«Lassen wir den Arzt entscheiden», mischte sich Onkel Pierre ein und schnappte sich Alix und Eve, um sie auf die Terrasse zu ziehen. «Wie wäre es mit einem kleinen Whisky?», fragte er Alix. «Es ist doch gerade die richtige Zeit dafür, oder?»

In seiner Stimme schwang leichte Ironie mit. Da wusste ich, dass er alles verstanden hatte.

Aus reiner Freundlichkeit diagnostizierte Doktor Albret eine Entzündung des Dickdarms, deren Nennung meine Tochter unverzüglich wiederherstellte, denn sie hatte es eilig, wieder zu ihren Cousins zu kommen. Während er sein Stethoskop einpackte, versicherte er mir, dass ich mir keinerlei Sorgen machen müsse. Es bestand keine Gefahr für Leib und Leben. Ich bat ihn – um den möglicherweise etwas vorschnellen Notruf und die daraus entstandenen Unannehmlichkeiten zu entschuldigen –, zum Abendessen zu bleiben.

Eve hatte sich nicht getäuscht hinsichtlich seiner extremen Einsamkeit, die das Los aller zugezogenen Landärzte ist. Und auch seine Abende waren offenbar unausgefüllt: Er nahm die Einladung gerne an.

«Nein, danke», sagte er und lehnte den Scotch ab, den Alix ihm anbot. «Ich trinke nicht.»

«Nein, danke», wiederholte er fünf Minuten später und wies eine von Eve dargebotene Zigarette zurück. «Ich habe vor zwei Wochen mit dem Rauchen aufgehört.»

Alix warf ihm einen bestürzten und abweisenden Blick zu. Wir hatten bereits verstanden, dass sie ihn nicht schön fand. Jetzt fand sie ihn nicht einmal mehr sympathisch.

«Sie sind hier in der Gascogne», bemerkte mein

Schwiegervater mit all seiner Autorität. «Wir akzeptieren keine Wassertrinker.»

Das war Patrick Albret mit Sicherheit bereits aufgefallen, denn wir waren bereits bei unserem dritten Aperitif angelangt. Diese Worte entspannten ihn mit einem Schlag. Endlich hatte er eine Erklärung für unser seltsames Benehmen. Beruhigt leerte er sein Glas in einem Zug.

«Das Gefährliche am Rosé», erklärte Eve eine Stunde später, während Patrick («Nennen Sie mich bitte nicht Herr Doktor!») seine fünfte Marlboro anzündete, «ist der Eiswürfel.»

«Wirklich?», fragte Patrick erstaunt und nahm einen großen Schluck.

«Ja. Beobachten Sie einmal Ihr Glas. Ein einsamer Eiswürfel bleibt übrig, ganz allein. Was nun? Man muss sein Glas einfach wieder mit Rosé auffüllen (was sie auch unverzüglich tat). Aber wenn Sie es an Ihre Lippen setzen, ist der Wein lauwarm, und Ihr Ohr vernimmt nicht das anmutige Geräusch der aneinanderstoßenden Eiswürfel. So füllen Sie Eiswürfel nach und so weiter und so weiter, ohne Ende.»

«Ohne Ende», wiederholte er.

Ich dachte, dass ich das Eisfach dringend einmal abstellen sollte.

«Dieser Braten ist vorzüglich», lobte Tante Josette und legte sich noch einmal Fleisch nach. Dazu durfte natürlich auch ein weiteres Schlückchen Rosé nicht fehlen.

«Diese Kartoffeln sind köstlich, aber wie schade, dass ihr nicht die Steinpilze zu dem Rindfleisch serviert, die ich euch geschenkt habe», bemerkte Onkel Pierre.

«Ich wollte euch keinen Knoblauch vorsetzen.»

«Warum denn nicht? Heinrich IV., dieser Schürzenjäger, trug immer welchen in seiner Kette. Wegen seiner aphrodisierenden Wirkung.»

Das Wort «aphrodisierend» erinnerte Eve offenbar an etwas, denn sie beugte sich zu Alix. «Weißt du, dass Patrick ein Musikfreund ist? Du bist doch auch eine ausgesprochene Musikliebhaberin, nicht wahr? Ihr könntet einmal gemeinsam ins Konzert gehen. Er erzählte mir, dass am Samstag ein Kammermusikabend in Saint-Bertrand de Comminges stattfindet.»

«Das kommt überhaupt nicht in Frage», antwortete Alix mit übertriebenem Eifer. «Ich möchte dich daran erinnern, dass ich arbeite.»

«Oh! Ich begleite euch gerne», nahm Tante Josette das Thema auf, denn sie war zeit ihres Lebens von einem Musikfestival zum nächsten geeilt. «Meine Kinder verbieten mir das Autofahren. Sie behaupten, dass ich eine öffentliche Gefahr geworden bin. Und Pierre geht nicht gerne aus.» Mit einem Mal strahlte sie förmlich. «Was für eine gute Idee! Das würde auch Lucie auf andere Gedanken bringen. Die Ärmste geht kaum noch aus, seit sie sich den Oberschenkelhals gebrochen hat. Herr Doktor! Sie sind jung und haben viel Kraft! Sie könnten ihr doch sicher beim Gehen helfen …»

Patrick Albret warf Eve einen verzweifelten Blick zu, während Tante Josette übermütig das Lied anstimmte, das ihr nach jeder Mahlzeit einen großen Erfolg bescherte:

Braucht man am Hintern Haare?
Das ist 'ne echte Frage!
Die einen sagen, auf jeden Fall,
Die anderen hingegen, ihr habt 'nen Knall.

Sie hielt kurz inne. «Die Worte dieses Liedes sind sehr lehrreich. Erinnerst du dich noch, Pierre, wie wir als Studenten gelacht haben?»

Und schon fuhr sie fort:

An einem einzigen Haar an seinem Hintern
brachte de Saussure in allergrößter Not
Frankreichs erstes Hygrometer ins Lot.
Das zeigt uns doch wohl sonnenklar,
Dass jeder Franzos, ob kahl oder mit Haar,
Allein für den Fortschritt der Wissenschaft
bewahren muss der Hinternhaare Kraft …

«Das stimmt wirklich», unterbrach Patrick Albret mit einem Gefühl für den richtigen Augenblick, das mich verblüffte (zweifellos geschah dies, um so schnell wie möglich den absurden Vorschlag meiner Schwiegermutter abzuschmettern, ihn – noch dazu mit Tante Lucie – ins Konzert zu begleiten, deren Oberschenkelhalsbruch ihm verraten musste, dass sie die achtzig bereits überschritten hatte). «Wissen Sie im Übrigen, dass man in der Rechtsmedizin lernt, ein Schamhaar von einem Afterhaar zu unterscheiden?»

Ich sah, wie Alix allmählich die Fassung verlor.

«Wirklich?», fragte Eve fasziniert.

«Ja, wirklich. Ersteres hat einen runden und Letzteres einen viereckigen Querschnitt.»

«Verrückt!», staunte Eve. «Nun verliert bei uns gerade Jaja ihre Haare.»

Ich konnte innerlich nur den Hut ziehen vor Eves hartnäckigen Bemühungen, Alix und Patrick zusammenzubringen. Leider war es nun der Doktor, der diese wunderbare Gelegenheit verstreichen ließ. Seine Gründe waren allerdings berechtigt. Er wusste nicht, wer Jaja war (und hätte er es gewusst, so bezweifle ich, dass er sich sogleich an ihr Krankenlager gestürzt hätte). Außerdem war er Arzt und nicht Tierarzt (wie sollte er im zwanzigsten Jahrhundert darauf kommen, dass man ihn bittet, eine Katze abzuhorchen?).

Er wurde blass, denn er befürchtete, man könnte nun diese Jaja herbeirufen, ihr die Hose herunterziehen und ihn um eine kostenlose Untersuchung bitten.

«Aber Jaja hat doch gar kein Schambein!», protestierte Alix entsetzt.

Unsere immer wiederkehrenden Scherze über die Anatomie ihrer Katze hatte sie sehr empfindlich gemacht.

Die durch den Genuss des Rosé so schön warme und goldgelb gewordene Gesichtsfarbe von Patrick Albret wechselte eindeutig ins Grünliche. Hatte er gerade noch eine Achtzigjährige mit Oberschenkelhalsbruch aus dem Feld geschlagen, so drohte nun eine Schwerbehinderte (mit Sicherheit im Rollstuhl), die keinen Hüftknochen hatte und unter Schamhaarausfall litt.

«Ja, wirklich. Wie geht es Jaja?», wollte Onkel Pierre nun wissen, der sich immer sehr um das Wohlbefinden von Katzen und Hunden sorgte.

«Sie hütet das Bett», sagte Alix.

«Ich werde sie holen!», bot Eve an und schob umständlich ihren Stuhl zurück, ohne das schreckliche Missverständnis zu bemerken.

Sie hatte zweifellos bereits das rührende Bild vor Augen, wie Alix eine schnurrend auf ihren Knien liegende Jaja kraulte; davor sah sie wohl in ihrem Geiste einen von einer solchen Anmut überwältigten und zugleich beflügelten Patrick, der sogleich die Ursache des Leidens erkannte. Jaja würde ihr Fell wiedererlangen. In ewiger

Dankbarkeit würde Alix beginnen, ihren Retter zu lieben.

Sahen so nicht die Vorläufer eines wechselseitigen Verständnisses, einer tiefen Seelenverwandtschaft aus?

«Nein!», riefen beide wie aus einem Munde, obgleich aus unterschiedlichen Gründen.

Ein lautes Klingelgeräusch rettete sie. In regelmäßigen Abständen war ein eindringliches Hupen zu hören, das Ferrande panisch aufheulen ließ.

«Mein Telefon! Wenn ich unterwegs bin, schließe ich das Telefon an die Hupe meines Autos an, um es nicht zu überhören.» Patrick Albret sprang auf und taumelte einen kurzen Augenblick.

«Es muss ein Notfall sein», sagte er und machte sich schwankend auf zu seinem Wagen. «Gute Nacht, gute Nacht!», rief er noch, als wollte er das Hupen und das Geheul von Ferrande übertönen. «Sie brauchen mich nicht hinauszubegleiten!»

«Ich hoffe, die Polizei ist bereits ausgeschwärmt», kommentierte Onkel Pierre. «Er sollte jetzt nicht blasen müssen.»

«Du solltest ihn begleiten, Alix. Er kann nicht mehr Auto fahren», bekräftigte Eve in einem letzten Versuch.

«Ach nein! Setzen wir uns wieder und essen endlich unseren Käse.»

«Ich frage mich, ob deine Freundin jemals heiraten wird», seufzte Eve mir ins Ohr. «Ich habe jedenfalls alles Erdenkliche getan.»

Das gab ich gerne zu. Endlich hörte das Hupgeräusch auf. Der Wagen fuhr los. Die beiden roten Rücklichter verschwanden unten auf der Straße in einer Geschwindigkeit, die eher an eine Flucht denn an einen Aufbruch denken ließ. Vielleicht sollte man vorsorglich die Nummer des Notdienstes von Lannemezan heraussuchen.

Für den Fall, dass irgendwann einmal ein Kind tatsächlich krank werden sollte.

sieben

Zu den guten Vorsätzen für den Sommer zählt immer auch derjenige, sich um das Haus zu kümmern. Kleinere Verschönerungen verstehen sich von selbst, aber das hohe Ziel ist die vollkommene Ordnung: blumengefüllte Vasen, nach Wachs duftende Böden, Lavendelsäckchen in den Schränken, ein lässig über ein altes Sofa geworfenes Tuch – eine bis ins kleinste Detail durchkomponierte Gestaltung, für die man im Alltag keine Muße findet. Hat man dann die Zeit dafür, so macht man etwas anderes.

Leider setzt ein solches Programm drei Dinge voraus: Autorität, eine auch für den Hausputz begnadete Kinderfrau und kooperative Kinder. Nun verhielt es sich jedoch so, dass Wathi zwar schon eine beträchtliche Anzahl von Kleidungsstücken in Putzlappen zerlegt hatte, damit aber noch keinesfalls begriffen hatte, wozu man diese benutzt. Außerdem nahm sie die Überwachung von Ruth sehr ernst, so ernst, dass die Engländerin, deren Weltbild sich auf ihre Maße (95–60–95) beschränkte, sich fragen musste, was dieser Höllenhund eigentlich im Schilde führte: Warum verfolgte sie dieses stumme Wesen mit ihrem immerwährenden (und wie Ruth fand, begehrlichen) Lächeln auf den Lippen auf Schritt und Tritt, obendrein noch mit dieser neugierigen Hündin im Schlepptau?

Wathi bemerkte das Misstrauen der jungen Engländerin in keinster Weise. Es fiel ihr nicht weiter auf, dass diese förmlich an Marion und Zina klebte. Sie freute sich vielmehr darüber, dass die angeleinte Ferrande um einiges beweglicher war als ein Staubsauger. Das Blumengießen, der Kuchenwettstreit der Albernen und die Bereitstellung der zahlreichen Mahlzeiten nahmen ihre ganze Zeit in Anspruch. Dreimal in der Woche half Denise bei der Hausarbeit, richtete aber ihr Augenmerk im Wesentlichen auf das Reinigen der Böden und das Einsammeln von Wäsche.

Das eigentliche Aufräumen zählt also zu meinen Obliegenheiten. Vom ersten Ferientag an predigte ich den Kindern, wie sie sich zu verhalten hätten. Ich erstellte eine Liste der täglich relevanten Aufgaben und Verbote: «Macht eure Betten, benutzt nicht mehr als zwei Handtücher pro Woche, sortiert eure Wäsche, deckt den Tisch ab, räumt die Spülmaschine aus.» Seit ein paar Jahren hatten diese Anordnungen die einsilbigen Befehle wie «Iss!» oder «Schluck runter!» ersetzt.

Achtundvierzig Stunden nach unserer Ankunft wäre für die Inspektion der Zimmer jedoch bereits ein Höhlenforscher vonnöten gewesen: Handtücher und Unterwäsche lagen in den Badezimmern herum. Auf dem Frühstückstisch klebten mit Konfitüre bekleckste Butterstückchen, Brotkrümel und Ringe von Milchkaffee.

Ich konnte schreien, flehen, drohen und mich abrackern – unaufhaltsam schlich sich die Unordnung ein und breitete sich aus. Und ohne die Autorität meines Mannes, aber mit zwanzig Kindern im Haus war nach zwei Wochen das Chaos perfekt. Selbst Eve, die für ihre häuslichen Qualitäten bekannt war, streckte die Waffen. Wozu sollte man sich denn so verausgaben und die Seele aus dem Hals schreien? Es waren doch schließlich Ferien, nicht wahr?

Eine solche Einstellung war durchaus berechtigt, aber

dieser schwer überschaubare Lagerplatz entsprach nicht ganz der Vorstellung, die Jean von Ferien hatte, und seine Ankunft stand nun unmittelbar bevor. Getränkekanister und Überreste unserer Frühstücksgelage türmten sich in der Erwartung einer baldigen Müllabfuhr. Wie ein Steinchen in den Schuhen, erinnerte mich ihr Anblick immer wieder daran, dass ich die Dinge dringend wieder in die Hand nehmen musste.

«Morgen früh nehmen wir alles in Angriff», sprach Eve mir Mut zu.

«Wenn du Hilfe brauchst, kannst du auf mich zählen», bot Alix sich an, bevor sie sich ins Esszimmer zurückzog.

«Wir kommen!», schrien die Schädlinge und die Albernen mir zu, und schon waren sie im Wald verschwunden.

Wathi und Ferrande schlossen zu ihnen auf. Es ist einfach verrückt, dachte ich bei mir, welche Energie die Kinder aufbringen, wenn es darum geht, einer unliebsamen Arbeit aus dem Weg zu gehen. Ich selbst ließ mich mit meinem Krimi in der Hand auf den Liegestuhl fallen und lauschte mit einem Ohr dem Radio.

Die Urlauber hatten dieses Jahr Pech: Der erste August fiel auf ein Wochenende. Im Radio riss der Strom der Verkehrsmeldungen ebenso wenig ab wie der der Autos auf den Nationalstraßen. Ganz Frankreich, so schien es, wollte teilhaben an dem frontalen Aufeinanderprall zwischen den heimkehrenden Juliurlaubern und den Augusturlaubern, die den noch angewärmten Plätzen am Meer entgegenstrebten.

Über diese nicht abreißende Blechlawine geriet alles andere in Vergessenheit: politische Auseinandersetzungen, atomare Drohungen der Krisenregionen, Börsennachrichten und Arbeitslosigkeit. Die Hauptverkehrsstraßen Frankreichs leuchteten rot. Wie immer gab es Nadelöhre, an denen der Verkehrskollaps drohte. Und wie immer verstopften Autos, Wohnwagen, Anhänger und Wohnmobile den Tunnel von Fourvière.

Dazu stellte sich eine Gluthitze ein. Es war von historischen Rekordtemperaturen, dehydrierten Kindern, krankenhausreifen Alten und kritischen Engpässen die Rede. Die Verkehrswacht brachte ihr altbewährtes Mittel zum Einsatz: *Bison Futé* gab Hinweise und Ausweichempfehlungen.

Angenehm träge lag ich im Schatten der Eiche auf meinem Liegestuhl; das Buch hielt ich regungslos in der Hand, ohne die Seiten umzublättern, und dachte an all die Schlipsträger, die seit drei Stunden an dem kreuzungsfreien Straßenanschluss von Satolas feststeckten und sich immer wieder Warnungen wegen ihrer Geschwindigkeitsübertretungen anhören mussten.

Auf der verlassenen Straße unterhalb des Hauses weckte die Mittagshitze ein tanzendes Geflimmer und legte ihre weiten spiegelnden Decken über die Landschaft. Hin und wieder huschte in der Ferne ein winziger Punkt durch dieses Zauberbild und verschwand, um kurz darauf oben auf den Hügeln wieder aufzutauchen: Ein lebensmüder Fahrradfahrer, der aus der letzten Gruppe der Tour der France herausgefallen und dessen Traum vom Ruhm zerplatzt war, quälte sich auf seinem Rad. Ein leises Zischen, schon war er vorüber, und die für einen Augenblick gestörte Stille legte sich erneut wie ein Schleier über das Land. Alles Mögliche ging mir durch den Kopf, bis ich mich in philosophischen Erwägungen über den unaufhaltsamen Lauf der Zeit verlor.

Ich war seit gestern in den Ferien, und doch waren bereits zwei Wochen seit meiner Ankunft vergangen.

«Mein Gott! Wie die Zeit vergeht!», hatte Louise heute Morgen noch gestaunt, als sie die ersten Artischocken aus dem Garten mitbrachte. Ich hatte sie um den Vorzug beneidet, sich immer wieder gleichermaßen an der universellen Uhr zu orientieren, sich nicht um einen Terminkalender zu scheren und die Jahreszeiten am Gemüsegarten abzulesen – von den ersten, den Frühling ankündigenden Veilchen bis hin zu den prallen Blumenknospen, von der Zeit der Kirschen bis hin zu der der Johannisbeeren. Für Louise endete der Sommer seit jeher mit dem zweiten Heu, dem sanften Niederfallen der Äpfel auf das bereits trockene Gras und dem langsamen Verwelken der Zinnien. Der Juli ging mit den grünen Bohnen zu Ende. Der August war die Zeit der zartgrünen Artischocken.

Lange nach unserer Rückkehr in die Stadt, wenn wir bereits wieder dem strengen Diktat des Schulanfangs unterstanden, würde der Indian Summer sein dichtes, goldenes Licht verbreiten, wie die Sehnsucht einer reifen, zurechtgemachten Frau, die in einem letzten Aufblühen noch einmal verführen will. Leider ohne uns.

Eve würde nun bald mit Grégoire und Mathilde weiterfahren und ihren Mann treffen, der jetzt Ferien hatte. In ein paar Tagen würde ihr Zimmer aussehen wie eine leere Muschel, in der nur noch ihre Stimme widerhallte. Jean würde kommen, und ein anderer Rhythmus würde sich einstellen. Leise und beinahe unbemerkt würde die regellose Boheme eines nur von Frauen und Kindern bewohnten Hauses zu Ende gehen.

Meine eigenen Kinder würden sich aus meinem Zimmer zurückziehen und auch aus meinem Bett, in dem sie es sich abwechselnd gemütlich machten. Abends würden sie nicht mehr mit all ihren Freunden auf den Matratzen herumspringen, um unter großem Gejohle die durch die offenen Fenster hereingeflogene Fledermaus zu jagen. Morgens, wenn sie mit leichtgeöffnetem Mund noch schliefen und hinter ihren Lidern ihre heimlichen Träume träumten, würde ich mich nicht mehr gerührt an sie kuscheln können, um in ihrer Halsbeuge den Geruch der unschuldigen und verletzlichen Kindheit von ihrer flaumigen Haut aufzunehmen.

Sie würden nicht mehr (oder viel weniger) barfuß gehen und nicht mehr bis zum Mittag im Schlafanzug herumgammeln. Jean würde die Invasionen von Schädlingen eindämmen. Er würde mich daran erinnern, dass die Geschäfte hier auf dem Land zwischen zwölf Uhr mittags und zwei Uhr schließen, und sich um die Brotvorräte fürs Frühstück sorgen.

Endlich würde das Haus so aussehen wie in einschlägigen Werbespots. Die Mahlzeiten würden tatsächlich Mahlzeiten gleichen und nicht mehr ausufernden Gelagen, deren bunt durcheinandergewürfelte Lebensmittel keinen eindeutigen Aufschluss darüber zu geben vermochten, ob es sich noch um ein spätes Frühstück oder bereits um ein frühes Abendessen handelte.

Eine süße Schläfrigkeit packte mich, und ich schloss die Augen. Sobald die Hitze etwas nachließ, würden wir uns an die umfassende Aufgabe begeben, das Haus in Ordnung zu bringen, wobei man mit den Dingen beginnen würde, die Jean am meisten verabscheute.

Das waren viele.

Und ein methodisches Vorgehen war vonnöten.

Zunächst das Außengelände. Den kleinsten im Gras liegenden Papierfetzen empfand Jean als eine ähnliche Schande wie den Schnurrbart bei der Mona Lisa (Marcel Duchamp mochte er gar nicht). Nun hinterließen die Kinder – Alberne und Schädlinge gleichermaßen – auf all ihren Wegen eine nicht abreißende Spur von Papierfetzen. Noch weniger ertrug Jean Plastikreste, selbst wenn es sich um Gartenerdesäcke handelte, die ich für meine Anstrengungen benötigte, die Grünfläche in einen Garten zu verwandeln, der sich dieses Namens als würdig erwies. Schon lange hatte ich meine Ambitionen aufgegeben, Blumenbeete und -hecken anzupflanzen, und beschränkte mich auf Hortensien und Rosenstöcke, deren junge Zweige leider nur allzu gern von den Eichhörnchen abgefressen wurden.

Um das Schwimmbecken herum mussten Handtücher, Kleider, Badeanzüge, Unterhosen, Sonnenmilchflaschen, Gläser, Bücher und Zeitschriften eingesammelt werden. Aus dem Wald und von den Hüttenbaustellen der Albernen galt es, die von den Kindern ausgeliehenen und im Farn liegen gelassenen Werkzeuge wieder herbeizuschaffen.

Es war mir klar, dass immer ein Schraubenzieher, ein Hammer, eine Kneifzange oder eben genau das Teil fehlen würde, das Jean dringend für diese oder jene kleine Heimwerkerarbeit brauchte, um die ich ihn leichtfertig gebeten hatte (und ich würde es bitter bereuen, wenn ich den Wald absuchen müsste, um die fehlende Zange aufzutreiben). Aber der Werkzeugkasten, dieser Hort männlicher Phantasien, musste zumindest gutgefüllt sein, sodass ein erster Blick über fehlende Gegenstände hinweggetäuscht wurde. Es würde seine Zeit dauern, bis er bemerken würde, dass der Schraubenschlüssel Nummer acht oder der automatische Schraubenzieher und die Schraubzwinge fehlten.

Die Fahrräder mussten repariert und aufgeräumt werden. Nichts ließ die Stimmung von Jean so schnell sinken wie ein platter Reifen. «Ein Kind muss sich um seine Sachen kümmern, und einen Platten muss es selbst reparieren können.» Schließlich mussten die Albernen im Laufe des Tages das Fahrradflickzeug wiederfinden. Die Federballschläger und die Federbälle mussten eingesammelt, das Netz neu gespannt werden. Die Boulekugeln mussten in ihren Koffer, und auf jeden Fall musste das Schweinchen wieder aufgetrieben werden.

Im Haus würden wir uns zuallererst um die beiden Heiligtümer von Jean kümmern: um unser Schlafzimmer und das Bad, in das sich mittlerweile die Hälfte unseres gesamten Comic-Bestandes verirrt hatte. Dann musste die Küche in Schuss gebracht werden: Der Filter der Spülmaschine musste gesäubert (die Vorstellung, dass sich dort die Überreste der Mahlzeiten der letzten beiden Wochen tummelten, würde ihn anekeln) und die von ihm so gehassten leeren Kanister und blauen Säcke beseitigt werden.

Es war Jean zuwider, sie aufgestapelt unter dem Spülstein vorzufinden, wo wir sie verstauten, bis wir sie irgendwann in den Kofferraum des Autos packten, um sie anschließend zu den großen, am Ortseingang aufgestellten grünen Müllbehältern zu befördern. Es war ihm auch zuwider, dass ich Glasflaschen dort hineinwarf, da sich der Gemeinderat zu gesonderten Altglascontainern hatte hinreißen lassen. Ich werde sie am Abend wegbringen, beschloss ich. Von der Hitze schlaff und schon vom Erstellen dieser langen Liste erschöpft, hielt ich die Augen geschlossen.

Zébu hatte sich auf meinen Knien niedergelassen. Ich streichelte ihr über den Rücken. War es die Berührung mit ihrem seidigen Fell? Während die Vögel zwitscherten, ging mir diffus durch den Kopf, dass ich mich selbst bei dem allgemeinen Großputz nicht aussparen konnte. An meinen Beinen sprossen überflüssige Haare, und mein Haar könnte eine gründliche Pflege vertragen. Ich grübelte, wo Véronique die Pinzette hingeräumt haben könnte, und schlief darüber ein.

Eine ganze Weile später – wie ich am langgestreckten Schatten der Eiche auf dem Gras sehen konnte – ließen mich furchtbare Schmerzensschreie eines Tieres aus dem Schlummer hochfahren. Mit eingeklemmtem Schwanz und angelegten Ohren kläffte Ferrande aufs erbärmlichste. Sofort war mir der Grund für ihr Geheul und ihre aufgescheuchten Sprünge klar. Wathi war ins Haus zurückgekehrt und hatte ihr die Leine abgenommen. Ferrande war, mit der Schnauze im Gras schnüffelnd, losspaziert und hatte mit ihrer feuchten Nase die unsichtbare Spur eines Hasen oder einer Waldmaus aufgenommen.

Wie immer war sie auf die Weide der Kühe gelangt und hatte dabei mit ihrem wie zu einem Fragezeichen aufgerichteten Schwanz den elektrisch geladenen Zaun berührt. Wie immer aufgepeitscht von dem Schlag, jaulte sie auf und jagte pfeilschnell davon, um dann endlos um das Haus zu toben und dabei alles aufzuwecken, was schlief, und zwar in einer Weise, die allen, die noch nicht eingeweiht waren, das Blut in den Adern gefrieren ließ. Selbst Zébu und Toupie, die ebenfalls bereits Bekanntschaft mit dem elektrischen Zaun der Kuhweide gemacht hatten, hatten es geschafft, eine Beziehung zwischen dem Schmerz und dem elektrischen Draht herzustellen, und hielten sich von ihm fern.

Mit Ferrande hätte Pawlow der Nachwelt nichts beweisen können.

«Das kostet Jaja ein weiteres Haarbüschel», konstatierte Alix und kam eilig aus dem Haus gelaufen.

Sie packte den verschreckten Hund am Halsband.

«Wer kommt denn da?», fragte ich mich, als ich ein Auto die Straße herauffahren sah.

Ein alter orangefarbener R4 hoppelte ächzend über die Steine der kleinen Allee. In meinem Kopf ging ich die verschiedenen Möglichkeiten durch. Die Chavilles? Nein, die Eltern fuhren einen Peugeot, die Kinder einen Espace. Die Dabadies? Ich hatte ihnen nicht gesagt, dass Antoine abgereist war.

«Wer ist das?», wiederholte Eve, die nun ebenfalls erschienen war. «Einfach verrückt, wie viele Leute hier einfallen.»

Das Kennzeichen des R4 stammte von hier, der Wagen blieb vor dem Garten stehen. Zwei derbe Burschen sprangen heraus, in der Hand hielten sie einen Stapel Blätter.

«Guten Tag!»

Etwas unbeholfen, aber entschlossen kamen sie auf uns zu.

«Wir wollten nach dem Schwein sehen, das geschrien hat.»

«Ferrande ist ein Hund», erwiderte Eve schroff.

Die beiden Burschen zögerten einen kurzen Augenblick und wechselten einen fragenden Blick.

«Das hier ist Robert», wagte sich dann der Stämmigere der beiden vor, der vermutlich Stürmer in der hiesigen Rugby-Mannschaft war. «Und ich bin Thomas. Wir gehören zum Festkomitee von Trie-sur-Baïse.»

Sie übergaben uns ihre kopierten Blätter.

«Nächste Woche findet der Nationale Wettstreit um den Schrei des Schweins statt.»

«Und wir sind Titelverteidiger», erklärte Robert. «Wir fahren jetzt von Hof zu Hof, um Anmeldungen aufzunehmen.»

«Um den Schrei des Schweins?», fragte Alix amüsiert.

«Sieh da! Wir haben noch gar keine Frau auf der Kandidatenliste.»

«Weil sie keine Schweine sind, nehme ich an!»

Ein solches Ausmaß an Unwissenheit machte die beiden sprachlos.

«Herrgott! Da sieht man genau, dass Sie nicht von hier sind. Auf der Liste stehen nur Männer. Und derjenige, der den Schrei des Schweins am besten nachahmt, hat gewonnen. Ich wette, Sie haben noch nie ein Schwein schreien gehört.»

Unsere drei Augenpaare richteten sich auf Ferrande, die sich endlich wieder beruhigt hatte und uns neben einem feuchten Blick ein schwaches Schwanzwedeln schenkte.

«Nein», gab Alix zu.

Robert stieß Thomas heftig in die Rippen.

«Nun? Worauf warten wir noch?»

«Womit fangen wir an? Mit dem verliebten Schwein?», fragte Thomas seinen Freund Robert nun schelmisch. «Oder mit dem Schwein, das geschlachtet wird?»

«Mit dem verliebten Schwein», entschied Eve für sie. «Es sind schließlich Kinder hier im Haus.»

Eves Abneigung gegen jegliche Form von Gewalt entging den beiden Vertretern des Festkomitees. Verblüfft runzelten sie die Stirn und rätselten über den Zusammenhang zwischen ihrer Vorliebe für die Brunft und die Anwesenheit der kleinen Engel. Aber sie waren so sehr darauf aus, ihr Können darzubieten, dass sie mit einem Schulterzucken übereinkamen, dass eine Frau gut daran täte, sich für die Liebe zu entscheiden.

Sie traten etwas zurück, stellten sich breitbeinig auf, stemmten die Fäuste in die Hüften und zogen ihren Bauch ein wie Tenöre, die mit einem gestochen scharfen hohen C eine Kristallschale zum Springen bringen. Konzentriert schoben sie das Kinn nach vorn, und dann, nach einem kurzen Zeichen, holten sie tief Luft.

Der Ton, der nun kanonartig über ihre Lippen kam und eine fachkundige und intensive Ausarbeitung verriet, war unbeschreiblich.

Aber äußerst wirkungsvoll: Mit kängurugleichen Sätzen stürzte Ferrande sich auf sie, sonderte literweise Speichel ab und begann sie abzulecken und nach Leibeskräften zu bezirzen, wie sie es zuvor bei Jaja getan hatte. Sie schien außer Rand und Band vor Verliebtheit und war völlig hemmungslos.

«Ferrande! Ferrande! Bei Fuß!», versuchte Eve sie zur Vernunft zu bringen.

Aber es war Grégoire, der – dieses eine Mal – gehorchte. Er tauchte im Sauseschritt aus einem Winkel des Hauses auf, hinter ihm die gesammelte Mannschaft der Albernen, und in gebührendem Abstand dahinter die Schädlinge.

«Was stellt ihr mit Ferrande an, dass sie so heult?», stieß er atemlos hervor.

«Das war nicht Ferrande», erklärte eine leicht gekränkte Eve barsch. «Das waren diese beiden Herren. Nimm Ferrande beim Halsband und mach sie hier am Tisch fest.»

«Du solltest einen Termin beim Hundepsychiater für sie ausmachen», riet Alix. «Ich kenne einen ganz hervorragenden. Ferrande leidet an einem Identitätsproblem, wenn du mich fragst. Sie hat noch nicht realisiert, dass sie ein Hund ist. Erst verliebt sie sich in Jaja und dann in zwei Schweine.»

«Oje!», stöhnten Robert und Thomas, die eine gute Portion Speichel abbekommen hatten, und fuhren sich mit einem Zipfel ihrer für das Unternehmen aus der Hose gezogenen T-Shirts über das Gesicht. «Meinen Sie etwa uns?»

«Aber nein», beschwichtigte ich eilig. «Meine Freundin bezog sich lediglich auf die Auswirkung Ihrer Schreie auf diese Hündin. Ihre Schweineschreie.»

«Ach so! Jetzt verstehe ich ...», meinte Robert.

Nachdenklich sah er zu, wie Ferrande an den Pranger gestellt wurde:

«Auf jeden Fall wollten wir keine Ungelegenheiten machen und unschuldige Hunde ins Unglück stürzen!»

«Nicht doch. Sie müssen uns bitte mehr über diesen Wettbewerb erzählen», knüpfte ich an seine Bemerkung an. «Was können wir für Sie tun? Marion, bring doch bitte Bier für die beiden Herren. Und ihr Kinder, ihr könnt damit beginnen, eure Zimmer aufzuräumen.»

Ein Sixpack Kronenbourg später brachen Robert und Thomas rundum zufrieden, ja beinahe ausgelassen wieder auf.

Um die beiden Haudegen loszuwerden, die eifrig meine Kellervorräte dezimierten, hatte ich das ganze Haus für das Festmahl angemeldet, das als gastronomischer Glanzpunkt den berühmten Wettstreit abschließen sollte. Das vorgesehene Menü hatten uns die beiden ausführlich erläutert: Aperitif aus der Region, Kohlsuppe, Schweinefilet, Pommes und skandinavisches Omelett.

Ich hatte auf dem Anmeldeformular die Vornamen aller derzeit Anwesenden eingetragen und in Erwägung gezogen – nicht gerade sehr anständig, wie ich zugeben muss –, im letzten Augenblick abzusagen.

«Könnten Sie das jetzt gleich bezahlen», bat mich Thomas, während er das Blatt sorgfältig wie einen Lottoschein zusammenfaltete. «Nicht, dass wir Geld bräuchten oder kein Vertrauen hätten, aber Sie können sich gar nicht vorstellen, wie viele Leute erst sagen, dass sie kommen wollen, und sich dann im letzten Augenblick davonstehlen. Dann stehen wir mit Unmengen von Essensvorräten und leeren Kassen da.»

Ich hatte also im Voraus bezahlt. Der Einheitspreis von 60 Francs pro Person multipliziert mit der Vielzahl meiner Teilnehmer ergab eine gepfefferte Rechnung.

«Ich frage mich, wie der Schrei des geschlachteten Schweins geklungen hätte», sinnierte Alix.

«Couiiiii!», quiekte ich mit einem drohenden Blick auf Ferrande und räumte mein Scheckheft wieder weg.

«Kinder!», schrie ich dann, um mich abzureagieren. «An die Arbeit! Das Haus muss aufgeräumt werden!»

Drei Stunden später inspizierte ich erschöpft die Räume, um mich davon zu überzeugen, dass nichts mehr herumlag. Nachdem Alix sich zunächst einmal in *Tim und Struppi und die Picaros* und anschließend in *Tim und Struppi und das Geheimnis des Einhorns* vertieft hatte, hatte sie tatsächlich das Badezimmer entrümpelt und die Comic-Hefte wieder an Ort und Stelle geräumt. Die Kinder hatten ihre Zimmer in Ordnung gebracht. Unter ihre Betten sah ich vorsichtshalber nicht.

Wathi hatte Staub gesaugt. Die Fahrräder standen im Schuppen. Der Bereich um das Schwimmbecken herum war makellos. Und schließlich hatte es Eve noch vor Ladenschluss zum Gemischtwarenhändler von Castelnau geschafft und dort ein Schweinchen für das Boulespiel, Flickzeug, eine kleine Feile, Klebstoff und einen Hammer erstanden. Trotz angestrengter Suche war das Original nicht aufzufinden gewesen, und sein leerer Platz in dem Werkzeugkasten war allzu auffällig.

Ich hatte den Filter des Geschirrspülers ebenso gesäubert wie den Grill. Die Müllsäcke und leeren Kanister hatte ich auf die Terrasse vor der Küche geschleppt. Ich nahm allerdings Abstand davon, sie noch heute Abend in den Kofferraum zu packen, da sonst am nächsten Morgen ein übler Geruch im Wagen geherrscht hätte. Jetzt musste ich nur noch selbst ein Bad nehmen, denn ich glich einem dreckigen Schreckgespenst. Und meine Beine enthaaren (Verflixt! Wo war die Pinzette?).

«Ich habe mich schon gefragt», sagte Alix und warf sich auf einen Stuhl, «warum es in meinem Roman keinen Ehemann gibt. Langsam verstehe ich ...»

*

Bei unserem letzten Telefongespräch hatte ich Jean vorgeschlagen, dass ich ihn in Tarbes und nicht in Lannemezan abhole. So würde er nicht noch einmal auf einen Anschlusszug warten müssen. Allerdings musste ich dafür sehr früh aufstehen.

Während ich den kleinen, von meiner Schwiegermutter ausgeliehenen Reisewecker aufzog, verfluchte ich mich für diesen nicht mehr zu korrigierenden Anflug von Altruismus. Nichts hasse ich mehr als allzu frühes Aufstehen. Wir hatten unseren letzten Abend ohne Männer mit ausgiebigem Genuss von Irish Coffee gefeiert, die Kinder lagen um uns herum auf der Wiese und versuchten aufmerksam, die Sternschnuppen zu zählen.

Die wenigen restlichen Nachtstunden verbrachte ich, aus Angst, nicht rechtzeitig aufzuwachen und damit den Mann meines Lebens zu enttäuschen, in einem von unangenehmen Träumen (den Wecker nicht zu hören) erfüllten Halbschlaf.

Gegen fünf Uhr fiel ich endlich doch in einen süßen und tiefen Schlummer. Um halb sieben fuhr ich erschreckt hoch. Der Klingelton des kleinen, zarten Weckers hatte meinen komatösen Tiefschlaf tatsächlich nicht zu stören vermocht. Hastig sprang ich in Kleider und Schuhe. Auf Zehenspitzen eilte ich die Treppe hinunter, stieß die Haustür auf und rannte schnurstracks zu der großen Tanne, wo ich den Wagen geparkt hatte, sodass es erst einmal bergab ging – für alle Fälle.

In der Ferne lagen die Berge in einem malvenfarbenen Licht. Die Gipfel waren bereits sonnenbeschienen, doch in den Tälern wich die Nacht nur zögernd. Purpurviolett schoben sich malerisch gewölbte Dunstschichten übereinander, stiegen langsam in die Höhe und lösten sich auf, sodass sie Berge, Schluchten und Zacken freigaben. Die Pyrenäen vollzogen ihren beeindruckenden morgendlichen Striptease.

Nach fünfzehn Kilometern fiel es mir ein: Ich hatte die Müllsäcke und die Kanister vergessen! Es war zu spät, um noch einmal umzukehren, und zum tausendsten Mal in meinem Leben ließ ich den Traum von Perfektion fahren, der bereits durch meine Verspätung reichlich beschädigt war. Auf dem Bahnhof stand eine einsame Gestalt: Jean ging auf und ab und wartete auf mich.

«Du hättest dich kämmen können», sagte er und umarmte mich. «Ich habe zu Hause angerufen. Ich hatte Angst, du seiest nicht aufgewacht.»

«Da hast du recht, ich schlafe immer noch.»

Er lächelte und setzte sich ans Steuer.

«Ah! Endlich zu Hause! Ich hatte genug von Paris … Ist in Fougères alles in Ordnung?»

«Alles bestens.»

«Ist Eve immer noch da?»

«Ja. Sie fährt übermorgen.»

«Kommt Alix mit ihrem Roman voran?»

«Ich glaube schon. Zumindest versucht sie es.»

«War das Wetter schön?»

«Wundervoll. Aber seit zwei Tagen sind die Pyrenäen zu sehen. Das ist ein schlechtes Zeichen. Joseph sagt, dass es ein Gewitter gibt …»

«Und was ist mit dem Schwimmbecken. Gibt es noch Probleme? Hast du alles geregelt?»

«Ohne dich war das ganz schön schwierig, wie du dir vorstellen kannst.»

In seine Gedanken versunken, entging ihm der ironische Unterton.

«Waren deine Eltern schon zu Besuch?»

«Nein, noch nicht. Sie wollten warten, bis du da bist.»

«Aha!»

Kurzes Schweigen.

«Haben sie dir gesagt, wann sie kommen?»

«Nein. Aber das würde auch nichts nützen. Du weißt ja, dass sie immer unangekündigt auftauchen.»

«Weil ich die Untels zum Abendessen eingeladen habe», eröffnete er mir. «Sie fahren für zwei Wochen nach Capvern. Untel macht eine Kur dort. Du erinnerst dich ja sicher, dass er Probleme mit der Nase hatte.»

«Äh … nein.»

«Aber natürlich, ich habe dir doch davon erzählt. Du hörst nie zu, wenn ich dir etwas sage. Ich hoffe, du kümmerst dich gut um sie. Es ist beruflich wichtig für mich. Ich habe ihnen von deiner frischen Gänseleber an Traubensaft vorgeschwärmt (ein flüchtiger Kuss auf den Hals). Du bist doch so freundlich und sorgst dafür, dass das Haus an diesem Abend nicht voll ist, nicht wahr?»

«Kein Problem …»

Die Sonne schien jetzt mit aller Kraft auf das sich räkelnde Land herab. Auf der immer noch leeren Straße schaukelten lediglich ein paar Traktoren gemächlich vor sich hin, hoch oben thronten die mit einer Baskenmütze bekleideten Fahrer. In dem hellen, blauen Morgenlicht blitzten in den Strohballen silberne Funken. Durch den hochgewachsenen wilden Hafer an den Böschungen lugten hier und da Kamille- und letzte Mohnblüten hindurch. Weit oben am Himmel stand der blasse Vollmond wie eine Hostie beim Abendmahl. In vollkommenem Einklang mit der Landschaft lächelte Jean zufrieden.

Wir erreichten das letzte Dorf vor Fougères. Die Bäckerei war noch nicht geöffnet. Ich bedauerte, keine Croissants für alle mitbringen zu können. Und auch dieses wunderbare Landbrot, das frisch aus dem Ofen beinahe wie eine Brioche schmeckte, blieb uns also versagt.

«Was ist das denn für ein Desaster?», fragte Jean, als wir die kleine Allee hinauffuhren.

Ich zuckte zusammen.

«Was meinst du denn?»

Aber ich brauchte meine Frage nicht zu wiederholen. Ich sah es bereits. Das Gras, die Felder und die Küchenterrasse waren so übersät mit Abfällen wie die Wiese in Woodstock am letzten Tag des Festivals. Zwischen den Joghurtbechern, den Gemüseschalen, den Essensresten, mitten in der Abfalllandschaft, die dieses überfüllte Haus in einer Woche produziert hatte, lagen große Fetzen der Plastik-Müllsäcke, die all meine Anstrengungen, eine vorbildliche Ehefrau abzugeben, zunichtemachten.

Im Garten vor dem Haus selbst war kaum etwas zu sehen, und das erklärte, warum ich bei meinem Aufbruch in der Morgendämmerung nichts bemerkt hatte.

«Die Müllsäcke!», bemerkte ich, als hätte Jean nichts verstanden.

«Hast du sie etwa über Nacht draußen gelassen?»

«Ja, ich wollte sie heute Morgen in den Kofferraum packen.»

«O nein!», seufzte er mit der resignierten Miene eines von der Vorsehung so begnadeten Mannes angesichts der genetischen Unfähigkeit des weiblichen Geschlechts. «Hast du etwa vergessen, dass sich nachts die Wildschweine über den Müll hermachen?»

Ja, hatte ich.

«Es sind keine Wildschweine», sagte ich beim Aussteigen. «Es sind Wildschweinhybriden.»

«Natürlich, aber das ist keine Entschuldigung. Du hättest daran denken können. In den Ferien hast du doch schließlich sonst nichts zu tun, oder?»

acht

«Ich hatte Ihnen doch gesagt, dass es unverschämte Tiere sind!», meinte Joseph und zog seine Wollmütze mit Hahnentrittmuster tiefer in die Stirn. «Verflixt aber auch, die haben Ihnen eine ganz schöne Arbeit verschafft!»

Er sah mir zu, wie ich den Garten zu säubern begann. Wathi brachte mir mit breitem Lächeln den Rechen. Jean nahm das Schwimmbecken in Augenschein, während das ganze Haus noch schlief.

«Wenn ich daran denke, dass ein Schuss oder vielleicht zwei das Problem aus der Welt schaffen könnten!»

Ich stellte mich taub angesichts seines Versuchs, auf den Streitpunkt um die Wildschweinhybriden zurückzukommen.

«Was gibt es Neues in der Gegend, Joseph?»

«Wissen Sie, dass Sie neue Nachbarn haben? Engländer haben das Haus des alten Carnaillac gekauft. Zwei Jahre lang hat er es bereits zum Kauf angeboten. Aber niemand hat sich dafür interessiert – bei dem Preis, den er verlangte. Und nun haben wir uns tatsächlich Ausländer eingefangen.»

Seine Missbilligung war nicht zu überhören. Der Engländer genießt bei uns kein hohes Ansehen. Die Abneigung, die man gegen ihn und darüber hinaus auch gegen jedes Individuum mit dem Autokennzeichen von Bordeaux hegt, geht bis auf Prinz Eduard von England, den sogenannten Schwarzen Prinzen und Eroberer von Bordeaux, sowie das Trauma des Hundertjährigen Krieges zurück. Seither konnte keine Verbindung, kein noch so herzliches Einvernehmen mit irgendwelchen Briten diese offene Feindschaft ganz ausräumen. Noch dazu wird sie durch den Fünf-Nationen-Wettstreit im Rugby alljährlich geschürt.

In diesem Land des Rugby nimmt man es hin, dass man gegen Schottland verliert, zur Not auch noch gegen Wales, auch gegen die Iren geht eine Niederlage in Ordnung, aber nicht gegen die Roastbeaf-Esser, nein, auf gar keinen Fall. Stehen sich Frankreich und England in einem Spiel gegenüber, so trifft sich die ganze Familie vor dem Fernseher, jeder Versuch eines Treffers wird zu einem persönlichen Siegeszug, und bei jedem Gedränge mischt man lautstark mit.

«Das wird die Preise in die Höhe treiben, und wie!», nahm Joseph den Faden wieder auf, um mir eine gehörige Portion Misstrauen einzuimpfen.

«Sie werden den hier ansässigen Händlern reichlich Aufträge bescheren. Darüber wird sich niemand beklagen …»

Joseph warf mir einen argwöhnischen Blick zu: Er glich dem Blick eines Gewerkschaftlers gegenüber einem zutiefst ungerechten Arbeitgeber. Diese Anglophobie markierte eine demographische und soziale Spaltung unserer Region. Die jungen Leute waren zunehmend amerikanisiert und auch die vom Stadtleben kontaminierten «Bürgerlichen» blieben ganz gelassen oder waren sogar erfreut, wenn sich ein britisches Wesen am Horizont zeigte.

Waren doch die Engländer Garant für eine gewisse Eleganz, die unserem bäuerlichen Landstrich abging. Außerdem würzten sie die mondänen Abendessen mit ihrem legendären Humor. Oft genug allerdings auf unsere Kosten: In der Grammatik gibt ein maskulines Wesen gegenüber einer Vielzahl femininer Wesen den Ton an, und genauso verhielt es sich mit einem einzigen Engländer, der stets im Handumdrehen eine ganze Tischgesellschaft beherrschte. Das in der Sprache Shakespeares begonnene Gespräch lief rasch ins Leere. Die spärlichen Sprachkenntnisse wurden redlich bemüht, aber mit dem beschränkten Wortschatz war nur wenig Staat zu machen. Man beließ es dabei zu bedauern, dass die *daffodils*, wie man in der sechsten Klasse ausgiebig gelernt hatte, im Sommer hier nicht wachsen und dass die in unseren Gärten so vielfältig gedeihende Rosenpracht schlicht und ergreifend mit *roses* übersetzt wird.

Aber was besagte das schon? Es klang alles so viel lustiger auf Englisch. Auf jeden Fall lachten unsere Gäste von der Insel sehr viel.

Sobald ein Engländer auftauchte, wurde keine Wurst und auch keine *rillettes de canard* serviert, man ging stattdessen bei den nun *garden-partys* genannten Picknicks zu rohem Gemüse unter pastellfarbener Mayonnaise über, zu fremdartigen kalten Curry-Speisen oder zu unbeschnittenen Selleriezweigen mit Apfelspalten.

Als eindeutiges Zeichen der Zugehörigkeit zu diesem schicken und kultivierten Club der Anglophilen hielt schließlich das Potpourri Einzug in die Häuser: Schwebte bisher in allen Zimmern ein sanfter Geruch von Farn, von sonnengewärmtem Heu und Moos, so erfüllte nun jener Duft die Räume, mit dem Taxifahrer aus dem dreizehnten Arrondissement ihre Gefährte tränken und der auf den Toiletten der Pariser Kneipen zu finden ist.

Auf kaum zu erklärende Weise liebte man die Engländer mit einer schuldbewussten Zärtlichkeit, die mit einer seltsamen Unterwürfigkeit einherging. Sobald sich ein Engländer in der Nachbarschaft einrichtete, entbrannte ein frenetischer Wettstreit zwischen den Alteingesessenen, wer ihn zuerst bei sich begrüßen konnte, während zwei Jahre lang niemand daran gedacht hatte, dieses nette deutsche Paar einzuladen, das so sehr Französisch büffelte und stets um ein paar angemessene Worte bemüht war: «Ach! Es ist ja so heiß heute! Was für ein schöner Tag, nicht wahr?»

«Wie schade, dass wir keine Daphné unter uns haben», seufzte Joseph.

Sein Gedanke brachte mich zum Schmunzeln. Mit ihren einhundertsechs Jahren war Daphné die Rache der Anglophoben an den anglophilen Verrätern. Sie war ihre Heldin, ihr strahlender Stern. Ihr Heldentum war von dem Dorf Vieuzos bis nach Castelnau gedrungen, hatte also die sagenhafte Entfernung von zehn Kilometern überwunden. Daphné rächte ihre Vorfahren und drängte durch ihre bloße Existenz die sanfte und unheilvolle Invasion dieser Angelsachsen zurück, die das ganze Land aufkauften.

Der Sohn von Daphné, ein alter Junggeselle, hatte seine Gesundheit ruiniert und sein spärliches Vermögen zwischen den Schenkeln üppiger Frauenzimmer im Viertel Matabiau gelassen. Da er keine Nachkommen hatte, hatte sich Daphné zwanzig Jahre zuvor entschlossen, ihr Schloss zu verkaufen, um den drohenden Verfall abzuwenden, allerdings nicht ohne sich eine Leibrente zu sichern. Der erste Käufer war ein Beamter aus Toulouse.

Zehn Jahre später war der Beamte trotz des vielversprechenden Alters seiner Rentnerin (sechsundneunzig Jahre) verschwunden. Er verkaufte das Ganze an einen Professor aus Cambridge, der ein anerkannter Spezialist für Amphibien war.

Dieser hervorragende Gelehrte war überzeugt davon, dass man in dem Park des kleinen Schlosses einen großen Tümpel anlegen sollte. Das bescheidene Aussehen und die Hoffnung auf den sonnigen Süden hatten ihn in Versuchung geführt. Nachdem er Daphné einen zaghaften Besuch in ihrem Altersheim abgestattet hatte, akzeptierte er die von ihr geforderte, außerordentlich hohe monatliche Rente: Hager und zerbrechlich, hatte sie ja nicht einmal mehr die Kraft besessen, sich zu erheben – trotz der tatkräftigen Unterstützung der Pflegerin.

Gladys und Edward Dogson richteten sich also in dem Schloss von Vieuzos ein. Von der heftigen Sonne befeuert, knüpften sie ausgewählte Kontakte zu einigen ihrer Nachbarn, bei denen sie sich hin und wieder – wenn auch sehr zurückhaltend, da sie ja fremd hier waren – über die stumme Feindseligkeit beklagten, mit der ihnen die Dorfbewohner begegneten.

Ein Jahr lang wurde mit großer Begeisterung in dem Schloss gearbeitet. Das Dach wurde neu gedeckt (ein Vermögen), das Badezimmer wurde renoviert, der Salon wurde mit einem feinen Chintzstoff bespannt.

Zu ihrem achtundneunzigsten Geburtstag schickten die Dogsons Daphné eine hübsche, mit Blumen bedruckte Geburtstagskarte: *Lily of the valley* umrankt von zarten *forget me not*, daneben beste Glückwünsche auf Englisch, die ihr offenbar rieten, sie solle sich Zeit lassen.

Die in das Altersheim geschickte Karte kam mit dem Vermerk zurück: «Unter dieser Adresse nicht mehr gemeldet.»

Sie schlossen logischerweise, dass Daphné in ein besseres Wohnheim umgezogen war, was ihr die dreißigtausend Francs pro Monat durchaus gestatteten. Die Dogsons achteten sehr darauf, ihr diese Summe regelmäßig per

Postanweisung zuzustellen. Gegenüber ihren Nachbarn scherzten sie im Sommer über die gute Gesundheit der alten Dame, unterdrückten aber mühsam ein gequältes Lächeln, als einer ihrer Bekannten, der geistreich sein wollte, auf Jeanne Calment, die älteste Frau der Welt, zu sprechen kam.

Als Daphné neunundneunzig Jahre alt wurde, verzichteten die Dogsons auf eine Geburtstagskarte und nahmen auch Abstand von ihrem Plan, einen Landschaftsgärtner anzuheuern, um den Park zu verschönern. Niemand aus ihrem Umfeld wagte es mehr, über Daphné zu sprechen, seit ein Gast anlässlich einer schlechten Neuigkeit gedankenlos ausgerufen hatte: «Das ist ja die Höhe!» Gladys war in Tränen ausgebrochen.

Der hundertste Geburtstag, den sie als einen Tag der tiefen und schmerzvollen Trauer empfanden, führte zu einem unfreiwilligen Wiedersehen mit Daphné. Wo, wenn nicht in Vieuzos, konnte man einen solchen Jubeltag feiern?

Im Dorf machte man sich voller Begeisterung an die Vorbereitungen für die Feierlichkeiten: Lampions, ein bäuerliches Festmahl und Tanzmusik wurden in Angriff genommen. Natürlich wurden auch die Dogsons zu diesem Fest eingeladen, aber sie lehnten die Einladung mit der betretenen Haltung von Leuten ab, die glauben, ihre Anwesenheit wäre unpassend. Hinterhältig nutzte der Bürgermeister die Abwesenheit der Dogsons und ermunterte in seiner Ansprache die Jubelgreisin, diese lebende Legende des alten Vieuzos, noch lange durchzuhalten.

Daphné verschwand von ihrem historischen Fest, um ihren Rentenzahlern einen kurzen Besuch abzustatten, und vielleicht auch, um einen letzten und dankbaren

Blick auf ihr Schloss zu werfen. Ihr Wagen hielt vor der Freitreppe des Schlosses. Sie wartete, bis der Chauffeur ihr die Türe aufhielt.

Und so trat sie den Dogsons entgegen, mit spitzen, teuren Tanzschuhen und Strümpfen von Chantal Thomass.

Die Dogsons erkannten sie nicht wieder, oder wollten sie nicht wiedererkennen. Sie war geschminkt und hatte flammend rot gefärbtes Haar. Neben ihrem grauen, geblümten Kostüm hielt sie in der einen Hand einen Champagnerkelch und in der anderen eine riesige Flasche. Dazu sprudelten aus ihrem Mund freudige Ausführungen über die kräftigende Wirkung des Luxus.

Ach! Dieses britische Phlegma! Auch wenn ihnen beinahe die Luft wegblieb, machten die Dogsons gute Miene zu dem Auftritt. Mit erstickter Stimme schlugen sie Daphné vor, die nun am Arm ihres schrecklichen Chauffeurs hing, die Veränderungen im Schloss zu besichtigen. Bis auf die Wahl des Chintzes im Salon, der für ihren Geschmack etwas Dümmliches hatte, fand sie die Neuerungen sehr umsichtig. Sie tranken ihren Champagner und stießen sogar an, bis die Flasche zur Neige gegangen war. Regungslos lauschten sie Daphné, als sie den weiteren Genuss von Champagner ablehnte, da größere Mengen in ihrem Alter unvernünftig wären.

Nach diesem Besuch nahmen die Dogsons Abstand von allen vorgesehenen Arbeiten und strichen ihre alljährliche *garden-party*.

Als Daphné einhundertzwei Jahre alt wurde, brachen sie ihre Verbindungen zu den Einheimischen ab und ließen ihre Putzfrau wissen, dass sie von nun an auf ihre Dienste verzichten würden. Edward Dogson, der eigentlich sehr auf den guten Ruf der Zeitschriften bedacht war, in denen er in wohlberechneten Abständen seine trefflichen Studien über die Froschlurche veröffentlichte, erhöhte die Zahl seiner Beiträge und publizierte nun auch in englischen Zeitungen und kleinformatigen Zeitschriften, wenn sie die Rubrik «Leben auf dem Land» enthielten und gut bezahlten. Diese leichtverdienten Seiten unterzeichnete er mit dem Pseudonym Marcel Oldbones.

Gladys Dogson veräußerte Stück für Stück ihr wunderschönes Wedgewood-Service. Außerdem begann sie Patchwork-Arbeiten herzustellen, die sie über Kleinanzeigen an die Leserinnen einer Frauenzeitschrift verkaufte.

«Und im September eröffnen die Dogsons ein *Bed and Breakfast*», wunderte sich Joseph jetzt. «Eine Art Gästehaus! Meine Schwägerin hat neulich das Schild an ihrem Zaun gesehen. Wenn sie keine Engländer wären, würde sie dort die Hochzeit ihrer Tochter mit der ganzen Familie feiern. Denn bei ihr ist es viel zu klein für alle.»

«Ich bin wirklich froh, dass das Haus von Carnaillac endlich verkauft ist», gab ich Joseph nun eine andere Richtung vor. «Noch ein oder zwei Jahre länger, und es wäre aufgrund des undichten Daches eingestürzt.»

Joseph war enttäuscht über meinen Entschluss, das Thema zu wechseln. Nach einem traurigen «Na ja, sei's drum!» machte er kehrt, um nun Jean von den Schandtaten eines anderen Eindringlings zu erzählen: dem Wildschweinhybriden.

Diese Begebenheit hatte mich noch einmal dazu angespornt, meinen Garten auf Vordermann zu bringen. Endlich hatte auch ich meine *Engländer*. Betty schmückte sich bei ihren Abendeinladungen seit zwei Jahren mit einem *lawyer* und seiner Frau, die beide reizend und höchst amüsant waren. Und bei Chantal Chaville ging ein ebenfalls sehr charmantes Verlegerpaar aus Oxford ein und aus, die eher aussahen wie Aquarellmaler von anno dazumal oder Insektenkundler, also entsprechend feinsinnig, aber etwas weltfremd waren. Mit Jeans Ankunft begann nun die Zeit der Empfänge ringsum, und auch ich würde zwangsläufig meine neuen Nachbarn einladen.

Der Besuch der Untels böte dazu eine hervorragende Gelegenheit.

«Wenn dir so viel daran liegt und sie wirklich sympathisch sind, dann lade sie doch zu einem Glas *nach* dem Abendessen ein», riet mir mein umsichtiger Ehemann. «Wenn die Untels dann lieber gehen möchten, wird ihnen die Ankunft dieser Leute einen ausgezeichneten Vorwand liefern. Wenn sie bleiben wollen, werden unsere Nachbarn uns neuen Gesprächsstoff liefern. Wichtig ist nur, dass deine Mutter nicht da ist …»

Als wolle er diese Unverschämtheit entschärfen, lächelte er breit, und mit einem Blick auf seine Armbanduhr fragte er:

«Was hast du uns denn Schönes zum Mittagessen bereitet?»

*

Während ich einkaufen war, hatte ich Jean in seinem Elternhaus zurückgelassen, sodass er seine Eltern und die zahlreichen Onkel und Tanten begrüßen konnte.

Sein Bruder und seine Schwester, die beide um einiges älter waren als er, waren Anfang August eingetroffen. Und schon spürte man die Vorboten eines ausgiebigen kulinarischen Wettstreits, der zwischen den beiden Frauen anstand und dem bei Familienzusammenkünften auch ich nicht ganz aus dem Weg würde gehen können.

Umso mehr, als meine Schwiegermutter diese rührende und zärtliche Unterstützung der jungen und tatkräftigen Frauen ausnutzte, um vollmundige Einladungen an entfernteste Cousins, längst vergessene Nachbarn und den Pfarrer der Gemeinde einschließlich seines Chorgefolges auszusprechen, zu dem auch sie zählte.

«Meine Kleine, morgen Abend rechne ich mit dir. Ich habe die Dupuys eingeladen. Sie sind immer so freundlich zu mir! Und allein schaffe ich es nicht, sie zu empfangen.»

«Ich habe Alix und Eve zu Gast ...»

«Aber dann sollen sie doch mitkommen!», schlug sie begeistert vor.

«Sie sind sicher groß genug, um sich selbst ein Abendessen zuzubereiten», mischte sich Françoise ein.

«Wir werden sehen», sagte ich vorsichtig.

Tante Josette war verärgert und schmollte trotzig, als wir aufbrechen wollten. Freunde sind Freunde, Familie ist Familie, und Traditionen sind Traditionen. Selbstverständlich kam es nicht in Frage, Konservendosen zur Vereinfachung der Mahlzeiten in Betracht zu ziehen: Zu keiner Zeit war der Garten ertragreicher denn jetzt, wie Louise bei ihrer allmorgendlichen Inspektion nicht müde wurde zu betonen:

«Es sind unglaublich viele grüne Bohnen nachgewachsen ... die Artischocken werden noch holzig, wenn ihr sie nicht erntet. Die Bohnen sind reif. Verflixt! Ihr habt vergessen, die Füllung für die Tomaten zu kaufen, dabei sind sie wirklich reif!»

Tief in meinem Inneren freute ich mich, dass mein Schwiegervater immer wieder Pech mit seinen Karotten hatte.

Die Ernteerträge häuften sich auf dem Küchentisch.

Granichou erhitzte das Wachs, um nach der althergebrachten und unumstößlichen Art und Weise ihrer Mutter die Möbel zu polieren, und meine Schwägerin Françoise, die Tochter des Hauses, fegte zum wiederholten Mal unter dem Tisch entlang, nicht ohne über ihren Vater zu schimpfen, der einmal mehr vergessen hatte, seine Stiefel bei der Rückkehr aus dem Gemüsegarten auszuziehen.

«Männer haben in der Küche nichts zu suchen», stellte sie fest.

Onkel Pierre, der seinen Zehn-Uhr-Imbiss (ein Glas Rotwein und etwas Wurst) zu sich nahm, blieb weiter in seine Zeitung vertieft und hob nur mühsam die Füße, sobald er den Besen nahen hörte.

«Wir warten heute Nachmittag auf dich mit den grünen Bohnen», erklärte mir Françoise noch rasch. «Du brauchst nur die Kinder mitzubringen, dann haben wir reichlich Hilfe beim Pflücken …»

Da musste ich ihr recht geben: Sie vernichteten bereits bei der Ernte fünfzig Prozent, und so gab es wenigstens weniger zu enthülsen, zu putzen und zu sterilisieren.

Lili, meine andere Schwägerin, war noch im Morgenmantel mit Vorbereitungen für das Mittagessen beschäftigt. Sie trug ihrer Stellung als «Angeheiratete» Rechnung und warf mir nun einen amüsierten und verschworenen Blick zu: Nein, die acht Kilometer zwischen Fougères und Castelnau würden mich nicht von den Verpflichtungen entbinden, die familiäre Rituale mit sich brachten. Ich musste kurz an den Lieblingssatz von Alix' Vater denken, der ihn wiederum von Jules Renard hatte: «Nicht jeder hat das Glück, Waise zu sein …» Zumindest würde ich durch die Flucht nach Fougères der spannungsreichen Zeremonie des Kassemachens entgehen.

Haben Sie schon bemerkt, wie sehr das für das Leben

in einer Gruppe so unvermeidliche Portemonnaie Freunde und aufs innigste verbundene Familien in böse Streitereien treibt?

Zu Beginn fühlt sich jeder für alles verantwortlich, zumindest für eine Woche! Aber ach! Sehr schnell keimt das alte, niemals gelöste Dilemma auf: Das «jeder gibt, so viel er kann» und das «jeder nimmt, was er braucht» gewinnt nämlich in einer solchen Situation außerordentlich rasch eine beißende Schärfe. Denn immer sind ein paar Vertreter dabei, für die zu den Ferien zwangsläufig alle möglichen gastronomischen Extrawünsche, Delikatessen und Ausschweifungen gehören. So wollen diese am Meer nicht darauf verzichten, ein Dutzend Austern zum Aperitif zu schlürfen, Seebarben zu grillen oder ganz frische Saint-Jacques-Muscheln zu verspeisen. Die lokalen Erzeugnisse müssen doch schließlich ausgekostet werden, und zwar als Zierde der gemeinsamen Menüs, ob es nun Gänseleber, Morcheln oder Steinpilze, zarte Lammkoteletts, Kalbsbries oder Spanferkel sind.

Zwei Tage später ist der zweite Fünfhundert-Franc-Schein fällig, und die anderen Mitglieder der Gruppe, die sich zunächst glücklich geschätzt haben, mit einem Schlag der Fron des Einkaufens entronnen zu sein, schlagen weitsichtig einen Rollentausch vor. Aber Hähnchen und Chips, noch so kunstvoll auf jedem einzelnen Teller drapiert, geben Anlass zu offener Feindseligkeit. Bisher nur unter der Oberfläche brodelnde Spannungen treten offen zutage und damit auch der so unterschiedliche finanzielle Stand des großen Bruders mit seinem glänzenden sozialen Aufstieg und der kleinen Schwester mit ihrem Versager-Ehemann, der alles so jämmerlich in den Sand gesetzt hat. Aus Stolz ruiniert die kleine Schwester sich lieber, als ihrer Schwägerin die Gelegenheit zu bissigen Kommentaren zu liefern. Das wiederum lässt den Ehemann (den Versager) schmollen und drohen, nie wieder werde man seine Ferien mit der Familie, besser, mit der Schwiegerfamilie, verbringen.

Unter Freunden verhält es sich nicht besser. Leichtsinnig verlangt man zunächst die gleiche finanzielle Beteiligung von jedem Paar, ohne die Kinder zu berücksichtigen. Am Anfang der Ferien herrscht eben eine großzügige Euphorie. Nach zwei oder drei Zahlungen in die gemeinsame Kasse wirft jemand (in der Regel ein Kinderloser) die Frage auf, ob man nicht doch die reizenden Kleinen bei der Kalkulation berücksichtigen sollte.

Die anderen (Kinderreichen) spezifizieren die anteilige Berechnung und fordern eine unterschiedliche Gewichtung je nach dem Alter der Sprösslinge: Ganz ehrlich, ein Achtjähriger vertilgt doch bei weitem weniger als ein Achtzehnjähriger? Die mit Achtzehnjährigen Gesegneten wiederum rümpfen die Nase: Ihre Tochter ist schließlich so gut wie magersüchtig, wohingegen dieser dicke Louis sich in einer Tour vollstopft.

Die Stimmung lädt sich auf: Man nimmt nicht nur das Gemüse unter die Lupe, sondern auch die Geldscheine: Man schielt auf die Teller; man fordert die Kinder sachte auf, am Tisch zu essen und den kleinen Schokoriegel außer der Reihe vom Taschengeld zu bezahlen; man teilt die Kartoffeln in zwölf Portionen und treibt die Spitzfindigkeiten so weit, bis schließlich jeder beschließt, ohne die anderen im Restaurant zu essen.

So landen alte Kumpel, zartfühlende Cousins, glückliche und feste Gemeinschaften in schrecklichen Kaschemmen und enden schließlich dank blasser, öliger Omeletts oder dank in der Sonne triefendem Fettgebackenen mit einer Magen-Darm-Entzündung im Krankenhaus.

Sollte es hinsichtlich der Geldfrage wider Erwarten harmonisch bleiben, so gibt es immer noch die Frage der Aufgabenverteilung in der Küche. Man muss den Spagat schaffen zwischen denjenigen, die keinen Fisch mögen, und denjenigen, die am liebsten Hähnchen essen, denjenigen, die Kräuter verabscheuen, und denjenigen, die, ganz Nouvelle Cuisine, Ihnen erklären, dass ein Kotelett ohne Zutaten all seine diätetischen Tugenden behält, während Sie seit zwei Stunden damit beschäftigt sind, eine Sauce einzukochen.

Hat man sich endlich auf einen Gratin dauphinois oder auf gefüllte Auberginen geeinigt, schaut Ihnen eine feinfühlige Schwägerin über die Schulter und fragt: «Ach! So bereitest du sie zu?», woraus Sie unverzüglich schließen, dass das nicht die richtige Art und Weise ist. Oder Ihr Ehemann, Freund, Bruder oder Schwager schlägt Ihnen, während er sich zum dritten Mal von Ihrem Zucchini-Auflauf nimmt, vor: «Er ist wirklich lecker, Liebling, aber du solltest einmal meine Mutter nach ihrem Rezept fragen, das ist nicht zu übertreffen.»

In Fougères hatte ich die unangefochtene Oberhoheit. Deshalb bestellte ich in der Metzgerei, ohne zu zögern: «Vier Scheiben Kalbsleber und Wurst für zwanzig Personen.»

«Sind Sie am fünfzehnten August noch hier?», fragte mich jemand aus der Schlange, während Madame Espenan meine Einkäufe wog.

«Oh! Guten Tag, Herr Bürgermeister. Wie geht es Ihnen?»

«Sehr gut, danke. Sagen Sie, ich habe zwanzigmal bei Ihnen angerufen, aber es nimmt nie jemand ab. Jetzt habe ich Sie endlich gefunden …»

Ich wagte nicht, ihm zu gestehen, dass mein Telefon

unten in meinem Einkaufskorb lag. Seit ein freundlicher Brief von France Telecom mir am sechzehnten Juli mitgeteilt hatte, dass von meinem Apparat ein sechsundsechzig Minuten langes Gespräch ins Ausland geführt worden war, nahm ich den Apparat bei meinen Einkäufen mit. In schönster Verwaltungssprache bat mich der Unterzeichner, ein Mitarbeiter der Störungsstelle, um Auskunft, ob es sich um einen Fehler handeln könnte, er halte sich zu meiner Verfügung bereit, um mir die notwendigen Details zur Aufklärung dieses Anrufs zu geben.

Eindringliche Nachforschungen brachten es an den Tag: Marion war es gewesen. Im Kreis ihrer Lieblings-Schädlinge hatte meine Tochter meinen Schlaf und die Zeitverschiebung ausgenutzt, um einen ihrer Freunde anzurufen, der seine Ferien in einem Camp an den schönen Stränden Kaliforniens verbrachte. Sogleich kam mir der von ihr so angebetete Cousin in den Sinn, der sich gerade in Singapur herumtrieb.

«Ab welchen Summen informieren Sie Ihre Kunden?», hatte ich, hellhörig geworden, den Angestellten gefragt, während mir der kalte Schweiß zwischen den Schulterblättern herunterlief.

«Wir rechnen in Einheiten und berücksichtigen dabei die durchschnittliche monatliche Menge. Da Sie im Sommer offenbar viel telefonieren, fragen wir bei Ihnen nur nach, wenn außerordentlich hohe Beträge auftauchen.»

Ich brauchte ein Glas Wasser und eine genauere Antwort. Was waren denn außerordentlich hohe Beträge?

«Würden Sie fünfzehn Minuten nach Singapur für normal halten?», stieß ich mühsam hervor.

«Das kann ich Ihnen nicht genau sagen. Für solche Fragen müssten Sie sich an die Abteilung für Rechnungsstellung wenden.» Und bevor er das Gespräch beendete, fügte er noch hinzu: «Singapur? Sie kennen ja ganz schön viele Leute im Ausland ...»

Nicht ich, dachte ich, während ich auflegte. Aber bei den Schädlingen kann man nicht misstrauisch genug sein. Sie denken sich immer etwas aus ...

«Wie schön», sagte der Bürgermeister. «Sie wissen ja sicher, dass wir eine ganz neue Tourismuszentrale eröffnet haben.»

Sieben Ohrenpaare – die großen und gezackten Ohren von Madame Espenan nicht mit eingerechnet – spitzten sich, um dem ersten Vertreter des Dorfes zu lauschen.

«Nein, aber ich bin entzückt darüber. Das hat diese Gegend wirklich verdient. Ich hoffe nur, dass es nun nicht zu einer Invasion von Touristen kommt.»

«Der Sohn von Perez hat die Leitung übernommen ...», lautete die sibyllinische und beruhigende Antwort.

Ich freute mich für den Sohn von Perez. Er hatte also endlich Arbeit gefunden. Seine spärliche Sozialhilfe reichte weder für die Bedürfnisse seiner drei Kinder noch für seine zehn täglichen Ricards.

«... gemeinsam mit Jean-Pierre Castanet», setzte der Bürgermeister eilig hinzu, da er fürchtete, ich könnte diese wunderbare Neuerung nicht ernst nehmen. «Wir haben beschlossen, einen kleinen regionalen Preis auszuschreiben, um auf die Eröffnung aufmerksam zu machen. Da wir nun wissen, dass Sie in Paris für eine Zeitschrift arbeiten, haben wir uns gedacht, dass Sie ihn erhalten sollen.»

Ich errötete vor Freude und wünschte, dass die sieben Personen um mich herum diese Röte meiner natürlichen Bescheidenheit zuschreiben würden, die sich hier einmal mehr zeigte. Aber ich gestehe es: Ich war geschmeichelt.

«Was für ein Preis ist es denn?», fragte ich dennoch.

«Äh … Eigentlich soll es eine Überraschung bleiben. Ich sollte Sie lediglich zu einer kleinen Feier nach dem Stierkampf einladen. Dort sollten Sie dann aufgerufen werden und den Preis in Empfang nehmen. Aber wir müssen eben sicher sein, dass Sie auch anwesend sind. Sie könnten ja Freunde mitbringen. Wir halten sehr viel von solchen Initiativen. Das Land wird touristisch gesehen einen Aufschwung erfahren», fuhr er mit erhobener Stimme fort (schließlich standen bald Wahlen an). «Die Sache ist also abgemacht?»

«Ich komme gerne», erwiderte ich.

Ich bezahlte meine Einkäufe. Madame Espenan umfing mich mit einem zärtlichen Blick, der ein klein wenig dem eines Rindviehs glich. Mit einem Schlag war ich zur regionalen Berühmtheit aufgestiegen. Die Schlange der Kunden wich ehrfürchtig zurück, um mir den Weg aus der Metzgerei freizugeben.

Trällernd ging ich meines Weges. Niemals wäre ich auf den Gedanken gekommen, dass meine bescheidenen, über das Jahr niedergeschriebenen Einfälle mir zu solchem Ansehen im Land verhelfen würden. Was für ein Preis war es wohl? Sicher ein literarischer, denn der Bürgermeister hatte sich ja auf meine journalistische Arbeit bezogen.

Auf meinem Weg zu Jean, den ich wieder einsammeln wollte, beschloss ich, nach Dichtern und Schriftstellern zu suchen, die hier in der Gegend geboren waren. Gewiss trug diese Auszeichnung einen ihrer Namen. Man würde vermutlich eine kleine Ansprache von mir erwarten, und auf keinen Fall würde ich meinen Ruf durch peinliches Unwissen oder gar Undankbarkeit aufs Spiel setzen.

Natürlich würde dieser Preis gegen jede Auszeichnung in Paris reichlich lächerlich erscheinen. Aber ich muss gestehen, dass ich eitel und stolz genug war, aus der Menge auserwählt worden zu sein. Auch wenn es eine Menge der hiesigen Landbevölkerung war.

Ich bedauerte, dass ich meinen letzten Artikel, der vor zwei Monaten erschienen war, nicht mit nach Fougères gebracht hatte: Er war sehr kurz, aber auch sehr ausgewogen gewesen und besprach einen Kurzfilm in Schwarzweiß, der lediglich an zwei Tagen in einem Kino für Filmliebhaber im sechsten Arrondissement gezeigt worden war.

Schade, ich hätte ihn gerne noch einmal gelesen.

neun Kaum hatte ich nach meiner Ankunft in Fougères das Telefon wieder aufgelegt, klingelte es, und danach rissen seine grellen Töne nicht mehr ab.

Zunächst war meine Mutter am Apparat. «Wie geht es den Kindern?»

«Sehr gut, Mama. Sie haben unglaublich viel Spaß. Bei dieser Hitze sind sie den ganzen Tag im Wasser.»

«Und wie geht es dir? Bist du nicht zu sehr erschöpft?»

«Mir geht es wunderbar.»

«Aber du hast viele Leute zu Besuch, nicht wahr?»

«Fast niemanden.»

«Du weißt, dass ich mich nicht gern in Dinge einmische, die mich nichts angehen, aber bei deinem anstrengenden Leben in Paris bräuchtest du im Urlaub wirklich Ruhe und Erholung.»

«Aber ja doch, Mama.»

«Und Jean? Ist er schon angekommen?»

«Ja, heute Morgen. Er ist begeistert von dem Schwimmbecken.»

«Das muss er auch. Schließlich hat er ja nichts dazu beigetragen und sich ins gemachte Nest gesetzt.»

«Wann kommt ihr zu uns?»

«Das weiß ich im Augenblick noch gar nicht. Jedenfalls nicht dann, wenn dein Haus noch voll ist. Im Augenblick geht es nicht, weil wir die Kinder deines Bruders hüten. Er ist so erschöpft. Aber wir fahren mit Sicherheit noch einmal ans Meer nach Spanien.»

«Und was ist mit mir?» (Meinen Bruder sah sie schließlich das ganze Jahr über.) «Du weißt doch, dass ich am zwanzigsten August nach Paris zurückfahre, oder?»

«Ich werde mit deinem Vater sprechen.»

Anschließend riefen die Untels an, die am Telefon einen recht verwirrten Eindruck machten.

«Es wird uns ein solches Vergnügen sein! Wir sind gestern in Capvern angekommen, aber diese Kurorte sind so traurig! Und diese Pyrenäen! Man hat das Gefühl, man wäre am Ende der Welt!»

Constance Untel sprach das S und T mit jenem leichten Zischen aus, das eine Geburt in Neuilly (dem amerikanischen Krankenhaus), eine Kindheit in Neuilly (am Wald) und ein Domizil im vornehmen Pariser Westen verrät.

Ich legte den Termin für ihren Besuch auf Dienstagabend. Am Montag waren alle Geschäfte geschlossen, sodass ich keine Chance haben würde, an diesem Tag frische Gänseleber zu bekommen. Möglicherweise gab es sogar überhaupt keine, denn im Sommer lassen viele Mäster ihre Tiere wegen der Hitze in Ruhe. Ich würde mir also etwas einfallen lassen müssen. Nein, ich würde mir nichts einfallen lassen, riss ich mich aber sogleich zusammen. Schließlich hatte ich Jean einen hübsch gedeckten Tisch versprochen: draußen, mit Kerzen und vor allem mit Schädlingen und Albernen hinter Schloss und Riegel.

Ich notierte auf einem Papierfetzen: «Heute Nachmittag bei den Engländern vorbeischauen wegen der Einladung.»

Dann war meine Schwägerin Françoise am Apparat. Ich ließ mich auf einen Stuhl fallen, denn das Gespräch würde Stunden dauern.

«Du hast nicht zufällig die grünen Bohnen vergessen?»

«Welche grünen Bohnen?»

«Heute Nachmittag.» Ich zerknüllte meinen Zettel zu einer Papierkugel. «Komm ruhig ein bisschen später. Bei dieser Hitze kriegen die Kinder sonst noch einen Sonnenstich. Sag mal, Jean war so schlecht gelaunt. Geht es ihm gut? Vor Papa und Mama habe ich mich gar nicht getraut, dich zu fragen. Sonst machen sie sich noch Sorgen. Du solltest ihn mehr schonen. Ein Mann muss umsorgt werden.»

«Er hat eine Nacht im Zug geschlafen.»

«Ich wollte dir noch etwas sagen. Es wäre mir sehr lieb, wenn du ohne Alix und Eve zu dem Abend mit den Dupuys kommst. Die beiden können doch die Kinder hüten. Damit machen sie sich wenigstens einmal nützlich. Jean hat mir ja erzählt, dass er einen Kollegen erwartet … Was kochst du für ihn? Du wirst ihn doch hoffentlich verwöhnen? Wenn er endlich einmal jemanden einlädt …»

«Ich weiß noch nicht. Vielleicht frische Gänseleber in Traubensaft.»

«Jedenfalls keinen Spargel. Wenn er eine Kur in Capvern macht, leidet er sicherlich an Nierenkoliken. Und Spargel ist ja Gift für Gallen- oder Nierensteine.»

«Jean hat eher von Nasenproblemen gesprochen …»

«Mein Gott, diese Männer! Sie verstehen überhaupt nichts. Genau wie Guy. Er hat einmal …»

Es verging eine Ewigkeit, bis ich wieder auflegen konnte. Ob ich vor dem Mittagessen wohl noch die Zeit finden würde, um kurz ins Wasser zu springen? Die Hitze war drückend, und in jedem Fall war es keine Spargelzeit. Fliegen quälten die Kühe, die sie mit weit ausholenden Schwanzschlägen abzuschütteln versuchten. Die kleinen Entchen verloren ihren gelben Flaum und schliefen, den Schnabel unter den Flügeln, auf dem Tümpel im

Schatten der Weide (Louise fragen, wo ich frische Leber auftreiben könnte). Im Gras keuchten Zébu und Toupie, während Malo unter den Blättern des Feigenbaums verschwunden war. Joseph hatte recht, man würde dem Gewitter nicht entgehen.

Alle Hausbewohner, bis auf die noch schlafende Alix, waren am Schwimmbecken. Das sanfte Plätschern des Wassers, die Spritzer und Kopfsprünge zogen mich an wie einen Verliebten. Ich ging rasch in mein Zimmer hoch, um meinen Badeanzug anzuziehen.

Das Telefon klingelte erneut. Chantal Chaville teilte mir voller Begeisterung mit, dass sie ihr Haus wieder bezogen hatten:

«Françoise hat mir gesagt, dass Jean angekommen ist. Kommt ihr nächsten Mittwoch zum Abendessen? Die Arquiès und ihr Cousin werden auch da sein. Das ist Régis de Goubert, der Filmemacher, der das kleine Schloss von Louvensac gekauft hat. Er möchte sehr gerne auch die Leute von hier kennenlernen.»

(Ob ich Régis de Goubert zu meiner Preisverleihung einladen sollte?)

«Meine Cousine Alix ist dann noch zu Besuch bei mir.»

«Aber bring sie doch einfach mit! Gut … bis Mittwoch!»

Kaum hatte ich aufgelegt, als das Telefon erneut klingelte. Es war der Ehemann von Eve. «Sag mal! Du hängst ja stundenlang am Telefon! Ich versuche schon seit einer Ewigkeit, dich anzurufen. Sind im Augenblick viele Leute bei dir zu Besuch?»

Zu den vielen Leuten zählte natürlich nicht die eigene Familie. Vermutlich machte er meine Gäste für das ständige Besetztsein meiner Leitung verantwortlich.

«Nein», sagte ich ahnungslos. «Niemand.»

«Wunderbar. Würde es dich sehr stören, wenn Eve noch eine Woche bei dir bleibt? Ich muss einen wichtigen Vertrag unterzeichnen. Es ist aber noch nichts vorbereitet, und ich kann damit nicht warten, bis wir aus den Ferien zurückkehren.»

«Aber muss euer Au-pair-Mädchen Ruth denn nicht nach Hause zurück?»

«O nein! Mach dir keine Sorgen. Dann ist ja alles in Ordnung, vielen Dank. Ich drücke dich fest. Gibst du mir noch kurz Eve?»

(Die Chavilles anrufen, um ihnen zu sagen, dass Eve auch kommt.)

«Damit kommt er mir jetzt schon zum zwanzigsten Mal», zischte sie wütend, als sie zum Schwimmbecken zurückkam.

Mochten uns die Männer erst einmal mit einem funkelnden Feuerwerk geblendet haben, so taten sich doch rasch Lücken in dem Spektakel auf – hatte man sie erst einmal zum Vater gemacht.

«Die Geschäftswelt richtet sich nicht nach den Schulferien», mischte Jean sich ein.

«Du musst ihn verstehen», riet ich. «Er ist überarbeitet.»

(Ins Wasser springen und nur noch schwimmen und danach nur noch schlafen. Ich hatte mein frühes Aufstehen noch nicht verdaut.)

«Ich bin immer das fünfte Rad am Wagen. Die Kinder werden furchtbar enttäuscht sein, dass ihr Vater nicht erscheint. Jedenfalls kommt es nicht in Frage, dass ich zu meiner Schwiegermutter zurückfahre, wenn er nicht da ist. In dem Haus in Menton gibt es nur schlecht erzogene Monster. Es ist einfach unerträglich.»

«Wir könnten Ruth doch in den Zug setzen. Sie könnte deinen Schwägerinnen helfen», schlug ich vor.

«Wo denkst du hin? Was wird dann aus dem Englisch von Grégoire? Der Ärmste, wie soll ich ihm das beibringen?»

Im Augenblick schallte Grégoires ausgelassenes Lachen zu uns herüber. Er tobte mit den anderen Albernen am Schwimmbecken herum und sprang mit angezogenen Beinen auf einen riesigen rosa Krokodil-Schwimmring im Wasser, den Françoise ihren Neffen am Morgen geschenkt hatte.

«Kinder! Hört jetzt mit diesem blöden Spiel auf! Das Krokodil wird gleich platzen!», schimpfte Jean entnervt.

«Lass sie doch … Sie haben ihren Spaß.»

«Es ist also spaßig, alles zu zerstören, was man in die Finger bekommt? Und du verteidigst sie natürlich auch noch gegen mich, wie immer!»

(Jetzt einfach weiterschwimmen, weiterschwimmen, oder vielleicht auf das rosa Krokodil springen?)

«Grégoire! Mathilde! Kommt einmal zu mir. Ich muss euch etwas mitteilen.»

«Hast du gut geschlafen?», fragte ich Alix, die sich noch im Morgenmantel und mit der Miene eines aus seinen unterirdischen Gängen vertriebenen Maulwurfs nun leicht schwankend zu uns gesellte.

«Das Telefon hat mich aufgeweckt.»

Sie gähnte. «Ich habe mein viertes Kapitel beendet. Was für eine Hitze! Wer hat denn den ganzen Morgen über angerufen?»

«Stimmt! Jean, ich hätte es beinahe vergessen. Die Untels haben angerufen. Sie kommen am Dienstagabend zum Essen.»

«Das hättest du mir aber gleich sagen können. Gut (zufriedenes Lächeln). Ich hätte nicht gedacht, dass er sich so rasch meldet.»

«Es schien mir, als würden sie sich in Capvern zu Tode langweilen.»

Jean warf mir einen finsteren Blick zu.

Die Schädlinge räkelten sich im Schatten des Sonnenschirms und dämmerten vor sich hin. Außer Zina, die mit ausgestreckten Beinen dasaß und mit der Pinzette ihre Bikinizone unter die Lupe nahm. Ich schielte auf das Instrument. Mit Sicherheit war es meine Pinzette, die ich überall vergeblich gesucht hatte. Marion nahm die Hautunreinheiten von Olivier in Augenschein. Ruth schlief mit geballten Fäusten. Jacques und Pierre ebenfalls. In meinem Kopf ging ein kleines rotes Warnlicht an. Was hatten sie in der Nacht getrieben?

«Kinder», setzte Eve nun mit einer gequälten Stimme an, während eiskaltes Wasser von Grégoire und Mathilde auf meine von der Sonne erhitzten Schultern tropfte (was ich hasste). «Ich habe eine schlechte Neuigkeit: Wir bleiben noch eine Woche länger hier ...»

Sie konnte ihren Satz nicht fortsetzen. Die beiden Vaterlosen schrien vor Freude auf und warfen sich unverzüglich auf das Krokodil.

«Oh! Umso besser, wenn alle es so leicht nehmen, umso besser», seufzte Eve und streckte sich wohlig auf ihrem Handtuch aus. «Warum lachst du, Alix?»

«Wir werden deinem Mann nichts davon erzählen ... Jedenfalls freue ich mich, dass du hierbleibst. Du hättest uns wirklich gefehlt. Und seit Ferrande ihre Liebe für das Schwein entdeckt hat, wächst bei Jaja auch das Fell wieder nach. Und du bist doch nicht allzu unglücklich darüber, Jean, dass du drei Frauen für dich ganz allein hast, oder?»

Ich schmunzelte über den flüchtigen Blick, den mein

Mann über die zahlreichen Kinder gleiten ließ, und stand auf, um wieder ins Wasser zu springen. Ich war ebenfalls froh, dass Eve ihren Aufenthalt verlängerte.

«Du wirst doch jetzt nicht mehr schwimmen?», fragte der Prinz des Harems nun. «Du brauchst doch immer eine Ewigkeit, um ins Wasser zu kommen. Es ist schon zwei Uhr, wir könnten langsam einmal mittagessen, oder etwa nicht?»

Das Problem bei der Frauenarbeit ist, dass sie auch den besten Mann zum Macho macht.

Ich nahm Abstand von meinem Badevergnügen.

«Kinder! Der erste Trupp an den Tisch!»

«Vergesst nicht, ein T-Shirt überzuziehen!», gab Jean ihnen noch mit auf den Weg.

«Was gibt es denn Schönes?», wollte Victor wissen und drückte mir ein feuchtes, lauwarmes Küsschen auf die Schulter.

«Gegrillte Würstchen.»

«Schon wieder!»

Und das Problem mit den kleinen Jungen ist, dass bereits ein Mann in ihnen schlummert.

*

Der Himmel war weiß. Das seit zwei Tagen erwartete Gewitter stand nun drohend bevor. In der Ferne ließ sich bereits ein dumpfes Donnergrollen vernehmen, und über den Pyrenäen zuckten bisweilen große blaue Lichtstreifen. Natürlich musste es heute niedergehen, am Dienstag, dem großen Tag der Untels. Jede Stunde, die verging, ließ meine Pläne von einem Abendessen unter freiem Himmel mit hübscher Decke, Laternen und Grillenzirpen unwahrscheinlicher werden.

Seit den Morgenstunden hoffte ich darauf, dass sich

alles beruhigen und die Wettervorhersage korrigiert werden würde, aber die stumme, vom Himmel eigens gegen mich angezettelte Verschwörung trat in jedem Augenblick manifester zutage. Man musste vorausschauend erwägen, den Tisch im Hause zu decken.

Das hieß, im Esszimmer, und das Esszimmer war das Heiligtum von Alix.

Vorsichtig warf ich einen Blick durch die offen stehende Tür. Die Unordnung entsprach dem in Angriff genommenen Werk: Sie überstieg jede Vorstellung. Überquellende Aschenbecher, abgestandener Kaffee, offene Nescafédosen, zerknitterte Papierfetzen, leere Zigarettenschachteln, volle Zigarettenstangen. Auf dem Boden bedeckten Blätter das Kabelgewirr zwischen Drucker und Laptop. Auf dem Tisch lagen Wörterbücher, Aktenordner und darunter Kopien und handgeschriebene Notizen. Leider würde sich dort wohl kaum etwas über die Dichter und Schriftsteller des Magnoac finden lassen …

Seit sie hier residierte, hatte niemand mehr dort sauber gemacht. Den Kindern, den Tieren und vor allem Wathi hatte sie den Zutritt verboten.

Zwei Stunden Arbeit, bemaß mein fachmännisches Auge.

Das bläuliche Licht eines Blitzes warf unsere Schatten auf die Mauern.

«Du solltest deinen Computer ausschalten. Es wird ein Gewitter geben, und wir haben keinen Blitzableiter. Die elektronischen Geräte sind sehr empfindlich.»

Ein ausgiebiges Grollen unterstrich meinen Vorschlag nachhaltig. Alix sah auf.

«Du hast recht. Aber wenn es regnet, wird niemand draußen essen können. Wo willst du diese Leute denn unterbringen?»

Ich setzte ein gewinnendes Lächeln auf.

«Rate mal!»

Sie erwiderte mein Lächeln mit einem freundlichen Schmollen. «Gut, einverstanden. Ich ziehe um.»

Bisweilen sind meine Freunde außerordentlich vernünftig.

Ich nahm die Küche in Augenschein. Den ganzen Vormittag hatte ich mit meinen Einkäufen verbracht. Schließlich hatte es mich bis nach Samatan verschlagen, um frische Leber aufzutreiben.

Am Abend zuvor war ich auf dem Rückweg vom Bohnenpflücken (die Schädlinge hatten sich verzogen und waren im Augenblick des Aufbruchs nicht aufzufinden gewesen) – rein zufällig – am Haus des alten Carnaillac vorbeigefahren. Von nahem besehen wirkte es winzig klein. Zwei Paare in meinem Alter saßen vor der Tür im Freien. Die Männer wirkten durch und durch englisch. Die Frauen ebenfalls. Das fing ja gut an.

Ich hatte sie durch das geöffnete Fenster meines Autos mit der Hand gegrüßt. Höflich, sehr britisch hatten sie meinen Gruß erwidert. Fürs Erste würde ich es bei diesem Kontakt belassen.

Als ich am nächsten Morgen von der Bäckerei zurückkam, nahm ich – rein zufällig – die kleine Straße, die unterhalb der Fenster ihres Hauses entlangführt. Sie saßen am gleichen Platz und sahen auf die Pyrenäen. Vermutlich raubte es ihnen die Sprache, dass in diesem Land drei Tage hintereinander gutes Wetter sein konnte.

Ich hatte mich vorgestellt. Und sie ebenfalls. Natürlich sprachen sie nicht ein einziges Wort französisch. Ich erklärte ihnen, dass ich ihre Nachbarin war. Sie erklärten mir, dass sie meine Nachbarn waren. Sie besaßen mit Sicherheit viel Humor.

Und heute Morgen hatte ich sie, bevor ich mich auf die Jagd nach meiner Leber machte, auf ein Glas nach dem Abendessen zu uns eingeladen. Das hatte sie aus ihrer phlegmatischen Stimmung gerissen. Zu meinem Erstaunen schrien sie ein gar nicht britisch anmutendes *cheerio!*, aber natürlich war ich von meinen Schädlingen anderes gewohnt.

Um sieben Uhr, o Wunder, war das Haus auf Hochglanz gebracht (liebe Denise!) und mein knackiger Salat von frischen grünen Bohnen aus dem Garten fertig. Die Renette-Kartoffeln waren vorgekocht und die für die Zubereitung der frischen Leber in Traubensaft notwendigen Pfannen standen erwartungsbereit auf dem Gasherd. Für das Dessert hatte Jean, der meine Backkünste kannte, bei Caron-Laville eine wundervolle, riesige Zitronentarte mit Baiserhaube bestellt.

Im Stall hatte ich die Tischtennisplatte zu einem normalen Tisch umfunktioniert, sodass die Kinder hier zu Abend essen konnten und geographisch gesehen weit genug vom Ort des eigentlichen Geschehens entfernt waren. Um jedes störende Auftauchen ihrerseits zu vermeiden, hatte ich für sie kalte Speisen vorgesehen.

Im Wohnzimmer war alles für den Aperitif Erforderliche bereitgestellt und kunstvoll von Eve arrangiert worden, der Jean, umsichtig, wie er nun einmal war, aufgetragen hatte, für die Details zu sorgen.

Ich erkannte ihren Stil in den feinen Blumensträußen, an den auf der Tischdecke drapierten Margeriten, an den perfekt gefalteten Servietten auf unseren sechs Tellern und an den Kaffee- und Teeutensilien, die bereits auf das Ende des Essens warteten. Alix hatte sich um den Wein gekümmert. Alles war unter Kontrolle.

Selbst Wathi hatte, als sie mich im Kleid vorübereilen

sah, die Bedeutung des Unternehmens begriffen. Sie hatte angeboten, während des Abendessens in der Küche zu bleiben, um wenigstens dort ein wenig zur Hand zu gehen (nein, sie würde nicht bei Tisch bedienen, hatte ich Jean versprochen). Damit sie nicht zu spät ins Bett käme, hatte ich ihr nahegelegt, dann zu essen, wann es ihr passte.

Der Himmel war schwarz, als die Untels eintrafen. Das Erscheinungsbild von Madame passte vollkommen zu ihrer Stimme: Sie wirkte gekünstelt und aufgesetzt mit ihrer wild aufgebauschten Mähne; hübsch war sie auch (aber geliftet, wie mir Eve zuflüsterte). Sie war eine jener so unglaublich weiblichen Frauen, neben denen Sie nicht vergessen können, dass Sie Schuhgröße einundvierzig tragen und dringend eine Diät machen müssten.

Er trug eine helle Hose, ein offenes Hemd und dazu eine Leinenjacke, die hervorragend zu seiner guten Herkunft, seinem Besuch guter Schulen und seinem Erfolg passte. Aus seinem Lächeln sprachen alle ausgezeichneten Abschlussprüfungen seines Lebens. Ich konnte die beiden nur schlecht mit den Kurgästen von Capvern zusammenbringen, denn dieses kleine Thermalbad hatte für Modeerscheinungen nichts übrig und bot nur sehr entfernt das mondäne Bild eines Thalassobades.

Jean zeigte ihnen das «Anwesen». Sie fanden das Haus ganz reizend, das Schwimmbecken bukolisch und begeisterten sich für das Sammelsurium meiner alten Sofas und Clubsessel, die ich secondhand bei Emmaüs erstanden hatte und das Ganze sehr authentisch wirken ließen. Zum Aperitif nahm er einen Whisky, sie hingegen Champagner.

Wir tauschten gerade ein paar Höflichkeiten aus und ergingen uns in Bemerkungen über das Wetter, die Gegend, den unübertrefflichen Reiz von Familiensitzen, als ein Motorengeräusch mich plötzlich aufschreckte.

«Erwartest du jemanden?», fragte mich Jean, und ich hörte aus seiner Stimme jenes E-Moll heraus, das eine gewisse Unruhe verriet.

Ich warf einen Blick aus dem Fenster. Ein Auto hielt unter unserer Pinie.

«Nein», sagte ich laut und dachte leise und sehr unhöflich: Wer ist denn das schon wieder?

«Die Engländer!», sagte ich.

«Hast du sie etwa zum Abendessen eingeladen?», fragte Eve staunend.

«Ganz und gar nicht! Ich habe ihnen gesagt, sie könnten nach dem Essen vorbeikommen. *After dinner*», wiederholte ich mit meinem wundervollen Akzent, der meine anglophonen Gesprächspartner immer wieder glauben ließ, ich sei Belgierin.

«Ohne Zeitangabe?», wollte Jean wissen.

«Genau.»

Er hob den Blick gen Himmel.

«Die Engländer essen im Allgemeinen um sieben Uhr zu Abend.»

«Oh!»

Eine jämmerlichere Antwort war kaum vorstellbar, und meine vollkommene Unkenntnis der Londoner Gepflogenheiten kam somit unverhohlen an den Tag. Gewiss hätte sich Constance niemals einen solchen Schnitzer geleistet. Warum nur, fragte ich mich, gerät man immer wieder auf die eine oder andere Weise in Konkurrenz mit Madame Maier oder Madame Müller?

Mein Gehirn setzte sich in Bewegung und arbeitete fieberhaft gegen die Motorengeräusche an. Erstens: Sie zum Abendessen einladen? Ich hatte nicht genug frische

Leber, und wenn Jean recht hatte (und er hatte immer recht), hatten sie ja bereits gegessen. Zweitens: Sie bitten, später noch einmal wiederzukommen? Das wäre eine unverzeihliche Unhöflichkeit. Drittens: In einem kleinen Mauseloch verschwinden? Es gab drei Katzen im Haus.

Die Untels gaben keinen Ton von sich. Die hübschen Lippen von Constance (sie waren geliftet, Eve hatte recht) zeugten von ihrer Missbilligung, wenn diese nicht darauf zurückging, dass sie unfreiwillig zur Zeugin meines Ungeschicks geworden war.

«Was macht das schon für einen Unterschied für sie?», warf Alix ein. «Sie trinken ein Glas mit uns, und dann erklären wir ihnen, dass wir jetzt essen. Das werden sie schon verstehen.»

Es klopfte zweimal zaghaft an der Tür.

«Hello!»

«Hello! Come in ...»

Sie waren lässig gekleidet und hatten eine Flasche Weißwein bei sich. Der Gegensatz zu den Untels war unverkennbar. Alle begrüßten sich. Ich bot ihnen etwas zu trinken an. Sie nahmen an. Wir setzten uns. Von Alix und Eve tatkräftig unterstützt, versuchte Jean ein Gesprächsthema zu finden, das alle interessierte. Aber entweder wussten die Engländer nicht, dass der Tunnel unter dem Ärmelkanal Großbritannien mit Europa verband, oder die von Jean in Anschlag gebrachten gesellschaftlichen oder kulturellen Geschosse erreichten ihr Ziel nicht: Meine Gäste schienen sich ausschließlich für ihre Gläser zu interessieren, die ich pausenlos nachfüllte.

Claude Untel eilte schließlich zu Hilfe und fragte den Ältesten in der Runde, in welchem Bereich er tätig sei.

Kevin Bank (so hieß er) brach in Lachen aus.

«Im öffentlichen Verkehrswesen.»

Seine Antwort löste auch bei seinen Landsleuten befremdliches Gelächter aus.

Dann begab sich Claude Untel auf das Terrain des Sports.

«Do you play golf? Tennis?»

Sein Akzent war perfekt und sein Englisch fließend.

«Only beer!», erwiderte Gary und schenkte sich noch einmal reichlich Champagner nach, bevor er auch Kevin, Sharon und Sue davon anbot.

«And football ... on TV», gluckste Sue jetzt.

Eisiges Schweigen stellte sich ein, und wie in einem schlechten Horrorfilm zuckte ein Blitz über den Himmel, gefolgt von einem heftigen Donnerschlag.

«Hiii!», schrie Sharon und warf sich Kevin an den Hals, der durch diesen Aufprall den Inhalt seines Glases verschüttete. Auf mein Sofa.

Jean warf mir bitterböse Blicke zu. Claude Untel war blass geworden; Constance hatte ihren Sessel verstohlen zurückgeschoben, als wollte sie einerseits ihr entzückendes Musselinkleid schützen und andererseits jede mögliche Ansteckung durch diese Hooligans vermeiden.

Noch fünf Minuten, sagte ich mir, dann bitte ich sie wieder zu gehen, und wir beginnen mit dem Abendessen. Damit hätte dieser Albtraum ein Ende.

«What about Eric Cantona?», warf Alix in die Runde, um dem quälenden Schweigen ein Ende zu bereiten (ihre Mienen kamen mir inzwischen beinahe unheimlich vor).

Ihre Antwort, die ich aus Anstand hier nicht wiedergeben möchte, traf Constance auf der Brust wie ein Aufwärtshaken. Sie warf ihrem Ehemann einen panischen Blick zu und presste ihre winzige Handtasche aus rosafarbenem Satin, die ganz hervorragend auf ihre Schuhe abgestimmt war, krampfartig an sich, als würden sich im nächsten Augenblick die Supporters der Liverpooler Mannschaft auf sie stürzen und ausplündern.

Erneut trafen mich die bitterbösen Blicke meines Mannes und befahlen mir, schnell und richtig zu handeln – also diese vier Individuen aus dem Haus zu schaffen. Aber wie sollte ich das anstellen? Sharon und Sue lehnten kraftlos in ihren Sesseln. Gary entkorkte gerade eine neue Flasche Champagner.

«Ähh», setzte ich an und räusperte mich.

Ein gewaltiger Donner ließ das Haus erbeben. Die Wolken platzten, und man hörte den Regen in den Garten niederprasseln.

Normalerweise liebe ich diesen Gewitterregen. Er setzt alle Gerüche frei, die die Sommerhitze unter ihrer Decke gefangen hält. Der Platzregen lässt sie aufsteigen und wirbelt sie in einem mitreißenden, zügellosen Ballett durcheinander. Auf einen Schlag gelangen Duftwolken von geschnittenem Heu, von Moos, Farn, warmer Erde und Glück in unsere Lungen und betören uns. Aber an diesem Abend wichen all diese Düfte dem beißenden Geruch von lauem Wein und kaltem Rauch. Da das erklärte Ziel meiner Engländer heute Abend offenbar die Volltrunkenheit war, zogen sie den Champagner einem kleinen Spaziergang im Regen vor.

In heiterer Stimmung – endlich begriff ich, warum die Öffnungszeit der Bars in England *happy hour* heißt – schielten sie bereits auf die Ansammlung der zahlreichen, gutgefüllten Aperitif-Flaschen, da wir für den Empfang der Untels unsere Vorräte erneuert und die Auswahl vervielfältigt hatten.

Ich holte tief Luft und bastelte einen schön gedrechselten Satz: «Es tut mir sehr leid», hub ich reichlich geschraubt an, «aber wir müssen Sie jetzt verlassen. Wir haben noch nicht zu Abend gegessen. In Frankreich ...»

«Wir verstehen vollkommen», versicherte Gary und stand auf. Ich wollte ihm schon um den Hals fallen (im Geiste) und ihm für sein Verständnis danken, als ich sah, dass er seine Schritte nicht zur Haustür lenkte, sondern zu meinen den Blicken so prahlerisch dargebotenen Flaschen.

«Kümmern Sie sich nicht um uns», sagte er eifrig und entkorkte meinen zwölf Jahre alten Whisky. «Ich habe bereits etwas gefunden, um die Unterhaltung in Gang zu halten.»

Die beiden schrecklichen jungen Frauen wieherten wie zwei alte Stuten. Ich selbst warf Alix und Eve einen verzweifelten Blick zu und vermied es aufs peinlichste, Jean anzusehen. Der schöne Plan, seiner beruflichen Karriere einen Schub zu geben, rückte mit jeder verstreichenden Minute weiter weg.

Was tun? Sie *manu militari* hinauswerfen, auf die Gefahr hin, dass dieser Abend mit einer Schlägerei endet?

Constance erhob sich und suchte auf Zehenspitzen Schutz hinter den Schultern ihres Gatten. Jean und Claude traten einen Schritt nach vorn. Leider schien keiner der vier dies zu bemerken. Nun versuchte Eve, die Situation zu retten und die Form zu wahren. «Bleiben Sie ruhig noch so lange, bis der Regen aufhört», versuchte sie eine neue Richtung einzuschlagen. «Es ist ja verständlich, dass Sie keine Lust haben, durch den Garten zu laufen, solange es wie aus Kübeln gießt. Warten Sie, bis der Regen etwas nachlässt.»

Dann lief sie selbst in Richtung Stall, und ich hörte sie rufen: «Kinder! Kommt schnell her ...»

Was für ein toller Einfall! Ich beglückwünschte sie insgeheim zu ihrem Erfindungsreichtum. Unter dem Eindruck meiner wohlinstruierten zwanzig Schädlinge und Albernen würden unsere vier ungebetenen Gäste rasch das Weite suchen. Zum ersten Mal freute ich mich über die Anwesenheit von Grégoire. Er allein gab durchaus einen Attila ab.

Zwei Minuten später kam sie zurück, schenkte mir ein breites Lächeln und verkündete fröhlich und theatralisch: «Madame, es ist serviert. Wir können uns zu Tisch begeben.»

Als sie die Tür des Esszimmers hinter uns schloss, hörte ich das lustvolle Gebrüll meiner Bestien, die ins Wohnzimmer stürmten. Und trotz des Lärms lächelte Constance erleichtert.

«Es tut mir unendlich leid», sagte ich, während sich jeder mit beispielloser Eleganz auf seinem Stuhl niederließ.

Ich verzichtete darauf, zu weiteren Erklärungen auszuholen. Wie hätte ich ihnen auch beibringen können, dass wir diese Rüpel bis heute Morgen überhaupt nicht kannten? Dass ich mich vollkommen in ihnen getäuscht und ihnen den Grund der Einladung nicht offen gestanden hatte. Eindruck hatte ich mit ihnen schinden wollen. Warum war ich nicht wie Betty mit vornehmen *lawyers* gesegnet?

Claude und Constance Untel gaben sich mit meinen Entschuldigungen zufrieden. Ich begriff, dass jede weitere Bemerkung über diese vier Exemplare des Lumpenproletariats ihnen unerträglich war.

Mit ihrem Silberzeug hatte meine Schwiegermutter mir zwei hinreißende Kerzenständer und ein wunderschönes Porzellanservice geliehen. Die um die Efeuzweige herum verteilten Blumen auf der Tischdecke und die feinsinnige Dekoration, die Eve dem Esszimmer hatte angedeihen lassen, wirkten beruhigend auf die angespannten Nerven von Constance. Ihre Züge spiegelten jene ungeheure Erleichterung wider, die ein erschöpfter Reisender empfindet, der nach einem Monat unter Barbaren auf seinem Weg endlich auf einen Drei-Sterne-Palast stößt.

Alix scherzte über den Zwischenfall und hoffte so, das immer noch spürbare Unbehagen zu vertreiben:

«Glaubst du, sie werden sich heimlich, still und leise davonschleichen?», fragte sie.

Claude Untel zeigte keinerlei Regung. Constance sah Alix missbilligend an. Jetzt fehlte nur noch Tante Josette mit ihrem Lied *Braucht man am Hintern Haare.*

Überglücklich trug Wathi den Grüne-Bohnen-Salat mit den geräucherten Entenbrustfilets herein und zündete das Feuer im Kamin an. Dankbar über ihr selbständiges Handeln lächelte ich ihr zu, denn die Temperatur war deutlich gefallen, und es war beinahe kalt geworden. Draußen steigerte sich das Gewitter zunehmend zu einem Sturm. Der Wind heulte in der Pinie, und im Wald krachte und knirschte es unter den Windböen.

Ich knabberte an ein paar Bohnen, steckte aber bereits in den Startblöcken, um – fünf-vier-drei-zwei-eins – in die Küche zu stürzen und dort meine frische Leber in dem Traubensaft zu schwenken. Jean lenkte die Unterhaltung auf Geschichten um Verträge und berufliche Verbindungen, die Claude höchst interessant fand. Eve hingegen schaffte es, die Aufmerksamkeit von Constance ganz auf sich zu ziehen. Die Worte Hermès, Victoire, Guerlain und andere vornehme Pariser Adressen tauten meinen weiblichen Gast zusehends auf. Sie wirkte wie eine Heimatlose, die durch eine zufällige Reisebekanntschaft an weit zurückliegende, liebe und vertraute Dinge erinnert wird.

Ich verschwand in die Küche, genehmigte mir rasch ein Glas und zündete den Gasherd an. Das Gänsefett brutzelte leise in den Pfannen. Uff! Eve hatte die Situation gerettet. Jean würde mir diese Begebenheit noch lange nachtragen, so viel stand fest. Aber mit ein wenig Glück würden die Untels das Ganze vergessen oder am Ende darüber lachen.

Ich schüttete die geschälten Trauben in die erste Pfanne, die Renette-Kartoffeln in die zweite und zündete die dritte Gasflamme an. In zehn Minuten war alles fertig. Am liebsten wäre ich rasch einmal aus dem Haus gelaufen und hätte vom Garten aus durch das Fenster einen Blick in das Wohnzimmer geworfen, um zu sehen, wie meine Kinder die Situation meisterten. Aber es regnete, und ich wollte keinesfalls nass werden oder gar meine frischen Leberschnitzel anbrennen lassen.

Mit dem Fleisch in der einen, der Beilage in der anderen Hand, bedeutete ich Wathi noch schnell, Teller für den Käse und das Dessert bereitzustellen, und eilte zurück ins Esszimmer. Es herrschte eine wohlige Atmosphäre, beinahe ein wenig zu warm, die Flammen warfen farbige Reflexe auf die Bodenkacheln. Die Untels wirkten nun vollkommen entspannt. Als wollte er diese Rückkehr zur Normalität beschwören, schenkte Jean meiner frischen Leber überschwängliche Aufmerksamkeit.

Meine Kochkünste wurden allseits gewürdigt, auch wenn Jean – zu Recht – anmerkte, dass eine Prise Salz fehlte. Ich reichte ihm den Salzstreuer, danach kamen der Salat und der Käse. Ich antwortete meinen Gästen zwar auf ihre Fragen, aber ich hörte nur mit einem Ohr zu. Das Unwetter hatte keineswegs an Stärke verloren, aber nebenan im Wohnzimmer war kein Geräusch mehr zu hören. Meine Nerven waren aufs äußerste angespannt. Waren die Simpsons etwa gegangen?

Zu Beginn des Abendessens hatte man trotz geschlossener Türen – der des Wohnzimmers und der des Esszimmers, die Diele und Treppenhaus voneinander trennten – bisweilen das laute Wiehern von Sue und das Gekicher von Sharon gehört. Jetzt war es still.

Oh! Aber ja doch! Als ich die Ohren spitzte, vernahm ich trotz des Windes ein aufheulendes Motorengeräusch. Sofort entspannte ich mich. Wie Alix es vorhergesagt hatte, machte sich Liverpool heimlich, still und leise davon. Ich rief Wathi und bat sie, die wundervolle Zitronentarte aufzutragen.

«Genauso ist es!», sagte ich zu Constance, ohne zu wissen, worum die Unterhaltung gerade ging, denn seit gut fünf Minuten waren meine Gedanken abgeschweift.

Wathi brachte, wie ihr geheißen, die Tarte zu uns herein. Eve hatte sie zuvor auf ein silbernes Tablett gestellt und eigenhändig mit großen Feigenblättern dekoriert.

In diesem Augenblick kam es gleichzeitig zu den beiden schrecklichsten Überraschungen meines Lebens.

Lächelnd wie immer betrat Wathi das Esszimmer. Vor lauter Verblüffung fiel Claude und Constance Untel die Kinnlade herunter. Ich folgte ihrem Blick. Und erstarrte nun meinerseits in blankem Entsetzen.

Es fehlte ein Stück – wenn auch ein bescheidenes, wie ich zugeben muss – in der schönen Zitronentarte mit ihrer Baiserhaube. Wathi hatte meinen Rat vom frühen Abend befolgt: Sie hatte dann gegessen, wann es ihr passte, damit sie nicht zu spät ins Bett käme … Aber dieses leere kleine Dreieck in der Tarte hatte ungefähr die Wirkung, die eine Zahnlücke im Lächeln von Marilyn Monroe gehabt hätte.

Es blieb mir keine Zeit zu reagieren, eine schlagfertige Antwort zu finden oder einen geistreichen Witz darüber zu machen.

Denn plötzlich ging die Tür des Esszimmers noch einmal auf und gab den Blick nicht auf die Simpsons frei (einen kurzen Augenblick bedauerte ich dies sogar, da ich mich an ihre Anwesenheit beinahe schon gewöhnt hatte), sondern auf Cousine Adrienne, die auch den Beinamen MDC hatte, manisch-depressive Cousine. Und heute Abend wirkte sie, von Regen und Tränen durchnässt, mit ihren spärlichen, auf der Stirn klebenden Haaren sehr manisch und sehr depressiv. Jetzt wusste ich, was das Motorengeräusch bedeutet hatte.

«Aaaaa!», schluchzte sie unter einem neuen Weinkrampf verzweifelt, als sie mich sah. Ich war ihr Retter und somit war sie nun am Ziel. «Es ist schrecklich!»

Sie stürmte durch das Esszimmer, und ohne jemanden zu grüßen oder eines Blickes zu würdigen, warf sie sich in meine Arme und stieß hervor: «Es ist schrecklich! Wenn du wüsstest … Ich habe überall Blut hinterlassen …»

zehn

Noch heute erinnere ich mich an das Ende dieses Abends und die darauffolgende Nacht wie an eine Lawine von Schicksalsschlägen, die ein verrückter Regisseur sich hatte einfallen lassen, um seine Figuren eines glaubhaften Herzinfarkts sterben zu lassen. Oder vielmehr wie eine gewaltige Erschütterung, die Fougères in seinen Grundfesten erbeben ließ und mich durch das ganze Haus jagte, um, unterstützt von Alix und Eve, Geschirr, Möbel, Nippeszeug und Bücher aufzufangen, damit sie nicht zu Bruch gingen.

Ich besitze, das muss ich zugeben, eine gewisse Gabe, eine vollkommen harmlose Situation in eine nukleare Katastrophe münden zu lassen, ohne dass ich dies in irgendeiner Weise vorgehabt hätte. Erschöpft dachte ich beim Einschlafen manchmal an jene Zirkuskünstler, deren besondere Leistung darin besteht, unentwegt zwischen verschiedenen Stangen hin- und herzulaufen, um auf ihnen gestapelte Teller im Gleichgewicht zu halten. So fühlte ich mich jetzt auch.

An jenem Abend wurde mir klar, dass die schwierigste Aufgabe, der sich die Hausherrin eines Land- und Ferienhauses gegenübersieht, das zudem regelmäßig von einer Vielzahl von Leuten heimgesucht wird, nicht der Einkauf auf den Märkten ist (ein Klacks!), nicht der Aufeinanderprall der Schädlinge und Albernen (eine Bagatelle!), nicht die Verwaltung des Ferienbudgets (ein Witz!), nicht die Führung des Haushaltes oder die gute Stimmung der eigenen Familie (ein Vergnügen!), nicht die Zusammenstellung der Speisen oder die Entdeckung gastronomischer Neuheiten (ein Genuss!) – sondern die schwierigste Aufgabe besteht darin, eine Harmonie herzustellen und unter den Gästen ein zartes Band entstehen zu lassen, sodass sie sich einander durch bestimmte Affinitäten verpflichtet fühlen.

Nun sind die Freunde meiner Freunde nicht notwendigerweise auch Ihre Freunde, das werden Sie schnell begreifen. Und die eigene Verwandtschaft ist nicht die Ihrer Freunde. Und sollte die Verwandtschaft auch die gleichen Vorlieben haben, so decken sich diese nicht notwendigerweise mit denen Ihrer Gäste.

Lieben Sie Brahms? Ihre Gäste bevorzugen Schumann. Mögen Sie Rock'n'Roll? Ihre Gäste sind eher für Jazz zu haben. Und wenn der Zufall es will, dass in Ihrer Gegend genauso viele Festivals stattfinden, wie es Vorlieben unter den Gästen gibt, wenn Sie, um es jedem recht zu machen, für die einen Plätze hier, für die anderen Plätze dort reservieren, dann lassen alle Sie im letzten Moment im Stich mit Ihren nicht umzutauschenden Karten, um Rumba bei einem Konzert kubanischer Musik zu tanzen.

Alle sind sich einig, dass man Karten spielt? Schon reiben sich die Belote-Liebhaber die Hände, recken die Tarot-Anhänger die Trümpfe in die Höhe und vermengen die Canasta-Begeisterten ihre Kartenspiele mit denen der Bridge-Spieler. Man streitet, diskutiert, protestiert und schmollt. Die Bridge-Spieler sind zu viert und rühren sich nicht, die Belote-Liebhaber haben keine Lust mehr. Heroisch schreiten Sie ein und machen sich für Canasta stark (leicht, langsam, emotionslos und mit beliebig vielen Spielern zu spielen), aber es will gar niemand mehr spielen, und alle sind böse auf Sie.

Die einen spielen lieber Federball, die anderen Tennis.

Die einen machen gerne eine Siesta, die anderen stöbern gerne bei Antiquitätenhändlern. Sie sind Ihren Gästen verpflichtet. Also übernehmen Sie beim gemischten Doppel am Morgen den Platz des vierten Mitspielers, der nun doch lieber ins Wasser springt; oder Sie kramen unter sengender Sonne zum dritten Mal in einer Woche auf den bunten Wühltischen des großen Trödlers von Trie-sur-Baïse, wo Sie doch nur davon träumen, sich ins Bett zu kuscheln, um endlich Ihren Krimi zu Ende zu lesen.

Aber Sie brächten es doch wohl nicht übers Herz, Ihre reizende Cousine Gertrud oder Ihre gute Freundin Germaine allein losziehen zu lassen, wo doch beide schon verschiedentlich wiederholt haben, dass es nichts Deprimierenderes gibt, als ohne Begleitung bummeln zu gehen. Sie sind schließlich Ihretwegen nach Fougères gekommen. Sie verstehen es, Sie daran zu erinnern, dass sie einzig und allein, um Sie zu sehen, auf den Prunk von Saint-Tropez oder die Eleganz von Biarritz verzichtet haben.

Der tausendste Besuch von Saint-Bernard de Comminges? Die fünfhundertste Wallfahrt nach Lourdes? Die sechshundertste Exkursion zu den Höhlen von Bétharram? Erinnern Sie sich noch daran? Gehen Sie nicht schon mit geschlossenen Augen durch diese Sehenswürdigkeiten und träumen Sie nicht nur noch davon, mit der Familie *stricto sensu* nach Spanien zu fliehen? Das leckere Restaurant im Ort? Kennen Sie das dortige Entenfilet nicht schon auswendig? Aber Sie fassen sich wieder und träumen von den Tapas jener *bodega* in Ainsa, jenem so atemberaubend hübschen Marktflecken in der spanischen Pyrenäen-Region Aragon.

Aber das alles ist nichts angesichts der Fehler, die Sie begehen können, wenn Sie die Liste Ihrer Gäste zusammenstellen. Rasch geraten Sie auf den rutschigen Boden von alten Maximen wie «Gegensätze ziehen sich an» oder «bei einer bunten Mischung kommt keine Langeweile auf». Langeweile vielleicht nicht, aber Verärgerung.

Nach dem Zwist zwischen dem alten Oberst und Ihrem reizenden Kriegsgegner-Freund; nach dem heiklen Aufeinandertreffen des Schatzmeisters kirchlicher Wohnheime mit dem aufgeschlossenen, homosexuellen Paar; nach dem Missverständnis zwischen dem Maler und dem Dekorkünstler werden Sie äußerst vorsichtig werden hinsichtlich dieser fruchtbaren soziokulturellen Mischungen, zu deren Bühne Sie Ihr Haus auserkoren hatten.

Der deftige Scherz Ihres trotzkistischen Freundes anlässlich der Äußerung eines Militärs über eine junge adlige Rekrutin: «Einen Adelstitel hat sie, aber nichts im Kopf» im Beisein der behäbigen und etwas einfältigen Eltern von Eglantine d'Arquié jagt Ihnen jetzt noch einen Schauer über den Rücken. Ebenso die Bemerkung Ihrer Freundin Marie-Sophie, die beim Ausbreiten einer hübschen Tischdecke den Einwand Ihrer vier auf der Durchreise befindlichen jüdischen Freunde mit den Worten abwehrt: «Lassen Sie sich nicht stören! Wir sind ja unter Christen!»

An manchen Tagen fassen Sie zur Vermeidung derart verheerender Ausrutscher ins Auge, Ihren Gästen eine präzise Kurzbiographie über die Unbekannten in die Hand zu drücken, die außer ihnen unter diesem, also Ihrem Dach weilen. Im *Who's who* können Sie leider nicht nachsehen, denn dort findet sich keine Ihrer Bekanntschaften.

Ihre Abendessen ähneln albtraumartigen Familienspielen: Aus der Familie A lade ich den Sohn ein, aus der Familie B die Cousine. Aber aus Versehen setze ich den

Sohn der Familie A neben die Cousine aus Familie B und bemerke, dass die beiden kein Paar mehr sind oder sich um die Wohnung von Madame C streiten...

Ist es Ihnen mühsam gelungen, die Themen Geld, Politik und Religion zu umschiffen, wie es Ihnen Ihre Mama eingetrichtert hat (aber worüber soll man denn dann noch reden?), wagen Sie sich zu feinsinnigen Scherzen auf neutralem Boden vor, um zu prüfen, ob vielleicht dort eine Gefahr lauert. Denn irgendwo hat jeder Ihrer Gäste einen dunklen Punkt in seiner Familiengeschichte, den Sie irgendwann unwissentlich wachrufen.

Hüllen Sie sich selbst in Schweigen über die anwesenden Personen, ihre Tätigkeiten und ihren Lebensstil, so können Sie sicher sein, dass Ihre Freundin Gertrude sich zu einer fulminanten Verteidigungsrede für die Abtreibung aufschwingt, während Ihre Nachbarin Germaine sich gerade zum elften Mal einer ärztlichen Behandlung unterzieht, um schwanger zu werden.

In Fougères beschäftigt man sich nicht allzu sehr mit Adressbüchern und der Übertragung von Namen in den Terminkalender. Die Hausherrin soll schließlich nicht zum logistischen Verteiler mutieren, der für jeden Abreisenden einen Neuankömmling einplant. Bei uns tauchen die Leute vollkommen ungeordnet aus allen Himmelsrichtungen auf, sind meist gar nicht oder höchst unverbindlich eingeladen und bleiben meist – bis irgendwann.

Aber an jenem Abend wandelte sich durch unheilvolle Schicksalsfügungen die erträumte Harmonie in eine furchtbare Kakophonie.

Nach der unpassenden Ankunft von Adrienne und ihren Hinweisen auf ein Blutbad stieß Constance einen Schrei des Entsetzens aus. Sie hatte die gleich zu Beginn gefallene Bezeichnung MDC nicht verstanden (wie auch?). Und als sie sie endlich begriff, unterdrückte sie einen Schluckauf. Sie tröstete sich vermutlich mit dem Gedanken, dass sie nur knapp einer schrecklichen Szenerie entronnen war: Adrienne hatte entweder eine Bluttat begangen, oder sie hatte sich mit den blutrünstigen Simpsons geschlagen, als sie ihnen auf dem Weg hierher begegnete.

Das Missverständnis klärte sich auf, als Adrienne aus lauter Verzweiflung über mein fehlendes Verständnis in ihrem Weinkrampf kreischte: «Ich habe meine Tage.» Da packte die Untels, die ihren Blick kaum noch zu heben wagten, die unbändige Lust, das Weite zu suchen.

Bleich vor Wut warf Jean mir einen vernichtenden Blick zu, bevor er ihnen in den strömenden Regen hinaus nacheilte (nein, ich besaß leider keinen Regenschirm) und sie bis zu ihrem Auto mit Dankesworten: «Wie freundlich von Ihnen, dass Sie den Weg bis zu uns auf sich genommen haben!» und mit einer Flut an Entschuldigungen überschüttete.

Welches Kaninchen konnte Jean jetzt noch aus seinem Hut hervorzaubern, welches Argument konnte er bemühen, beschwören oder erfinden, um die Vermutung aus Claude Untels Gedanken zu verjagen, dass er ihn abgrundtief hassen, ja aus tiefstem Herzen beneiden musste, um ihn und seine Frau in eine solche Falle zu locken? Außer, dass ich nicht ganz bei Trost war, dass niemand meine teuflischen Entgleisungen hatte voraussehen können und er aufs schnellste die Scheidung einreichen würde.

Diese Argumentation hätte ich ohne weiteres durch einen vorgetäuschten Epilepsieanfall untermauern können, aber Adrienne hing an mir wie ein schwerer Rucksack und sabberte in ihrem Kummer, sodass der Anblick bereits schlimm genug war. Zwei solche Schreckschrauben in einer Familie – das wäre zu viel und obendrein auch unglaubwürdig.

Wäre Jean nicht so furchtbar entrüstet gewesen, so hätten wir über unsere Missgeschicke ausgiebig lachen können. Aber nun brauste das Auto der Untels davon und mit ihm alle Hoffnungen meines Mannes. Seine schönen Karrierepläne waren dahin. Ich sah seine große Gestalt neben dem Auto der Simpsons (sie waren also nicht fort) in dem Orkan stehen – ein zerbrechlicher menschlicher Strohhalm, den Wind und Regen niederdrückten. Und ich ahnte auch, wie niedergeschmettert und zornig er sein würde.

Was war das? Ich rieb mir die Augen: Die Rücklichter der Untels schienen wieder zu uns heraufzukommen. Nein, unter Halluzinationen litt ich doch noch nicht. Eve, die einen Blick ins Wohnzimmer werfen wollte, um die Lage bei den Hooligans zu sondieren, nahm die durch das Unwetter angerichteten Verwüstungen des Gartens in Augenschein.

«Vielleicht möchten sie noch ein bisschen Kuchen mit uns essen?», zog Alix in Betracht, um die Atmosphäre etwas zu entkrampfen. Claude Untel stieg derweil aus seinem Wagen, um im Regen etwas mit Jean zu bereden.

Constance blieb geschützt im Inneren der mächtigen Limousine sitzen.

«Seit zehn Jahren rate ich dir, Wathi hinauszuschmeißen», bemerkte Eve jetzt. «Irgendwann musste so etwas passieren.»

Ich hätte lieber Adrienne hinausgeschmissen. Leider kann man aber seine Familie nicht ausmustern.

Claude und Jean verschwanden im Laufschritt die kleine Allee hinunter.

«Was geschieht denn jetzt?», rätselte Eve und spähte in die Dunkelheit, die die beiden verschluckt hatte.

«Bitte», stieß Adrienne plötzlich hervor und zog an meinem Kleid. «Ich muss unbedingt mit dir sprechen. Ich bin achthundert Kilometer gefahren, um dich zu sehen. Ich bin so unglücklich … Ich will nur noch eins … steeeerben.»

Der äußerst ermutigende Blick, mit dem man ein solches Vorhaben zur Kenntnis nimmt, tat seine Wirkung.

Adrienne flüchtete sich unverzüglich in erneutes Schluchzen.

«Wie wäre es, wenn Sie zu Bett gehen würden?», schlug Alix höflich vor.

«Ich, ich, ich kann nicht allein sein …»

«Der alte Kastanienbaum ist umgestürzt. Die eine Hälfte des Stammes versperrt den Weg. Man kommt unmöglich hindurch», zischte Jean in meine Richtung, als er triefnass wieder auftauchte, die Untels im Schlepptau. «Seit zwei Jahren bitte ich dich, den Forstbeamten kommen zu lassen, um diesen Baum zu fällen.»

«Kommen Sie, meine Liebe», forderte Eve Constance nun auf. Sie fühlte sich mittlerweile wohl wie ein Fisch im Wasser, denn sobald Weltgewandtheit und Kaltblütigkeit gefragt waren, blühte sie auf. «Lassen Sie uns schnell hineingehen. Sie müssen sich ans Feuer setzen, sonst bekommen Sie noch eine Bronchitis. Sie auch, Claude.»

«Ich werde Kräutertee kochen und Kaffee aufsetzen», fügte Alix hinzu.

«Und ich werde Ihnen das Schlafzimmer herrichten», ergänzte ich eilfertig. «Wir haben genug Platz. Sie werden eine ruhige Nacht bei uns verbringen. Machen Sie sich keine Sorgen.»

Aber genau das taten sie. Diese unter anderen Umständen banale Wendung war Wasser auf ihre Mühlen. In den Pupillen von Constance zuckte es. Sie hatte begriffen, alle hatten begriffen. Constance warf einen angewiderten Blick auf Adrienne, die an meiner Schulter hing wie ein Seelöwe auf einem Eisberg.

Zweifellos hätten sie jedes kleine Dorfhotel, jeden einfachen Landgasthof oder sogar eine einfache Scheune und zwei Ballen Stroh bevorzugt. Aber die Launen des Himmels und des Schicksals hielten sie in diesem Haus von Verrückten fest.

Trotz der unglücklichen Fügung bewahrten sie Haltung und tranken ihren Tee. Claude nahm dankend einen Cognac an, und Constance bat um ein leichtes Beruhigungsmittel. Danach gingen sie endlich auf ihr Zimmer. Sie war bewaffnet mit Eves schönstem Negligé, er mit einem von Jean geliehenen Schlafanzug. Wie undankbar! Den schönen Blumenstrauß, den ich ihnen aufs Zimmer gestellt hatte, würdigten sie nicht eines Blickes.

«Sind Ihre englischen Freunde fort?», fragte Constance spitz, als ich ihnen gerade gute Nacht wünschen wollte.

«Sie werden gleich gehen.»

«Oh!»

Als ich die Treppe wieder hinunterging, hörte ich, wie ein Stuhl von innen gegen die Tür geschoben wurde.

Nachdem das Zubettbringen der Untels geregelt war, galt es nun, sich die Simpsons vorzuknöpfen.

Adrienne hatte ich auf einen Stuhl neben dem Feuer gesetzt. Sie trank eine Mischung aus Tränen und Kräutertee, den ich mit einem Beruhigungsmittel versetzt hatte. An dieser Front war mir somit eine kurze Ruhepause vergönnt.

Im Wohnzimmer bot sich ein albtraumartiges Bild: Inmitten von leeren Flaschen und schmutzigen Gläsern lagen die Simpsons und schnarchten. Glücklicherweise waren die Albernen nicht vor Ort.

Es war ihnen vermutlich langweilig geworden angesichts dieses Gelages. Eve hatte ihnen eine spannende Unterhaltung versprochen und erlaubt, alle erdenklichen Schimpfworte zu verwenden und sich auch sonst alles Mögliche einfallen zu lassen. Der Zustand meiner Sessel und Sofas sowie die aus den Seiten des Telefonbuches hergestellten Papierflugzeuge bewiesen, dass sie ihr Bestes gegeben hatten. Leider vergeblich.

Im Schlaf hielt Gary mit dem linken Arm Sue umfasst, mit dem rechten den biegsamen Körper der halb entkleideten Ruth. Die Schädlinge befanden sich in kaum besserer Verfassung. Alles andere als weitsichtig, hatten sie es zur Neutralisierung des Feindes offenbar für das Beste gehalten, ihn tatkräftig dabei zu unterstützen, schnellstmöglich in ein rettendes Koma zu fallen.

Der unerträgliche Druck, dem Jean den ganzen Abend standgehalten hatte, die Beherrschung, die er sich auferlegt hatte, um seine Wut nicht herauszuschreien und den Schein zu wahren, und nun das abstoßende Bild dieser hingestreckten Körper (die ein wenig an eine von Brueghel geschaffene und von Francis Bacon neu gesehene Hölle erinnerten) – das brachte das Fass endgültig zum Überlaufen.

Er setzte seinen Schnellkochtopf-Gesichtsausdruck auf, und mit weit ausholenden Fußtritten und Faustschlägen riss er dieses einer gottlosen Orgie entflohene Gesindel aus dem Schlaf.

Fünf Minuten später war das Wohnzimmer leer.

Durch den Schlaf und den Alkohol benebelt, waren die Simpsons ohne großes Protestgeschrei nach draußen gewankt und hatten sich im Regen mit ein paar wohlbemessenen Beschimpfungen auf den Weg zu ihrem Auto gemacht.

«Sie werden zu Fuß nach Hause gehen müssen», entschied mein Mann, als wir uns aufgeregt daran erinnerten, dass der umgestürzte Baum die Allee versperrte.

Er schloss die Tür ab.

Eve verpasste Ruth eine Ohrfeige. Die Schädlinge verzogen sich stillschweigend in ihren Schlafsaal.

Zu viert machten wir uns trotz der späten Stunde daran, das Haus aufzuräumen. Zumindest beim Aufwachen sollten die Untels eine tadellose Ordnung vorfinden.

«Und was hast du mit MDC vor?», fragte Alix mit einem Blick auf Adrienne, die mit verschnupftem und verweintem Gesicht zusammengesunken auf ihrem Stuhl am Feuer saß und mit offenem Mund leise vor sich hin schnarchte.

Das letzte freie Zimmer hatte ich den Untels überlassen.

«Sie muss ins Schlafquartier der Albernen», beschloss ich seufzend.

«Ich hoffe, dass keiner heute Nacht wach wird und aufs Klo muss», bemerkte Jean bissig.

Arme Adrienne! Mit beinahe vierzig Jahren lavierte sie einsam durch alle Stürme ihres Wasserglases und fiel von einer Depression in die nächste. Auf eine enttäuschte Liebe, die zu Ende war, bevor sie überhaupt begonnen hatte, folgte eine andere gemeine Zurückweisung, sodass sie ihre Tränen eindämmen musste, um nicht darin zu ertrinken. Sie besaß nichts Anziehendes, war weder intelligent noch hübsch. Auffallend waren nur ihre großen Brüste. Sie zogen hin und wieder Sexhungrige an, die sich dann nach einem kurzen Geplänkel im Morgengrauen eilig wieder davonstahlen.

Im Grunde war sie nicht einmal sympathisch, da sie in ihrer Dummheit oft böse war. Die gesamte Familie war mittlerweile so verbittert über ihr Benehmen, dass ihr nicht einmal mehr das selbst die verzweifeltesten Fälle entschuldigende «Sie ist aber doch so lieb» zuteil wurde, wenn das Gespräch auf sie kam.

Wundersamerweise – vermutlich weil er, frei nach Freud, auf der Suche nach der Mutterbrust war – schien der letzte Mann, in den sie vernarrt war, wirklich Gefallen an ihren Reizen gefunden zu haben.

Leider hatte sie, wie sie mir zwischen zwei Schluchzern genau in dem schicksalhaften Augenblick erklärte, als die Untels die Flucht ergreifen wollten, ihrem Auserwählten drei Tage nach Ausbleiben ihrer Regel eröffnet, dass sie schwanger war. Anstatt ein Glas Scotch und eine Zigarette für den Täter bereitzuhalten, baute sie ganz auf den Überraschungseffekt der Neuigkeit und rechnete mit der höchsten Verzückung.

Sie waren beide im Auto, er fluchte über den Stau, während ihre Gedanken freudig und schwärmerisch nur noch um ihre Eierstöcke kreisten.

Ein Polizist hatte sie angehalten und Adrienne dafür gerügt, dass sie ihren Sicherheitsgurt nicht angelegt hatte:

«Ich werde ihn auch nicht anlegen», erklärte sie voller Stolz. Sogleich ergriff sie die günstige Gelegenheit, die der Himmel ihr in Form dieses Beamten geschickt zu haben schien, und fügte strahlend hinzu: «Weil ich nämlich schwanger bin.»

«Du bist schwanger?!»

Der Kopf ihres Gefährten fuhr zu ihr herum, und seine weit aufgerissenen Augen sahen sie entsetzt an.

«Ihr Gatte scheint nichts davon zu wissen», stellte der Polizist hüstelnd fest.

«Das ist nicht meine Frau», zischte der vermeintliche Vater ihn an.

Am nächsten Tag verschwand er auf Nimmerwiedersehen aus ihrem Leben.

Adrienne ertrug seinen Fortgang mit Würde. Der Gedanke an ihre baldige Mutterschaft gab ihr festen Halt, wo sie sonst ebenso regelmäßig Selbstmordversuche unternahm wie andere ihren Frühjahrsputz. Der übermäßige Gebrauch von für diesen Anlass geeigneten Putzmitteln (Geschirrspülmittel, Schaumbäder) hatte Onkel Anselme übrigens zu der Bemerkung veranlasst, ob Adrienne die Welt nicht vielleicht von ihrem erbärmlichen Dasein befreien wollte.

Vier Tage nachdem sich ihr Geliebter aus dem Staub gemacht hatte, entdeckte Adrienne rote Flecken auf ihren Bettlaken, und damit verflüchtigten sich ihre Hoffnungen Tropfen für Tropfen. In der Annahme, eine Fehlgeburt zu erleiden, war sie in das nächstgelegene Krankenhaus geeilt, das sie sogleich wieder nach Hause schickte: In ihrem Bauch hatte sich nie ein Ei eingenistet.

In Tränen aufgelöst, war sie in ihr Auto gesprungen, um wie üblich zu uns zu fahren und ihrer Verzweiflung in meinen Armen freien Lauf zu lassen. Schon oft hatte mich die Lust überkommen, ihr den Hintern zu versohlen, aber ihre Selbstmorddrohungen hatten mein Vorhaben stets wieder gebremst. Den übrigen Hausbewohnern hatte ich streng verboten, ihr gewisse Fragen zu stellen, insbesondere die harmloseste Frage von allen: «Wie geht es dir, Adrienne?»

Ungefähr zweimal im Jahr unterbreitete sie mir vollkommen aufgelöst einen neuen Kummer. Anschließend brach sie getröstet und gestärkt wieder auf, nur um sich in das Auge eines neuen depressiven Wirbelsturms zu stürzen. All ihr Leid ließ sie bei mir zurück. Bei jeder ihrer von einem Cocktail aus Prozac und Chablis unterstützten Auferstehungen schlug sie mir hingegen die Tür vor der Nase zu, da sie irgendetwas gehört, begriffen oder geahnt hatte.

Aber sie gehörte eben zur Familie, auch wenn das oft ein Fluch war.

Um drei Uhr morgens war das Haus auf Hochglanz gebracht. Adrienne schnarchte immer noch in ihrem Sessel. Ich war versucht, ihr eine Decke über die Knie zu legen und sie so sitzen zu lassen. Still und schlafend, ging beinahe etwas Rührendes von ihr aus.

Jean erriet meine Gedanken:

«O nein! Es kommt gar nicht in Frage, dass die Untels morgen früh über sie stolpern. Sie hat bereits genug Unheil angerichtet.»

Alix und Eve wankten erschöpft auf ihre Zimmer. Ich rüttelte Adrienne wach. Augenblicklich fing sie an zu weinen.

«Uuuuuh! Mein Baby! Uhhhhhh!»

«Geh schlafen.»

«Ich bin sooooo unglückliiiiich …!»

«Morgen geht es dir sicher besser!»

Sie richtete sich auf, um sogleich wieder an meine Schulter zu sinken. Von Jean hatte ich auch nicht die geringste Hilfe zu erwarten, um sie in das Schlafquartier der Albernen zu verfrachten.

«Ich habe sooolche Aaaangst …»

Er hob lediglich seinen Blick zum Himmel.

«Bitte», flehte sie dann, «lass mich heute Nacht nicht allein. Ich will bei dir schlafen.»

«Das kommt überhaupt nicht in Frage!», schrie Jean.

Warum nur hatte ich an seinem Mitgefühl gezweifelt?

Er packte sie bei den Schultern und schob sie so leise wie möglich zur Treppe.

«Uuuhhhh! Niemand liebt mich.»

Ich hätte sie gerne eines Besseren belehrt. Aber auch ich war am Ende meiner Kräfte. Mein Kopf war leer, es fiel mir nichts mehr ein.

Verstohlen schlüpfte ich unter meine Bettdecke. Es machte mich traurig, dass Jean so feindselig abgewandt neben mir lag; und es machte mich verzweifelt, dass ich meinen Ehemann wieder einmal so sehr enttäuscht hatte. Warum wird einem ausgerechnet in solchen krisenhaften Augenblicken klar, wie sehr man gewisse Personen liebt? Ich verfluchte meinen Einfall, diese Engländer einzuladen, ich verfluchte Adrienne und ihr Kommen, und ich verfluchte auch die Untels, die sich in unsere schönen Ferien gedrängt hatten.

Und bar jeder christlichen Barmherzigkeit, ich gestehe es, bedauerte ich es schließlich sogar, Claude Untel keinen Spargel serviert zu haben.

Aber unglücklicherweise ist der August, wie man weiß, ja keine Spargelzeit.

*

«Wie ist denn dein Abendessen gelaufen?»

«Verheerend.»

«Ist dir deine frische Leber misslungen?»

Françoise war dabei, den Gehweg vor dem Haus zu fegen, hielt nun aber inne.

Ich hatte mich aus Fougères davongestohlen, um die Einkäufe zu erledigen. Dazu hatte ich mir das Auto von Joseph geliehen, der hergekommen war, um den umgestürzten Baum zu besichtigen und entsprechend zu kommentieren: «Meine Güte, das ist ja verrückt!»

Es war ein strahlend schöner Tag. Der Himmel war vom Regen reingewaschen und leuchtete makellos. Während des Frühstücks hatten die Untels sich langsam entspannt. Eve hatte Constance einen Badeanzug geliehen, und Claude war mit Jean zu einem Waldspaziergang aufgebrochen. Alix und Adrienne schliefen noch, als ich mich auf den Weg machte. Und auch die Albernen und die Schädlinge waren nach dem verrückten Abend noch nicht auf den Beinen.

Ich war bei meinen Schwiegereltern vorbeigefahren, um Onkel Pierre nach der Telefonnummer des Forstbeamten zu fragen.

«Adrienne ist mitten in unser Abendessen hineingeplatzt, ohne jede Ankündigung.»

Françoise schüttelte den Kopf:

«Nimm sie auf keinen Fall am Mittwochabend mit zu den Chavilles. Es werden viele Leute da sein. Wie lange will sie denn bleiben?»

Ich zuckte mit den Schultern und hob die Augenbrauen, was so viel bedeutete wie «Wer weiß das schon?».

«Ich muss los. Die Untels können wegen der umgestürzten Kastanie nicht zurückfahren.»

In der Küche ließ sich Louise in aller Ausführlichkeit über das Unwetter und seine historischen Verwüstungen in der Nachbarschaft aus.

«Regen war ja dringend nötig, aber was da gestern vom Himmel kam, das nützt gar nichts, verflixt nochmal! Es ist so viel Regen auf einmal gefallen, dass die Erde vom Regen weggespült wurde, statt ihn aufzunehmen.»

«Geht es Jean gut?», wollte Lili wissen.

«Er hat es mir nicht gesagt. Wir sind verstritten, glaube ich.»

Ich legte die Situation dar. Onkel Pierre führte ein

Telefongespräch wegen des Baumes. Man versprach ihm, rasch für Abhilfe zu sorgen.

«Mein liebes Kind, das tut mir sehr leid für euch», sagte Tante Josette bedauernd.

«Wollt ihr, dass wir heute Nachmittag vorbeikommen und die Stimmung etwas aufheitern?», schlug Tante Lucie vor.

Lili unterdrückte ein Lächeln.

«MDC schläft noch», verkündete Alix bei meiner Rückkehr, während sie sich einen ihrer Kaffees zubereitete: Kaffeepulver, heißes Wasser aus dem Wasserhahn, keinen Zucker.

«Du hast doch gestern Abend nicht übertrieben mit den Beruhigungsmitteln? Wohlgemerkt: Keiner würde es bedauern, Jean schon gar nicht.»

Ich verteilte meine Einkäufe auf dem Tisch, darunter eine Auswahl feiner Wurstsorten von Campistron: schwarzer Schinken, Enten-Rillettes, Blutwurst mit Zwiebel und diese feine Wurst zum Aperitif, die alle meine Gäste betörte. Außerdem saftiger Rostbraten, den ich auf dem Feuer grillen und mit frischem Salat aus dem Garten von Françoise servieren wollte.

«Danke für deine Hilfe gestern Abend, Alix.»

«Du kannst dich eher bei Eve bedanken. Constance und sie hängen wie zwei Kletten aneinander. Dieser Baum war im Grunde ein Glücksfall. Und … was willst du heute Mittag mit Adrienne anstellen?»

«Keine Ahnung.»

«Kannst du sie nicht zu deinen Schwiegereltern zurückschicken? Nur so lange, wie die Untels noch hier sind. Das werden sie schon verstehen.»

«Einverstanden», erklärte Françoise mir am Telefon und war zu allen Opfern bereit, um die Karriere ihres kleinen Bruders zu retten. «Ich hole sie in einer halben Stunde ab. Dann bringe ich sie gleich zum Vertreter von Doktor Michaux. Mama hat gesagt, er sei ganz reizend. Er soll ihr die richtigen Pillen verschreiben, sodass sie uns endlich in Ruhe lässt. Ich werde sie schon heilen!»

«Gib Adrienne noch mit auf den Weg, dass sie ihm sagt, sie käme von uns», riet mir Alix, als sie hörte, was Françoise vorhatte. «Dann wird Patrick Albret die Dosis verdreifachen.»

elf

Eve lag am Schwimmbecken und sonnte sich. Alix arbeitete. Die Albernen machten sich samt Ferrande auf in den Wald, um ihre zehnte Hütte zu bauen, dieses Mal mit Plänen, die sie aus *Copain des bois* kopiert hatten. Sie winkten mir zum Abschied zu, als brächen sie zu einem großen Abenteuer auf, von dem sie nicht so bald zurückkommen würden. Ich hingegen rechnete nur mit einer kurzen Atempause. Im Sommer herrscht im Wald eine drückende Hitze. Kleine Fliegen stürzen sich in ganzen Heerscharen auf die Augenlider, sobald man durch das Unterholz kriecht. Aber die Albernen sehen mit ihren Kinderaugen alles anders – für sie ist alles geheimnisvoll und poetisch: Salamander, Kämpfe, süße Ängste und viele Kratzer, die in ihren Erinnerungen kaum der Rede wert sind.

Seit dem Aufbruch der Schädlinge in ein anderes Ferienhaus, wo ein Fest stattfinden sollte, das Marion und ihre Freundinnen in eifrige Vorbereitungen stürzte, war Ruhe bei uns eingekehrt. Zwanzigmal waren sie aus dem übel zugerichteten Badezimmer herausgekommen, nur um wieder hineinzurennen, um ihre Schminke noch einmal zu überprüfen, um nach einem verwirrten Blick in den Spiegel ihr Kleid gegen eine Hose, die Hose gegen einen Rock und den Rock gegen eine Pluderhose zu tauschen, um ihre Frisur zu richten, um sich noch einmal prüfend anzusehen, um sich selbst endlos zuzulächeln und gleichzeitig über die eigenen Fehler zu jammern.

Ihr Gekicher und Gequieke war noch zu hören, als sie

gemeinsam mit ihren Cousins in die beiden uralten Autos einstiegen, die sie abholen kamen. Um uns das ängstliche Warten und den Schrecken des nächtlichen Anrufs zu ersparen, der uns über den zu erwartenden Autounfall unterrichten würde, hatten wir mit den anderen Eltern vereinbart, dass unsere Halbwüchsigen dort übernachteten, wo das Fest jeweils stattfand.

So verfiel Fougères nun in die süße Trägheit eines schönen Sommernachmittags.

Pierre, der Bäcker und Schöpfer der gezackten Brote, die die Kinder am Nachmittag verschlangen, war gekommen, um mit Jean über seine Tauben zu sprechen. Ein reines Männerthema.

Diese oben in den Eichen angebrachten Hütten sind durch ein ausgeklügeltes Machwerk von Drähten mit dem Boden sowie mit anderen Bäumen verbunden, in denen sich die Flügel der Ringeltauben verfangen sollen. Dort oben haben die Männer hier in der Gegend gewissermaßen ihren zweiten Wohnsitz errichtet. Ganze Wochenenden ziehen sie sich dorthin zurück. Und auch an Arbeitstagen verschwinden sie bereits in der Morgendämmerung rasch einmal dorthin. Sie vervollkommnen ihre Bauten mit männlichen Accessoires: Kühltasche, Bierfässchen, Kartenspiele. Ein wenig gleicht diese Einrichtung einer lokalen Version der Londoner Clubs. Ab September würde man dann in den Cafés und Läden wieder über diese Nichtsnutze aus dem Norden klagen, die auf diese Weise der Jagd frönten und die Ringeltauben massakrierten, bevor diese überhaupt die Pyrenäen erreicht hatten.

Ich wartete auf meinen Schwiegervater. Der Forstbeamte war gekommen, um die große umgestürzte Kastanie zu zerlegen, und hatte auch die anderen kranken und gefährdeten Bäume gefällt. Der leichte Wind wehte ihre Düfte von den am Waldrand aufgeschichteten Stämmen zu uns herüber.

«Was soll dort hin? Linden? Liguster? Rote Eiche?»

«Auf jeden Fall keine Weißbuchen», stellte Onkel Pierre fest. «Die sind zwar schön, wenn sie allein stehen, brauchen aber sehr viel Wasser.»

Wir gingen die Allee entlang. Ich zeigte ihm die Stellen, wo er nach unserer Rückkehr nach Paris etwas anpflanzen sollte.

Er ging langsam. Die Kieselsteine auf dem Weg knirschten unter seinen dicken grünen Gummistiefeln. Als er die Böschung hinaufkletterte, um eine von mir gezeigte Stelle mit einem Holzpflock zu versehen, stieg unter seinen Tritten der Duft von wilder Minze und frischem Gras auf. Dichtbewachsene Brombeerranken verhakten sich an seiner derben Cordhose und an den Ärmeln seines Baumwollhemdes. Seine winters wie sommers immer gleiche Kleidung weckte in mir die schöne Vorstellung, die Elemente könnten ihm nichts anhaben. Weder die Hitze, über die er sich nie beklagte, noch die Zeit an sich.

Er kam gerne nach Fougères, wo er im Wald umherging oder auf die bewaldeten Hügelketten und die weitläufigen, verstreut daliegenden Bauernhöfe im Tal blickte.

Es ist keine Landschaft, die einem den Atem stocken lässt. Sie ist viel zu sanft und zu lieblich, als dass sie mit allzu großer Pracht die Phantasie erstickte. Sie besitzt die Höflichkeit, sich nicht aufzudrängen und den Träumen Platz zu lassen. Am Abend steht man dann oft vor ihr, ein wenig schuldbewusst, dass man unwissentlich über die Pappeln entlang der Baïse oder über die im Sonnendunst verschleierten Berge hinweggesehen hat. Die welligen Hügelketten scheinen bis ans Meer zu reichen und die gefurchten Zacken der Berge bis nach Spanien.

Diese Landschaft ähnelte Onkel Pierre, der höflich, lustig und in Gesellschaft auch sehr lebhaft war, sich jedoch gerne seinen Träumen überließ, wenn er allein war.

«Was würdet ihr von einer Allee von Schirmpinien halten?», fragte er mich.

Ich fand die Vorstellung entzückend. Einen dieser Bäume gab es bereits. Er war wunderbar, gewaltig und rauschte so schön im Wind, dass es nach Süden klang. Dann fielen auch die kleinen, klebrigen Piniennüsse herab, die die Kinder zwischen zwei Steinen aufschlugen. Bei jedem Gewitter fürchtete ich, die Schirmpinie könnte umstürzen.

«Wunderbar.»

Ich stellte mir vor, wie ich im großzügigen Schatten der Allee verträumt vor mich hin schlendern würde.

«Wenn sie so groß sind wie diese hier, wird es sehr angenehm sein, in dieser Allee spazieren zu gehen», bestätigte ich noch einmal.

Er lächelte mich an:

«Es ist schön, meine Liebe, dass du an eure Enkel denkst.»

*

«Was hältst du von einem kleinen Fest anlässlich meines literarischen Preises? Das würde doch passen, oder?»

Jean hatte den Albtraum mit den Untels vergessen, die noch bis zum Abendessen in unserem Haus geblieben waren. Das Vergnügen eines Tages süßen Nichtstuns am Schwimmbecken, eines guten Mittagessens, eines

Hauses ohne unliebsame Mitbewohner – das Auto mit dem Liverpooler Kennzeichen war am Nachmittag verschwunden – hatte zwischen dem Ehepaar Untel und Fougères die freundschaftlichen Beziehungen wiederhergestellt. Eve und Constance hatten ihre Telefonnummern ausgetauscht und einander versprochen, sich in Paris zu treffen.

Am nächsten Tag hatte Eve Ruth mit dem ersten Flugzeug nach Hause geschickt. Und zwei Tage später war auch die erbärmliche Adrienne in ihr Büro zurückgekehrt – samt einem Rezept voller echter Beruhigungsmittel und ebenso vieler Placebos, die Doktor Albret ihr eilig verschrieben hatte, als er bemerkte, dass MDC ihn mit feuchtem Blick anschmachtete.

Diese letzte Abreise gab meinem Mann endlich sein Lächeln zurück.

«Wen wirst du denn jetzt einladen?»

«Deine Familie natürlich. Die Chavilles. Die d'Arquiés. Jacques und Marie sind auch wieder da: Sie hatten die Ferien aber auch bitter nötig nach dem Abschleifen des Schwimmbeckens. Meine Eltern, wenn ich darauf dringe. Betty, Pepa samt Ehemännern. Und Régis de Goubert. Ich fand ihn neulich bei den Chavilles sehr sympathisch.»

«Weil er bekannt ist?», neckte Jean mich.

«Ich werde Jean-François Campistron bitten, mir einen gekochten Schinken vorzubereiten.»

«Wenn du meinst …»

«Machst du dich etwa über mich und diesen Preis lustig?»

«Mir wären ein wenig Ruhe und Frieden lieber. Ich hätte nicht gedacht, dass dir diese Auszeichnung so sehr schmeichelt.»

«Ich finde sie amüsant, mehr nicht.»

Er faltete seine Zeitung zusammen und lächelte immer noch.

«Mehr nicht? Warum willst du dann dieses Fest veranstalten und Régis de Goubert dazu einladen?»

«Was mich wirklich ärgert, ist, dass ich keine großen Schriftsteller gefunden habe, die hier aus der Gegend sind.»

«Versuch es doch einmal mit Théophile Gautier. Er ist in Tarbes geboren. Ich bin sicher, dass der Autor von ‹… alles, was nützlich ist, ist hässlich› und von *Capitaine Fracasse* dich zu einer hübschen Rede inspirieren wird.»

*

«Ach herrje!», sagte Eve, «die Ruhe war wohl nur von kurzer Dauer. Wer ist denn das schon wieder?»

Auf den ersten Blick hatte ich die beiden Gestalten erkannt, die aus dem Auto stiegen: Bernard und Francis.

«Weiß Jean Bescheid?», wollte Eve wissen.

«Vage. Aber nicht wirklich. Sie sind nur auf der Durchreise, da sie nach Spanien weiterfahren. Francis will dort seine Frau treffen und Bernard seine Mutter.»

«Wo willst du sie unterbringen?»

«Im blauen Zimmer, wo die Untels geschlafen haben.»

Eve runzelte die Stirn.

«Deine Freunde verhalten sich etwas merkwürdig.»

Genau dieses Merkwürdige hatte ich Jean noch nicht näher ausgeführt. Vor den Ferien hatte ich mit Bernard zu Mittag gegessen. Er hatte mir seine Liebe zu Francis gestanden.

«Aber … er ist doch verheiratet, oder?», hatte ich einfältig vorgebracht und wollte ihn bereits über diese unmögliche Liebe hinwegtrösten.

«Er wird seine Frau verlassen.»

«Deinetwegen?»

«Du sagst das so, als wäre es unmöglich, dass sich jemand in mich verliebt.»

«Ich versuche mir Jean vorzustellen, der mir eröffnet, dass er einen anderen Mann liebt.»

«Du meinst wohl ‹einen Mann›.»

Die Richtigstellung änderte nichts daran, dass ich den Gedanken absurd und abwegig fand.

«Sie weiß von nichts? Ich meine, seine Frau weiß von nichts?»

«Würdest du denn damit rechnen?»

Bis jetzt hatten sich meine Befürchtungen auf große Blondinen mit üppiger Oberweite beschränkt. Ich fühlte mich außerstande, meine Eifersucht auf große Blonde mit breitem Brustkorb auszudehnen. Offenbar fehlte es mir an Phantasie.

Im Augenblick verströmten unsere beiden Gäste pure Lebensfreude. Sie kamen, unter dem Gewicht ihrer Koffer schwankend, auf uns zu und wirkten etwas steif – wie nach einer langen Autofahrt.

Wir begrüßten einander. Jean, der am Schwimmbecken gelesen hatte, kam zu uns. Wir hatten sie vor ein paar Jahren bei einem Abendessen von Freunden kennengelernt, die sie später auch zu einem Fest bei uns mitgebracht hatten. Danach waren sie oft bei uns aufgetaucht, einmal der eine, einmal der andere, selten beide zusammen. Eines Tages hatten wir unserem Erstaunen darüber Ausdruck verliehen, dass Francis nie in Begleitung seiner Frau kam. Er hatte uns erklärt, dass er in einem weit entfernten Vorort wohnte und seine Frau abends nur sehr ungern ausging. Er hingegen kam spät aus dem Büro und fuhr erst gar nicht nach Hause, wenn er zum Abendessen eingeladen war.

Jean mochte die beiden. Sie waren gebildet, besaßen Humor und unterhielten sich gern. Und er hatte es ganz und gar nicht seltsam gefunden, dass sie gemeinsam reisten. Für ihn war es vollkommen normal, dass man eine so weite Fahrt lieber zu zweit zurücklegte. Das war doch viel angenehmer.

Als Bernard sich mir offenbart und angekündigt hatte, dass sie in Fougères Station machen wollten, hatte ich nicht nach einem genauen Datum gefragt, denn ich hoffte einfach, dass dieser so dahingesagte Einfall sich wieder in Luft auflösen würde. Aber irgendwann hatten sie angerufen, um mich nach dem Weg zu fragen, ohne mir allerdings den genauen Tag zu nennen.

Nun waren sie da, und ich ahnte bereits, dass es Schwierigkeiten geben würde. Eve, die die Situation bereits erfasst hatte, hob die Augenbrauen und dachte leicht beunruhigt an ihren Sohn.

Es dauerte auch nicht lange, bis sie mir ihre Befürchtungen mitteilte: «Zwei Männer im gleichen Zimmer», ereiferte sie sich, «das geht nicht. Ich will nicht, dass Grégoire so etwas sieht. Und was ist mit deinem Sohn? So etwas ist auch für Victor schlimm.»

«Sie sehen doch nichts anderes als zwei Freunde, die man für eine Nacht unterbringt.»

«Aber sie sind nicht nur Freunde. Das sieht doch jeder.»

«Ich werde sie aber keinesfalls in ein Hotel schicken!»

«Es gibt Augenblicke, meine Liebe, da handelst du vollkommen verantwortungslos. Woher weißt du im Übrigen, dass sie nur eine Nacht hierbleiben?»

Ich lächelte sie an. «Das ist wirklich eine Frage, die ich nicht gut im Griff habe.»

Während Bernard und Francis sich im Wasser abkühlten, wurde Jean ins Bild gesetzt und schlug sich auf Eves Seite.

«Ich mache mir wirklich keine Sorgen um ihr Benehmen vor den Kindern. Aber du kannst sie nicht in einem Zimmer schlafen lassen wie ein Paar. Im blauen Zimmer gibt es schließlich nur ein Ehebett. Wann fahren sie denn weiter?»

«Das habe ich sie nicht gefragt», erklärte ich. «Du wirst ja wohl einsehen, dass es ein wenig heikel ist, sie gleich bei ihrer Ankunft zu fragen, wie lange sie bleiben wollen.»

Schließlich fanden wir eine Lösung. Die Albernen sollten im Schlafquartier der Großen schlafen. Davon träumten sie ohnehin seit langem. Bernard würde dann im Schlafraum der Albernen untergebracht werden. Diese Verteilung erstaunte weder Francis noch Bernard. Für sie war es ohnehin klar gewesen, dass sie zwei getrennte Zimmer bewohnen würden.

Ich beruhigte Eve: «Alles wird gut. Wie du weißt, sind wir heute Abend ja bei dem Festessen anlässlich des Wettstreits um den ‹Schrei des Schweins›. Die Kinder werden bei der Rückkehr todmüde sein. Und wenn du meine Meinung hören willst: Sie werden keine einzige Frage stellen. Tun wir also so, als wäre nichts, und alles wird gut.»

Die Vorstellung eines Wettstreits um den «Schrei des Schweins» beunruhigte Bernard und Francis ein wenig.

«Glaubt ihr wirklich, dass der Abend lustig wird?», wollte Bernard wissen.

«Wir können hierbleiben. Wir haben eine lange Fahrt hinter uns», fügte Francis hinzu.

«Das kommt gar nicht in Frage!», ereiferte sich Eve, wild entschlossen, ihnen keine Möglichkeit einer trauten Zweisamkeit zu bieten. «Ein paar Kilometer machen doch nicht müde! Noch dazu, wo ihr euch am Steuer abwechseln konntet.»

«Wir essen alle dort zu Abend», schnitt ich Eve das Wort ab, deren ironischer Unterton mit ihr durchzugehen drohte.

Sie akzeptierten also unsere Entscheidung. Als wir in Trie-sur-Baïse ankamen, war das Fest bereits in vollem Gange. Auf dem Dorfplatz hatte man Tische aufgestellt, die mit großen Papierdecken überzogen waren. Darauf standen gelbe Plastikteller. Hinter einer Mauer aus Strohballen machten sich etwa zehn Frauen an riesigen Gasflammen zu schaffen, auf denen große Töpfe mit Kohlsuppe dampften. In der Luft hing der Geruch von Kohl und weißen Bohnen, die mit Gänseschmalz gekocht worden waren – einem unverzichtbaren Bestandteil dieser lokalen Spezialität.

Die Nasenflügel von Francis bebten. Ich erinnerte mich an seine Vorliebe für Sushi und seine Abneigung gegen die fetten Gerichte der ländlichen Küche.

Aus zwei Lautsprechern ertönte fröhliche Tanzmusik und Paso doble. Neben den anderen Aktivitäten fand auch ein Tanzabend statt, den Joe Brooker mit seinem magischen Plattenteller gestalten sollte, wie die Plakate verkündeten. Richtige Orchester waren zu kostspielig, so war man seit einigen Jahren zu der auf dem Land ohnehin sehr praktischen Variante des fahrenden Discjockeys übergegangen.

Joe Brooker machte sich bereits an seinen Geräten zu schaffen. Die Kinder hielt es nicht lange auf ihren harten Stühlen, und da das endlose Warten aufs Essen sie ohnehin langweilte, tobte die ganze Horde neugierig vor dem DJ herum.

Victor und Grégoire kamen im Laufschritt zurück.

«Er ist ja überhaupt kein Amerikaner», empörte sich Grégoire.

Die Schmachtlocken der fünfziger Jahre, die Stiefel und die alten abgewetzten Bluejeans hatten vor ihren Augen bereits den Westen erstehen lassen, dessen Atmosphäre sie nun aus nächster Nähe hatten spüren wollen.

«Er redet mit dem gleichen Akzent wie die Leute von hier», stellte Victor enttäuscht fest.

Aber dann rannten sie eifrig los, um die Mädchen wieder einzuholen.

An den Tischen winkten die Leute einander zu und begrüßten sich lauthals. Ebenso eifrig wie unten getratscht wurde, flatterten die Turmschwalben unter den Dächern, flogen unter den hellen Steinarkaden hindurch und hüpften unablässig hin und her.

Männer standen auf, um mit anderen Neuigkeiten über die Familie auszutauschen oder über die Ernte und den Regen zu sprechen – davon gab es immer zu viel oder nicht genug.

«He, altes Haus, Ducasse! Wie geht es dir?»

«‹Altes Haus› – ist das ein Vorname hier aus der Gegend?», machte sich Francis über die derbe Ausdrucksweise lustig.

«Vor allem für die Männer», merkte Jean an. «Bei den Frauen sagt man eher ‹alte Fresse›.»

Eve verdrehte die Augen und sah zum Himmel. Joseph kam, ganz im Sonntagsstaat, mit seiner Frau am Arm des Weges und winkte uns von seinem Tisch aus zu, wo bereits seine ganze Familie saß.

«Meine Damen und Herren!»

Das Mikrophon pfiff so, dass wir das Gefühl hatten, unser Trommelfell würde platzen.

Auf der Bühne mitten auf dem Platz stand Escanecrabe, der aufgrund seiner lauten Stimme, seines trefflichen Humors und seines wunderbaren Schnurrbarts bei keinem Fest hier in der Gegend fehlen durfte. Jetzt hob er seine Hand und sagte:

«Der große Augenblick ist gekommen! Hier sind die Finalteilnehmer!»

Jetzt stiegen die Kandidaten für die Doppel-Bewertung auf das Podium: zwei junge, unbekannte Männer, die sich vor Vergnügen schüttelten. Dahinter folgten Robert und Thomas. Anschließend kamen die Solisten: Gastine Renette und Baptiste Fontanier.

«Mensch! Verflixt! Ich dachte, er macht nur bei den Kühen mit!»

Bernard lächelte mir gezwungen zu. Francis lehnte den von Alix angebotenen Wein dankend ab. Der Madiran war ihm etwas zu kräftig am Gaumen, vor allem bei dieser Hitze.

«Meine Damen und Herren!», wiederholte Escanecrabe und rollte das «R» wie ein Trommler – niemals vergaß er, dass er der Feldhüter des Bezirks war. «Begrüßen Sie die Kandidaten mit einem kräftigen Applaus. Sie haben viele Vorausscheidungswettkämpfe erfolgreich hinter sich gebracht! Und ich sage Ihnen, das allein ist bereits eine große Leistung! Der Schrei des Schweins ist ein Wettstreit wie Rugby. Man braucht einen langen Atem und viel Kraft. Für Schwule ist das nichts!»

Alle lachten genüsslich und laut. Mich durchfuhr ein leichter Schauder. Niemand wagte es, zu Bernard und Francis hinüberzusehen.

Baptiste Fontanier begab sich als Erster auf seine Position. Escanecrabe hatte natürlich das Mikrophon ausgeschaltet, damit man die Kraft seines Schreis tatsächlich ermessen konnte. Vor dem Podium saß eine Jury von Männern mit gemusterten Hüten oder schwarzen Baskenmützen auf dem Kopf und machte sich Notizen.

«Couiiiii! Couiiiiiiii!»

Fasziniert lauschten die Albernen der Darbietung von Baptiste, der in feinen Nuancen alle Gefühlszustände des Schweins vorführte: glücklich, wenn es freilaufend mit seiner rosa Schnauze in der Erde wühlen konnte; enttäuscht, wenn man ihm seine Trüffel wegnahm; beflügelt, wenn es mit seiner Auserwählten schäkerte; panisch, wenn es das große Messer des Metzgers am Schlachttag erblickte.

«Da kann das Opernfestival von Orange nicht mithalten», lautete der Kommentar von Bernard.

«Applaus für Baptiste Fontanier!», rief Escanecrabe, als die Nummer zu Ende war, und er konnte es nicht lassen hinzuzufügen: «Meine Damen und Herren, das ist, glauben Sie dem Experten, gleichermaßen Kunst und Schwein!»

«Das wäre doch ein schöner Name für deine Galerie», schlug Bernard Francis vor, der mitten im Marais eine Galerie für zeitgenössische Kunst eröffnen wollte.

«Bernard *und* Francis wäre doch auch ganz nett, oder?», schlug Eve nun mit breitem Lächeln vor.

Die beiden lachten, und ich trat Eve unter dem Tisch auf den Fuß.

«Hören wir dem jungen Tenor zu!», mahnte Jean.

Bei Fontanier lief der Schweiß in Strömen. Er zog ein großes Taschentuch hervor und fuhr sich damit über die Stirn, bevor er seinen Platz auf dem Podium für den wie immer elegant gekleideten Gastine Renette räumte.

Der Feldhüter holte ein paarmal tief Luft, stemmte

die Hände in die Seiten und begann mit seinem quiekenden Konzert, allerdings in einer etwas höheren Tonlage als Baptiste. Nach seinem letzten Ton, einem traurigen, heiseren Grunzen, das etwas blechern klang und dem Konzert etwas Ungezügeltes und Unheimliches verlieh, erhob sich ein etwas weniger langanhaltender Beifall als bei Baptiste.

«Ich frage mich, wie lange sie pro Tag trainieren», rätselte Francis. «Gibt es hier Karaoke-Veranstaltungen?»

Die Kinder lachten laut auf. Eve warf ihm wütende Blicke zu.

Jetzt kamen Thomas und Robert an die Reihe, und ihr verblüffendes Duo stellte die beiden Vorgänger in den Schatten.

Während der Beratungen floss der Madiran in Strömen. Um uns herum wetteten die Zuhörer tiefernst auf Fontanier, als hinge die Zukunft unseres Landes von diesem Wettstreit ab, als hätte der Name des Siegers entscheidenden Einfluss auf die Agrarpolitik der Gemeinde. Das unablässige Stühlerücken auf dem blanken Asphalt zeugte von der allgemeinen Ungeduld.

Nachdem Escanecrabe mit den Jurymitgliedern debattiert und dabei ein paar Gläser Wein hinuntergestürzt hatte, nachdem er sich den Mund abgewischt und den Schnurrbart mit den Ärmeln getrocknet hatte, griff er endlich wieder zum Mikrophon:

«Sieger des Einzelwettbewerbes!»

Schlagartig kehrte Ruhe ein. Er wackelte mit dem Kopf und genoss es, die Menschenmenge in der Hand zu haben. Sie war seinem Schweigen ausgeliefert. Abgesehen von einigen an die Kinder gerichteten «Schttt!», war nur noch das Zwitschern der Turmschwalben zu vernehmen.

«Nun! Die Entscheidung naht!», spannte er seine Zuhörer noch ein wenig auf die Folter.

Ungeduldiges Pfeifen erhob sich in der Menge.

«Sieger im Einzel», wiederholte er, «Baptiste Fontanier!»

Jubelgeschrei brandete auf. Joseph stürzte sich auf ihn. Er war vor Freude außer sich:

«Das ist eine gute Entscheidung», erklärte er uns zutiefst befriedigt. Der Sieg von Fontanier bedeutete für ihn auch den Sieg in einer persönlichen Fehde. «Dieser Idiot von J … (Gastine Renette) hat doch gar nicht den Schrei des Schweins nachgemacht. Es war der Schrei des Wildschweinhybriden. Haben Sie den Unterschied nicht gehört?»

«Es war ein Riesenunterschied», pflichtete Alix ihm bei, die immer schon ein gutes Gehör gehabt hatte.

«Ich hatte sogar den Eindruck, er schreit mit Playback», setzte Bernard noch eins drauf.

Die Kinder prusteten los. Grégoire war begeistert von Bernards Humor und zog sich nun einen Stuhl heran, um sich neben ihn zu setzen. Eve presste die Lippen aufeinander, entschloss sich aber, als sie die amüsierten Blicke von Jean und Alix bemerkte, zu schweigen. Jedoch ließ sie ihren Sohn nicht mehr aus den Augen.

Escanecrabe verkündete nun den klaren und erwarteten Sieg von Robert und Thomas im Duo. Die beiden Burschen gingen durch die Tischreihen hindurch und schüttelten Hände. Sie zwinkerten uns schelmisch zu, bevor sie zu einer aufgeregt schnatternden Mädchenschar zurückkehrten.

«Was gab es denn überhaupt zu gewinnen?», wollte Francis wissen, während kräftige Frauen, jeweils zu zweit, dampfende Töpfe mit Kohlsuppe herantrugen und über die lachenden, herumspringenden Kinder hinweghoben.

«Vielleicht zwei Schweinefilets?», zog Eve schlagfertig in Betracht und schaute Francis eindringlich an.

«Warum sieht Eve uns an wie zwei Aussätzige?», fragte Bernard mich am nächsten Tag. «Und warum ist uns Wathi die ganze Zeit mit diesem idiotischen Hund auf den Fersen?»

«Wathi ist den Kindern auf den Fersen, die wiederum euch auf den Fersen sind, weil sie euch lustig finden.»

«Hat Eve keine bessere Anstandsdame für uns gefunden?», fragte er amüsiert.

«Gut, zugegeben. Eve weiß, was für eine Beziehung ihr habt, und macht sich nun Sorgen wegen der Kinder. Kannst du das nicht verstehen?»

«Nicht so recht, aber wenn ich selbst einmal Mutter bin …»

Er lächelte mich freundlich an und fügte etwas ernsthafter hinzu: «Sag ihr, dass wir schon lange keine kleinen Kinder mehr fressen. Und dass wir immer eine Hose und ein Hemd unter unserem Mantel tragen.»

«Ärgere sie nicht. Sie ist nicht dumm. Sie fürchtet vor allem, dass die Rasselbande herausfinden könnte, dass ihr beiden etwas mehr als nur Freunde seid.»

Damit hatte ich recht. Während des Mittagessens entwarf Eve komplizierte Rechenaufgaben für die Albernen, bei denen es um Vergleiche von Zugkosten und Autobahngebühren ging. Den Kindern (denen das alles vollkommen egal war) sollte somit eine Erklärung dafür geliefert werden, dass zwei Männer gemeinsam reisen (eine Frage, auf die sie von sich aus noch nicht gekommen waren) und dann auf der langen Reise nach Südspanien auch noch kurz bei Freunden vorbeischauen.

Sie erschrak, als Grégoire, der beim Fußballspielen ein

Tor kassiert hatte, Robin als Schwuli beschimpfte, aber ein genaueres Hinhören beruhigte uns sogleich wieder. Dieser Begriff hatte in keinster Weise etwas mit der Anwesenheit von Francis und Bernard zu tun, er erfreute sich vielmehr auffallender Beliebtheit bei den Jungen. Und sie befürchtete bereits das Schlimmste, als Jacques, der Cousin von Marion, Francis nach seiner Niederlage im Pétanque zurief: «Ich nehme dich beim Wort!»

Als diese verschiedenen Alarmsignale sich allesamt als harmlos entpuppt hatten, entspannte sich Eve allmählich. Und zwei Tage später erstattete sie mir Bericht. Nach genauer Beobachtung sowie feinfühligen und hinterhältigen Fragen an die Albernen war sie sicher: «Die Kinder ahnen nichts. Ich muss zugeben, dass deine Freunde sehr sympathisch sind und sich absolut diskret verhalten. Grégoire bewundert sie. Aber ich bin trotzdem froh, wenn sie morgen früh weiterfahren.»

Somit verlief ihr letzter Tag in Fougères sehr entspannt. Die Schädlinge waren nach ihrem Fest wieder im Haus («Supergut!», «Schrecklich!», «Einfach Klasse!») und verpflichteten Bernard und Francis für ihr Federball-Turnier. Anschließend bildete Francis mit Alix ein Paar im Pétanque-Spiel. Und Bernard half den Albernen beim Proben ihres Theaterstückes, das sie heute Abend anlässlich meines kleinen Festes aufführen wollten. Es war eine Art Krimi-Parodie, in der verschiedene Filme zitiert wurden. Sie hatten ihr Stück *Ice-Crime* genannt, weil der Mörder, wie mir Camille verriet, seinen Opfern den Hals mit scharfen Eiskanten durchschnitt.

Am Abend wollten die Albernen mit uns gemeinsam essen. Sie bereiteten sogar mit Wathi einen Kuchen vor, um den Abschied von ihren neuen Freunden zu feiern.

Wir vergrößerten den Tisch draußen, grillten Hähnchenspieße auf der Feuerstelle, tranken reichlich Rosé und die Kinder ausnahmsweise Coca-Cola. Die Grillen und Frösche lieferten ein munteres Konzert zu unserem fröhlichen Beisammensein.

Beim Dessert kam Robin auf die Idee, uns mit Ratespielchen zu unterhalten. Camille, Victor, Grégoire, Mathilde und Adèle waren sogleich mit Feuereifer dabei.

«Was ist der Unterschied zwischen einer Bulldogge und einer Schwiegermutter?», fragte Grégoire.

Wir schüttelten ratlos den Kopf.

«Der Lippenstift!», prustete Grégoire.

Stolz auf den Humor ihres Sohnes, lachte Eve laut auf.

«Warum haben Hähne keine Hände?», schickte sich nun Robin an.

«Weil die Hühner keine Brüste haben», erwiderte Victor prompt, der den Witz bereits kannte.

«Ich kenne auch ein Rätsel», sagte nun Adèle, «aber ich will es Bernard stellen.»

Wir hatten schon einiges getrunken und damit Eves Philosophie vom einsamen Eiswürfel eindrücklich bestätigt. Die Nacht war lauschig, der Himmel wunderschön. Arglos warteten wir auf die nächste Frage.

«Sag mir mal, Bernard», holte Adèle nun ernst aus.

Zwei kleine grünlich schimmernde Sterne funkelten in ihren Augen: «Glaubst du, dass nach dem homo erectus und dem homo sapiens die Zukunft des Menschen im homo sexuell liegt?»

zwölf

«Sie denken doch an unsere kleine Überraschung am fünfzehnten August, nicht wahr?», fragte mich der Bürgermeister am Telefon.

«Natürlich.»

«Wir treffen uns auf dem Platz von Castelnau. Genau um einundzwanzig Uhr.»

Wie hätte ich es vergessen können? Schon seit einer Woche sprach ich überall Einladungen aus und freute mich sehr darauf. Alle wollten gerne zur Überreichung meines literarischen Preises und danach zu «einem kleinen Fest bei uns zu Hause» kommen, wie ich am Telefon ein kleines bisschen schrill ankündigte.

«Ich dachte, du hättest von ‹einem kleinen Empfang› gesprochen», amüsierte sich Jean, der meinen letzten Anruf mitgehört hatte.

Ich zuckte mit den Schultern, festentschlossen, mir nicht durch seine Ironie die gute Laune verderben zu lassen. Eve hatte beschlossen, eine weitere Woche zu bleiben, um diesen großartigen Augenblick nicht zu verpassen. Da sich die Ausarbeitung der Verträge bei ihrem Mann hinzog, war er erleichtert über diese Verlängerung, obwohl er ihr natürlich versicherte, dass er sehr verstimmt sei.

«Dann komm doch hierher», schlug Eve auf der Stelle vor.

Meine Eltern waren aus Spanien zurückgekehrt und würden ebenfalls bei uns sein. Auch Véronique hatte ich angerufen, die, wie ich wusste, allein in Paris war. Sie fand die Idee eines kleinen Ausflugs nach Fougères ganz reizend. Unser Familiensitz bereitete sich auf einen gewaltigen Ansturm vor. Selbst Régis de Goubert hatte sich angesagt. Er hatte mich gebeten, ein paar Freunde aus Paris mitbringen zu dürfen, die just an diesem Wochenende bei ihm weilten.

«Sie kennen sie sicher», hatte er mir am Telefon gesagt und zwei oder drei Namen genannt, die mir bekannt vorkamen.

«Vom Namen her», schwafelte ich.

Innerhalb von zwei Tagen war die Gästeliste so angeschwollen wie die Baïse bei der Schneeschmelze. Ich verdoppelte meine Bestellungen bei Campistron. Mama versprach, mir zwei Kisten Melonen mitzubringen, die wir mit hauchdünnen Scheiben von schwarzem Schinken servieren würden. Ich beauftragte die Schädlinge, für die Musik zu sorgen. Ruhm konnte sich durchaus mit Rock 'n' Roll vertragen.

«Wo sollen denn all die Gäste schlafen?», fragte Jean besorgt.

«Wir könnten dein Junggesellenzimmer in Castelnau nutzen. Unser Schlafzimmer würde ich meinen Eltern überlassen. Véronique wird im blauen Zimmer schlafen. Kein Problem.»

«Und was ist mit dem Wein? Hast du an den Wein gedacht?»

Einen kurzen Augenblick träumte ich von Champagner.

«Das übersteigt unseren Geldbeutel bei weitem», meinte Jean, der mich nur allzu gut kannte.

Ich überschlug die Kosten rasch im Kopf und musste zugeben, dass er recht hatte. Um die Rechnung für eine solche Verrücktheit zu begleichen, würde ich zehn Jahre über Kurzfilme, Kunst und Literatur schreiben müssen.

Am Abend vor dem Tag X diskutierten wir mit Lili, Françoise, Eve und Alix am Schwimmbeckenrand über die Organisation des Abends. Die Redaktion meiner kleinen Rede beschäftigte mich weitaus mehr als die Anmietung von Gedecken oder die Zahl der Stühle, die für diese Feier vonnöten sein würde.

«Deck die Tische bloß nicht draußen», riet mir Françoise. «Nachts kann es sehr frisch werden. Du musst an ausreichend Sitzplätze denken, denn in dem Alter kann man nicht die ganze Zeit stehen. Wir werden das Esszimmer dafür reservieren. Hast du an die Brocarts gedacht?»

Ich hatte die Brocarts vergessen.

«Du kannst sie nicht nicht einladen. Es sind alte Freunde der Familie. Sie werden durch die d'Arquiés sehr schnell erfahren, dass du einen Empfang gibst. Du würdest sie verärgern, und ich habe keine Lust, mich deinetwegen mit allen hier zu überwerfen.»

«Einverstanden, schreib mir ihre Telefonnummer auf. Ich werde sie morgen anrufen.»

«Wo denkst du hin! Das ist zu spät. Mach es jetzt gleich.»

Ich lief ins Haus, um die Brocarts anzurufen. In meinem Kopf tanzten die Schinken mit den Salatschüsseln Walzer, die Brocarts mit den fehlenden Stühlen, die Lautsprecher (mickrig, wie die Schädlinge diagnostiziert hatten) mit den Rosé-Kanistern.

Ich hatte noch keinen einzigen Band der Werke von Théophile Gautier aufgeschlagen, die ich im Buchladen von Castelnau bestellt hatte. Ich hatte sie am Morgen in Empfang genommen und war tiefbeeindruckt von der unglaublichen Produktivität dieses Schriftstellers. Ich musste mir eingestehen, dass ich nichts von ihm gelesen hatte, nicht einmal das von Jean so gerühmte *Capitaine Fracasse*.

«Hallo! Ja bitte?»

Die Brocarts waren am Telefon. Die Einladung zum Fest aussprechen. Den Tag. Die Uhrzeit. Und, falls sie danach fragten, auch den Anlass kundtun. Sie fragten danach, und ich antwortete.

«Natürlich. Wir werden um einundzwanzig Uhr auf dem Platz von Castelnau sein.»

«Fühlen Sie sich zu nichts verpflichtet. Es ist etwas ganz Unwichtiges. Eine winzige, unbedeutende literarische Auszeichnung.»

«Meine Liebe, das ist wie bei einer Hochzeit. Vor dem Fest geht man auch zur Kirche. Alles andere wäre unhöflich!»

Ich ging zum Schwimmbecken zurück. Alix hatte sich von der Gruppe entfernt. Sie lag ausgestreckt auf einem Handtuch und verschlang einen Krimi, um sich vom eigenen Schreiben zu erholen, das jedoch sehr zufriedenstellend voranging. Sie hatte zwei weitere Kapitel verfasst.

In meiner euphorischen Stimmung und meiner überschwänglichen Liebe für die ganze Menschheit – die der eines Lottogewinners vermutlich nicht unähnlich war – fühlte ich mich auch ihr innig verbunden und wünschte ihr im Geiste den Prix Goncourt im Herbst dieses Jahres.

«Alles in Ordnung?», fragte sie besorgt, als sie meinen verschleierten Blick auf sich ruhen fühlte.

Ich kam wieder zu mir und stieß einen leisen Seufzer aus.

Eve und Françoise stritten verbittert über die Beilagen. Der kalte Linsensalat, den ich ursprünglich vorgesehen hatte, erschien ihnen jetzt zu rustikal.

«Zarte Artischockenherzen in Pfeffersauce», empfahl Françoise. «Der Garten von Castelnau ist voll davon.»

«Das ist ja Wahnsinn! Für so viele Leute! Wir wären ja Tage und Nächte damit beschäftigt», widersprach Eve. «Wie viele Personen sind wir eigentlich?»

Ich zog eine Schnute.

«Ich habe sie nicht genau gezählt.»

Jetzt schüttelten alle beide konsterniert den Kopf. (Vielleicht könnte ich ein paar Verse finden, die die Gegend des Magnoac bebilderten?)

«Gib mir deine Liste», bot sich Lili an, die stets ruhig und sachlich blieb.

«Hast du etwas Warmes für Granichou und Tante Lucie vorgesehen?», fragte Françoise jetzt. «Papa würde eine heiße Bouillon sicher ebenfalls sehr schätzen.»

«Ich werde Wathi bitten, morgen Abend einen Pot-au-feu zuzubereiten», erwiderte ich (und das mitten im Sommer!).

«Nein. Wathi soll sich um die Kinder kümmern. Ich übernehme den Pot-au-feu», erbot sich Françoise. «Und wie halten wir es mit den Desserts?»

«Wir haben weder geklärt, welche Salate, noch, welche Beilagen es geben soll», fing Eve noch einmal an. «Ist ein Pot-au-feu mitten im Sommer nicht ein wenig schwer?» (Bereits die Kohlsuppe am Abend vom ‹Schrei des Schweins› hatte ihr reichlich schwer im Magen gelegen.)

«In unserer Familie ist das eine Tradition», konterte Françoise in einem Tonfall, der keinen Widerspruch mehr duldete.

«Das Einfachste wäre», gab Lili zu bedenken, die die Namen auf der Liste abgehakt hatte und nun wieder aufsah, «wir würden die Desserts bestellen. Caron-Laville macht ganz ausgezeichnete Obsttorten.»

Hinsichtlich der Desserts konnten wir drei uns rasch einigen. Eve war beleidigt zu Alix gegangen. Françoise warf ihnen den ihr eigenen Blick mit der Botschaft «zu nichts zu gebrauchen» zu.

(Vielleicht gab es Verse in *Mademoiselle de Maupin*? Aber dieser Roman war ein ziemlich dicker Schinken. Ich würde nie die Zeit finden, ihn zu lesen.)

«Hast du daran gedacht, Denise Bescheid zu geben?», mahnte Françoise jetzt noch. Sie wird dir beim Putzen und Schälen des Gemüses und beim Aufräumen der Küche zur Hand gehen. Dein Haus muss blitzblank sein. Hast du die Spinnweben im Wohnzimmer gesehen? Ich frage mich, wie du einen Empfang geben willst, wenn dein Haus so aussieht?»

(Oder in *Reise nach Spanien*? Es waren ja nur ein paar Kilometer bis zur spanischen Grenze.)

«Hör auf mich! Ich werde Louise fragen, wer dir beim Bedienen helfen könnte.»

«Wathi vielleicht?»

«Lass sie bei den Kindern. Und was ist mit Toilettenpapier?», fiel ihr plötzlich noch ein. «Du hast ja keine Ahnung, wie viel Toilettenpapier in einem Haus benötigt wird, wo ein Fest stattfindet …»

*

Am nächsten Tag war die allgemeine Nervosität weiter gestiegen. Das Thermometer für die Stimmung in der Familie schoss förmlich in die Höhe. Es fehlte nicht mehr viel bis zur Überhitzung. Ich hatte die Zügel aus der Hand gegeben und überließ sie demjenigen, der sie nehmen wollte: Wo ich nur hinsah, war jemand, der Anordnungen gab oder sie wieder zurücknahm.

Die Schädlinge hatten damit begonnen, das Wohnzimmer auszuräumen, um dort eine Tanzfläche zu schaffen. Zugegeben, meine Sofas und Sessel erstrahlten nicht im Glanz feiner italienischer Baumwolle, aber ich hegte doch Zweifel, ob sie sich von ihrem Umzug in den Stall und der chaotischen Unterbringung jemals wieder erholen würden. Als Jean sie dort entdeckte – Beine und Kissen ineinander verkeilt –, erhob er ein furchtbares Gebrüll. Nicht geringer war mein Geschrei, als ich im Flur auf eine Papiertüte trat, in der eine ganze Ladung Glühbirnen lagerte. Die Schädlinge hatten sie aus all meinen Lampen herausgeschraubt, die Lampenschirme abgenommen und bunte Spots angebracht.

«Das schafft eine stroboskopische Atmosphäre», erklärte mir Pierre.

«Morgen werden wir euch ein wahres Feuerwerk liefern», versprach Olivier.

Jacques hatte den Plattenspieler auf einem kleinen Tisch aufgebaut. Ein entfernter Cousin hatte ihm leistungsfähige Lautsprecher geliehen. Trotz unserer heftigen Proteste probierten die Jugendlichen nun einen Lauteffekt nach dem anderen aus, sodass das Haus in seinen Grundfesten erschüttert wurde. Einige der Spinnweben fielen auf diese Weise von den Balken.

Alix, die ihre Arbeitsutensilien bereits in Sicherheit gebracht hatte, machte sich nun auch selbst aus dem Staub. Seit einigen Tagen hatte sich Jaja, sicher vor Ferrandes Nachstellungen und geliebt von ihrer Herrin, mit ihrem Zimmer angefreundet. Langsam, aber sicher war ihr geschecktes Fell wieder nachgewachsen. Nun jedoch brachte die im Wohnzimmer dröhnende Technomusik die Katze erneut außer sich. Sie jaulte und schrie hysterisch; sie zerkratzte Wände und Vorhänge und verkroch sich schließlich unter das Bett, um sich erneut ihr schönes neues Fell büschelweise auszureißen.

Auf der Westterrasse, von der man einen so schönen

Blick auf den Wald hatte, hatten die Albernen meine hübschen Gartenmöbel weggeräumt. Sie spannten ein geheimnisvolles Netz von Seilen zwischen den Sonnenschirmen und richteten sich ihren Spielraum ein.

«Das ist nicht der richtige Zeitpunkt für solche Scherze», befand ich.

«Wir müssen noch einmal alles unter den tatsächlichen Bedingungen proben», beharrte Camille.

«Ich habe euch gebeten, ein paar frische Blumen für die Dekoration im Haus zu pflücken.»

«Das ist doch verboten», erwiderte Robin schlau.

Entnervt ging ich ins Haus zurück. Entmutigung packte mich. (*«Wie der kreischende Flug eines aufgeschreckten Vogels?»* Nein. Das war doch von Verlaine.)

Welcher Teufel hatte mich geritten, sechzig Personen in unser Haus einzuladen? Das so ruhige und sanfte Fougères der letzten Tage ähnelte einem Schlachtfeld, der Garten einem Minenfeld. Als wäre ein Paradies in die Hände von fleischfressenden, schlimmer noch, von menschenfressenden Barbaren gefallen. Ich spürte bei den Schädlingen und auch bei den Albernen deutlich eine wilde Lust, die bukolische Stimmung des Ortes zu torpedieren. Schon beim Aufhängen einer Lichterkette um das Haus herum hatten sie meine Hortensien zertrampelt, drei Zweige meiner Kletterrosen abgeknickt und eine Klematis herausgerissen. Noch dazu die schönste von allen, die Montana …

Rumpelnd kam der Traktor von Joseph die Allee heraufgetuckert und zog einen Anhänger hinter sich her, auf dem sich Tische stapelten, die aus dem Festsaal von Campuzan geliehen waren. Jean und sein Bruder Dominique standen auf der Ladefläche des schwankenden Gefährts und hielten sich mit einer Hand fest, während sie mit der anderen drei (schiefe) Türme von Stühlen davor bewahrten hinunterzufallen.

Françoise kippte Tonnen von grünen Bohnen (aus dem Garten) auf den Küchentisch sowie kleine Artischocken (aus dem Garten) und Tomaten (ebenfalls aus dem Garten). Bei ihrem Anblick verging – und das war ein historisches Ereignis – Wathi das Lächeln.

«Wenn alle mithelfen, schaffen wir das im Nu», schleuderte mir meine Schwägerin in tröstender Bestimmtheit entgegen.

Sehnsüchtig dachte ich an meine Büchsen mit Linsen und weißen Bohnen, die nichts weiter erforderlich machten als einen guten Büchsenöffner.

«Ich muss rasch nach Tarbes fahren, um meine Freundin Véronique abzuholen», sagte ich. «Ihr Flugzeug landet in einer knappen Stunde.»

«Ich begleite dich!», verkündete Alix und folgte mir unmittelbar.

«Mama!», rief Victor uns noch hinterher, als wir bereits im Auto saßen. «Kauf doch noch ein bisschen Feuerwerk!»

Endlich unterwegs, stießen wir beide gleichzeitig einen tiefen Seufzer der Erleichterung aus:

«Wie wär's, wenn wir nicht zurückfahren?», scherzte Alix. «Wir packen Véro am Flughafen ein und sausen nach Spanien oder nach Saint-Jean-de-Luz. Was hältst du davon? Hotel de la Plage und *room service?*»

Ich muss es zugeben, eine verführerische Idee! Leider ließ sie sich nicht in die Tat umsetzen, wenn ich jemals wieder einen Fuß in mein Haus setzen wollte.

«Sie haben meine Kinder als Geiseln», sagte ich.

«Schade», bedauerte Alix meine Absage.

Ich hatte den Verdacht, dass Marion, Adèle und Victor

einen zusätzlichen Grund für sie darstellten, die Flucht zu ergreifen.

«Vor lauter Trubel habe ich immer noch nichts von Théophile Gautier gelesen.»

«Zerbrich dir nicht den Kopf darüber! Du musst nur ein bisschen improvisieren. Deine Worte werden schlicht, direkt und ehrlich sein. Das kommt allemal besser an als eine Rede, die alle langweilt!»

«Ich habe seine gesammelten Werke gekauft.»

«Gib sie deinen Kindern zum Lesen, wenn sie ätzend sind.»

Véronique war bester Stimmung.

Sie hatte sich nach ihrem wechselvollen Aufenthalt bei uns in den zwei Wochen Hauptstadt und Büro gut erholt. Antoine war bei seiner Großmutter in der Bretagne. Sie war begeistert von ihrem Enkel.

«Hier», sagte sie und reichte mir ein in hübsches rotes Geschenkpapier eingepacktes Päckchen.

Während ich es auspackte, fragte sie: «Kommst du gut voran mit deinem Roman, Alix?»

«Ganz gut, ja.»

Dann wandte sie sich zu mir und sah zu, wie ich einen dicken Schmöker mit hauchdünnen Seiten aus dem Papier nahm.

«Ich habe mich für Théophile Gautier entschieden. Er wurde in Tarbes geboren, und ich glaube, ihr habt keinen einzigen seiner Romane im Regal … Fahren wir?»

«Wir haben es nicht eilig», beeilte sich Alix zu erklären. «Ich schlage vor, dass wir nach einem hübschen Café mit Terrasse Ausschau halten.»

«Wir müssen noch Einkäufe erledigen», wandte ich ein und zog die von Eve und Françoise vorbereitete Liste aus meiner Tasche.

«Wir können sie ja bei einem kühlen Bier in Augenschein nehmen», schlug Véronique vor.

«Was halse ich mir jetzt noch für Schwierigkeiten auf!», stöhnte ich eine Stunde später.

Wir hatten uns in den Schatten der Platanen des Jardin Massé gesetzt, wo wir lachten und schwatzten. Ganz leise beschlich mich der Gedanke, es könnte vielleicht etwas peinlich sein, so viele Leute für diesen lächerlichen Literaturpreis herzubemühen.

«Jetzt ist es zu spät, um etwas zu bedauern», wiegelte Véronique ab. «Denk an die Leute von hier. Sie haben an dich gedacht. Und daher ist es nett von dir, ihnen mit einem Fest für ihre Geste zu danken. Sie werden es dir hoch anrechnen.»

«Vergiss nicht, ihnen etwas zu trinken anzubieten», ergänzte Alix noch.

Zurück in Fougères, nahm sie das Gelände um das Schwimmbecken unter die Lupe. Jean und Dominique bauten um das Becken herum ein paar Tische auf und entluden den Traktoranhänger von Joseph. Anstatt eines Zeltes hatten sie ein großes gestreiftes Segel gespannt. Das Ganze sah äußerst vielversprechend aus.

«So stelle ich mir die Männer in einem Haushalt vor», lächelte Véronique. «Draußen und bei der Arbeit. Holzfäller und Großwildjäger.»

«Leider ist das Großwild abhandengekommen», scherzte Alix.

Wir trugen die zahllosen Einkäufe, die wir kurz vor Ladenschluss in Tarbes getätigt hatten, vom Auto ins Haus. Blumen, Feuerwerk, Kräuter, Papiertischdecken, lauter Kleinigkeiten, die man sonst in unseren Dörfern nicht vorfand.

Dann nahm ich mit Eve, Françoise und Wathi den

Berg von kleinen Artischocken in Angriff, die man anschließend sofort in Zitronensaft tränken musste, damit sie nicht schwarz würden. Aber sie wurden dennoch schwarz. Ihre Herzen ebenso wie meine Finger.

«Mama!», teilte mir Victor mit. «Oma und Opa sind da!»

Entzückt über diesen Vorwand, verdrückte ich mich («Artischockenherzen!», rief Eve mir hinterher) und lief ihnen entgegen.

Meine Eltern waren tatsächlich eingetroffen, aber nicht nur sie: Vier der fünf Sprösslinge meines Bruders stürzten kreischend auf unser Haus zu. Der fünfte – ein Jahr alt – hing mit Schluckauf in den Armen meiner Mutter.

«Ich habe seine Kinder bei mir behalten, damit dein Bruder sich mit seiner Frau an der Côte d'Azur erholen kann», erklärte sie, während sie mich zur Begrüßung küsste. «Er ist etwas erschöpft. Und ich weiß auch, warum. Seine Kinder sind kleine Teufelchen!»

Sie sah mich prüfend an.

«Du siehst müde aus», stellte sie fest.

Angesichts der in Garten und Haus herrschenden Betriebsamkeit fand sie dies nicht weiter verwunderlich:

«Das ist nur verständlich bei all den Leuten, die hier einfallen.»

*

Um acht Uhr an jenem historischen fünfzehnten August war alles fertig. Schön dekorierte Tischdecken, Kerzen in Windlichtern, Enten auf dem Tümpel, Blumengebinde in den Vasen, Salate in den Schüsseln, geschälte und feingeschnittene Melonenscheiben und daneben in Bereitschaft Denise sowie die beiden Helferinnen, die Louise uns geschickt hatte. Jean-François Campistron hatte uns seinen Kühlwagen geliehen, um Wein und Schinken richtig temperiert servieren zu können.

Alix hatte therapeutisches Spielzeug für Jaja gekauft. Die Schädlinge hatten Toupie, Zébu und Ferrande schöne rote Bänder um den Hals gebunden. Die Albernen hatten Malo («Immer noch am Leben!», hatte Véronique verblüfft gestaunt) in den Käfig gesperrt, bevor sie wieder zu ihrer Bühne verschwunden waren, zu der wir immer noch keinen Zutritt hatten.

Um halb neun Uhr quetschten wir uns in die vorhandenen Autos, um nach Castelnau zu fahren.

«Du hättest dich etwas besser zurechtmachen können», rügte meine Mutter. «Hast du deine Hände gesehen? Du achtest nicht genug auf dich.»

«Ich habe Artischocken geschält.»

«Ich will ja nur dein Bestes.»

Papa, der am Steuer saß, lächelte mich im Rückspiegel an.

«Bist du sicher, dass Wathi es schafft, sich um deine Neffen zu kümmern?», wollte meine Mutter dann wissen.

«Das ist das Einzige, worüber du dir keine Sorgen machen musst. Sie würde sich für die Kinder umbringen.»

«Adèle!», mahnte sie jetzt meine Tochter. «Lehn dich nicht aus dem Fenster. Das ist gefährlich. Ich kenne einen kleinen Jungen, der auf diese Weise geköpft wurde.»

Mama bebilderte ihre Ermahnungen gerne mit mannigfaltigen Beispielen, die die Phantasie der Kinder beflügelten. Schlangen sie ihren Reis zu schnell hinunter, so erinnerte sie an das Schicksal eines Kindes, das durch falsche Essgewohnheiten gestorben war; gingen sie barfuß durch das Gras, so erzählte sie von einem jungen Opfer, das von einer Schlange gebissen worden war; schliefen sie bei offenem Fenster, so fiel ihr ein kleiner Schnarcher ein, der an einer Hornisse erstickt war. Ging es nach meiner Mutter, so war die Welt eine einzige gewaltige Verschwörung, die uns nach dem Leben trachtete.

«Victor!», ließ sie sich erneut vernehmen. «Spiel nicht mit dem Türgriff. Ich kenne ein Kind, das auf diese Weise aus dem Auto gefallen ist und überfahren wurde.»

«Einfach verrückt, wie viele tote Kinder du kennst, Oma!», seufzte Adèle.

«Du brauchst gar nicht zu lachen, Mama», kommentierte Victor. «Du bist ganz genauso.»

Man mag sich noch so sehr schwören, niemals wie seine Mutter zu werden – eines Tages kommt der unerbittliche Nachahmungstrieb doch zum Zuge. Sie lächelte mir liebevoll amüsiert zu, denn sie hatte meine Gedanken erraten. Ich lächelte zurück.

In Castelnau war das Fest in vollem Gange. Auf dem großen Platz mitten im Ort hatten die Jahrmarkthändler bereits vor zwei Tagen ihre Stände aufgebaut, und heute Abend gab sich die Landbevölkerung an den vier Attraktionen ein Stelldichein. Bei den Kindern herrschte ausgelassene Freude.

Es gab eine Schießbude, ein Glücksrad, Autoskooter und ein Karussell für die ganz Kleinen. Die Nacht roch nach Zuckerwatte und gebrannten Mandeln. Jeder Stand machte sein eigenes Spektakel. Der Marktschreier beim Glücksrad stellte ein unglaubliches Durcheinander von Küchentöpfen, Handtüchern, Haushaltsgeräten, grellorange- oder rosafarbenen Bettdecken, blitzenden Messern, Zitronenpressen und Kunstrasen aus. Er drehte die große schwarzweiße Scheibe, und der kleine, biegsame Pfeil oben am Rad klackerte mit dem Geräusch von

Kastagnetten über die Metallzapfen der Markierungen. Klack, klack, klack!

«Versuchen Sie Ihr Glück! Sensationelle Gewinne!», schrie er in sein Mikrophon, um die scheppernde Musik aus dem Lautsprecher von Claude François zu übertönen.

«Opa, gibst du mir etwas Geld?», fragte Victor, der wusste, dass sein Großvater großzügig war.

Mit einem Schein bewaffnet, rannte er, seine Schwester im Schlepptau, davon.

Auf dem Platz schlenderten die Leute mit ihren Familien umher und nahmen sich die Zeit, das im Hotel Dupont hinuntergeschlungene Festessen ebenso zu verdauen wie die verheißungsvollen, unmittelbar bevorstehenden glücklichen Fügungen, die die Marktschreier beschworen. Die Mutter schubste den Vater sanft zum Tresen, während die Kinder ihn zum Karussell ziehen wollten. Er selbst, das war nur zu offensichtlich, neigte zu einem kleinen Halt beim Schießstand mit den aufreizend vorbeiziehenden roten Luftballons und den kleinen Gipspfeifen.

Erstaunlicherweise entstand kein Unmut. Kleine Familiengrüppchen schwärmten aus, fanden wieder zusammen, schubsten sich ein wenig, ohne sich jedoch zu verlieren. Nur die ganz Großen blieben zurück und lagen inmitten der ohrenbetäubenden Musik bei den Autoskootern auf der Lauer, um ein freies Fahrzeug zu ergattern. Einmal am Ziel, legten sie den Arm beschützend um die Schultern der Allerliebsten, um dann durchzustarten – wildentschlossen, alle Hindernisse aus dem Weg zu fegen. Wer lässt sich in diesem Alter schon die Gelegenheit entgehen, ein Cabriolet zu fahren?

Am Karussell ertönte ein Kinderreim nach dem anderen, und die kleinen Fahrgäste tauchten wie Derwische aus ihren Autos auf, stützten sich auf das Lenkrad der Motorräder, um ein wenig Zuckerwatte von den Umstehenden zu erhaschen.

Und über dieser vielfältigen Geräuschkulisse dröhnten aus den großzügig von der Gemeinde eingeschalteten Lautsprechern die ewig wiederkehrenden Lieder über den gesamten Platz, als wollten sie auf jeden Fall das letzte Wort behalten.

Wir drängten uns durch die Menge bis zum Festsaal, wo eine provisorische Banderole auf die brandneuen Räume des Tourismusbüros hinwies. Ein rotes Plastikband versperrte den Zutritt, und ein Kreis von Stühlen wartete auf die zu der offiziellen Zeremonie geladenen Gäste.

Meine eigenen Gäste waren größtenteils bereits eingetroffen. In der ersten Reihe thronten die Bewohner des Elternhauses. Granichou brüllte Tante Lucie erklärend den Grund für diesen Empfang ins Ohr.

Die anderen schlenderten noch von einem Stand zum nächsten, um alle möglichen Bekannten aus der Gegend zu begrüßen. Ich grüßte ebenfalls und gab Küsschen. Die Brocarts überreichten mir ein kleines Geschenk («Packen Sie es später aus», flüsterte Madame Brocart mir zu, als wären wir in der Kirche). Wir nahmen Platz. Ich achtete darauf, nicht allzu beflissen zu wirken, als Régis de Goubert mir seine Freunde vorstellte.

Escanecrabe strich seinen Schnurrbart glatt. Der Sohn von Perez roch nach Pastis, und Jean-Pierre Castanet, der mich begrüßen kam, hantierte nervös mit seiner neuen Schere.

Wir warteten auf den Bürgermeister.

Schließlich traf er ein und mit ihm alle ansässigen Geschäftsleute. Die meisten der jungen Handwerksleute trugen die traditionelle Kleidung: Mütze, Stiefel und eine große Schürze.

«Das ist doch kein poetischer Wettstreit wie im Mittelalter!», flüsterte Onkel Pierre mir zu. «Aber du würdest eine ganz passable Gönnerin abgeben!»

Der Bürgermeister stellte sich in ihre Mitte, und mein Herz begann heftig zu schlagen. Véronique tätschelte mir die Schulter.

«Herr Bürgermeister!», hub Escanecrabe nun an und holte das Letzte aus seiner Stimme heraus, um den in tosenden Wellen zu uns herüberschwappenden Geräuschpegel zu übertreffen. «Meine Damen und Herren! Wir sind heute Abend hier zusammengekommen, um einzuweihen, was dieser Gegend so sehr fehlte: ein Tourismusbüro!»

Beifall brandete auf. Jacques und Marie bahnten sich vorsichtig einen Weg, um sich hinter mich zu setzen. Sie strahlten und waren braungebrannt. Die Musik von Claude François dröhnte immer noch zu uns herüber.

«Endlich ist es so weit!», schmetterte Escanecrabe. «Hier in dieser Gegend sind die Leute ebenso großzügig wie die Erde, die uns ernährt. Sie ist gut und fett und liefert uns diese großen Steinpilze, diese duftigen Wiesen, auf denen unsere Kälber weiden und gute Muttermilch trinken. Die Luft unserer geliebten Pyrenäen ist rein, es ist das Land der Kohlsuppe und der Gänseleber!»

Lachen und Applaus brachen aus. Ich entdeckte Madame Espenan, die vor Rührung die Hände zusammenpresste. Ich wand mich auf meinem Stuhl.

«Nun haben wir für jene unglücklichen Menschen, die das ganze Jahr unter der Luftverschmutzung der Großstädte zu leiden haben und dort nur chemische Schweinereien zu essen bekommen, ein Tourismusbüro eröffnet.»

Wieder brach Applaus los.

«Herr Bürgermeister! Selbstverständlich kommt Ihnen die Ehre zu, das Band zu zerschneiden.»

Der erste Würdenträger des Dorfes schritt in seinem Sonntagsanzug ein wenig unbeholfen zur Tat: Das Band leistete Widerstand.

«Und Ihnen kommt die Ehre zu, ihm zur Seite zu stehen!», sagte er und bat mich mit ausladender Geste aufzustehen (ich leistete dieser männlichen Anweisung Folge; mein Herz schlug noch schneller). «Sie, deren Familie seit Generationen jedes Jahr hierherkommt!»

Escanecrabe hielt inne. Der Bürgermeister fasste ihn am Arm und flüsterte ihm ein paar Worte zu. Dann fuhr er fort:

«Und die Familie Ihres Mannes stammt von hier, aus diesen schönen Tälern, die uns zu Ehre und Ruhm gereichen. Sie stammt also von hierrr und ist stooolz darauf. Und Kulturrrr besitzen Sie, denn Sie schreiben Artikel für eine große, na-tio-na-le Zeitung.»

Wieder unterbrach er sich, strich seinen Schnurrbart glatt und sah mich verschwörerisch an.

«Im Gegensatz zu mir, denn ich habe nur das Abitur minus acht Schuljahre.»

Allgemeine Belustigung. Hinter den Stühlen drängten sich immer mehr Leute, und die Musik von den Autoskootern wurde zunehmend lauter. Sogleich drehten auch die übrigen Stände ihre Musik weiter auf. Aber der mächtigen Stimme von Escanecrabe konnte das nichts anhaben.

«Und im Gegensatz zu unserem Freund hier, Koch bei Dupont und ausgezeichnet nur mit zwei Reifeprüfungen: der des heißen Wassers und der des kalten Wassers …»

Der Bürgermeister runzelte die Stirn und mahnte Escanecrabe zu etwas mehr Anstand.

«Nun fordere ich Sie auf, wenn Sie in der Hauptstadt wieder an der Arbeit sitzen, Ihr außergewöhnliches Talent und Ihre Feder zu nutzen, um an uns zu erinnern! Setzen Sie Ihr Talent ein, um unsere guten regionalen Produkte zu rühmen, um unsere Vorzüge und Tugenden in ganz Frankreich publik zu machen!»

(Außer einem Kommentar zu einem schwarzweißen Kurzfilm über die Kohlsuppe fiel mir allerdings kein Weg ein, um seinem Wunsch nachzukommen.)

«Jedes Jahr», setzte Escanecrabe seine Ansprache fort (und ich wurde immer neugieriger, mit welcher rhetorischen Pirouette er nun zur Literatur kommen wollte), «wird das Tourismusbüro von nun an einen Menschen in diesem Sinne ehren. Und in diesem Jahr, in diesem ersten Jahr, diesem Jahr null der Werbung für das Magnoac, haben wir uns entschlossen, wir, die Mitglieder der Vereinigung für ‹Das gute Essen›, der Blutwurst zu huldigen. Deshalb ehren wir Sie heute als …»

Weit öffnete er seine Arme, um mir ein seltsames und riesiges Halsband umzulegen, das ihm einer seiner Helfer reichte. Ich konnte in der Dunkelheit nicht genau erkennen, wie es genau beschaffen war, aber sein Geruch war unverkennbar:

«… Königin der Blutwurst-Zunft!»

dreizehn

Die Sonne ging bereits unter. Und wir waren mit unseren Kräften am Ende. Erst im Morgengrauen waren die letzten Gäste gegangen. Den ganzen Tag über hatten wir damit verbracht, das Haus, den Garten und die Terrasse aufzuräumen. Wir scheuerten, packten den Müll zusammen und organisierten mehrere Fahrten zu den Müllcontainern.

Und nun saßen wir erschöpft mit einem Glas Rosé in der Hand am Schwimmbecken zusammen, um über den Abend zu reden.

«Jedenfalls hatten alle ihren Spaß», stellte Eve fest. «Das Missverständnis mit deinem literarischen Preis hat eine wunderbare Stimmung hervorgerufen.»

«Noch nie habe ich ein Fest erlebt, das so fröhlich begann. Wie haben wir gelacht!», pflichtete meine Mutter bei.

«Der Fleischersfrau sind tatsächlich die Tränen gekommen, als sie dein Halsband aus Blutwürsten sah.»

«Dein Freund, der Filmemacher, hat mir beteuert, dass ihm der Abend sehr gut gefallen habe», bekräftigte mein Vater. «Und das muss stimmen, denn er ist erst um fünf Uhr morgens gegangen, nachdem er seine Freunde ins Wasser geworfen hat.»

(Wenn ich, rein zufällig, irgendwann noch einmal Régis de Goubert und seinen Freunden begegnen sollte, werde ich die Straßenseite wechseln.)

«Und unser Schauspiel, fandet ihr das schön?», wollte Camille nun wissen.

«Es war umwerfend gut. Wir fanden die Dialoge einfach toll», sagte Véronique bewundernd.

«Und das Feuerwerk, das ich mit Robin gezündet habe?», fragte Grégoire.

«Ich hätte die Untels einladen sollen», lächelte Jean nun bedauernd. «Deine Rede hätte sie entzückt.»

(Ich hatte vor dem grölenden Publikum drei Dankesworte gestottert.)

«Wir haben jetzt noch Essensreste, mit denen wir ein ganzes Regiment durchfüttern könnten», stellte meine Mutter fest.

«Aber wir sind doch auch ein ganzes Regiment», entgegnete Jean. «Gestern habe ich gehört, wie die Königin der Blutwurst das ganze Elternhaus eingeladen hat, sich am Resteessen zu beteiligen.»

Alle johlten und waren sich einig.

«O nein! Wir sind gerade erst mit dem Aufräumen fertig geworden.»

«Es war nur ein Scherz», sagte Jean. «Aber Ihre Majestät wäre durchaus dazu in der Lage gewesen.»

(Das Unglaublichste war, dass der Bürgermeister und die anderen offenbar tatsächlich überzeugt waren, sie würden mir mit diesem Halsband aus schwarzen Blutwürsten eine Freude machen.)

«Wir haben ein kleines Geschenk für dich, um dir für diesen verrückten Abend zu danken», sagte Véronique.

Sie zog aus ihrer Strandtasche ein kleines rechteckiges Päckchen hervor.

«Das ist von uns allen», erklärte Eve. «Um dich zu deiner wunderbaren Intuition zu beglückwünschen. Was die Literatur angeht.»

Ich öffnete es gerührt.

Und brach in Lachen aus.

Es war *Schweinerei* von Marie Darrieussecq.

*

Das Elternhaus war zum Kaffeetrinken gekommen. Am Horizont schimmerten die Pyrenäen. Mama und Lili schliefen in der Sonne am Rand des Schwimmbeckens. Françoise kredenzte Tante Lucie ihre mit Sahne gefüllten Windbeutel, und Wathi bereitete lächelnd wie immer den Tee. Papa spielte mit Granichou und den Chavilles Bridge.

Onkel Pierre schnitt die Buchsbaumhecke und sah hin und wieder verträumt auf die Bergkette, wie das regelmäßig aussetzende Geräusch seiner Schere verriet. An den golden schimmernden Hängen wurden die Schatten allmählich länger.

Die Schädlinge steckten in den Vorbereitungen zu einer ihrer verrückten Abendveranstaltungen, und Joseph verschob seine Bewässerungsschläuche in den Maisfeldern. Alles war unglaublich friedlich, alles war, wie es sein sollte. Unwandelbar.

«Wie immer», stellte Jean fest, «werden wir nicht nach San Juan de la Pena gefahren sein.»

«Jetzt, wo das Haus leer ist, möchte ich ein bisschen faulenzen. Wir haben doch Zeit», sagte ich und streckte mich wohlig.

Adèle, die auf der Wiese mit Victor, Camille und Robin Karten spielte, sah auf.

«Zeit, Mama? Morgen Abend fahren wir doch nach Paris zurück.»